다자이
오사무
서한집

다자이 오사무 서한집

| | |
|---|---|
| 발행일 | 2020년 10월 19일 초판 1쇄 |
| | 2022년 5월 2일 초판 2쇄 |
| | 2024년 4월 11일 초판 3쇄 |
| 지은이 | 다자이 오사무 |
| 옮긴이 | 정수윤 |
| 기획 | 김현우 |
| 편집 | 김보미 |
| 디자인 | 남수빈 |

| | |
|---|---|
| 펴낸곳 | 인다 |
| 등록 | 제2017-000046호. 2015년 3월 11일 |
| 주소 | (04035) 서울시 마포구 양화로11길 68, 2층 |
| 전화 | 02-6494-2001 |
| 팩스 | 0303-3442-0305 |
| 홈페이지 | itta.co.kr |
| 이메일 | itta@itta.co.kr |

© 정수윤·인다, 2020

ISBN 979-11-89433-14-7 03830

다자이
오사무
서한집

다자이 오사무 지음

정수윤 옮김

읻다

사진 제공처

- 인물 사진 © 일본근대문학관日本近代文学館
- 1927년 7월 8일 자 엽서 원본, 1927년 7월 9일 자 엽서 원본 © 히로사키시립향토문학관弘前市立郷土文学館
- 1936년 6월 29일 자 편지 원본, 1936년 8월 7일 자 편지 원본, 1939년 3월 10일 편지 원본, 1942년 10월 7일 자 엽서 원본 © 아오모리현 고쇼가와라시青森県五所川原市
- 1936년 8월 22일 자 편지 원본, 《인간 실격》 육필 원고 © 아오모리현 근대문학관青森県近代文学館
- 다자이 오사무 자필 노트 © 히로사키대학 부속도서관弘前大学附属図書館

일러두기

1. 이 책은 《太宰治全集 12 書簡》(筑摩書房, 2009)에 실린 편지를 옮긴이가 선별해 엮은 것이다.
2. 주는 모두 옮긴이의 주이다.

1940년 봄, 미타카 자택에서.

사양관 별관 서양식 거실에서. 왼쪽부터 셋째 형 케이지, 남동생 레이지,
큰형 분지, 다자이 오사무(슈지), 둘째 형 에이지.

1939년 1월 8일 결혼식. 도쿄의 이부세 마스지 자택에서. 앞줄 왼쪽부터 이부세 부인,
미치코, 다자이 오사무, 이부세 마스지, 뒷줄 중앙 나카하타 케이키치.

대학교 1학년 시절 고향 친구들과. 왼쪽부터 나카무라 테이지로,
다자이 오사무, 가사이 신조.

1940년 여름, 미타카 자택 앞에서 미치코 부인과 함께.

1942년 봄, 쓰쓰미 시게히사와 함께.

1940년 여름, 가메이 가쓰이치로와 함께.

1947년, 곤 칸이치와 함께.

1940년 여름, 이즈 온천에서.

親愛ナル本太郎ヨ
サラハ昌次郎ヨ。
私ハ馬車ニ酔ッテ
二里バカリ歩イタ。
金木ニツクトスグ
医者ノ所ニ行ッテ
クスリヲ貰ッタ。
金木デモかゆグ。
サミシクテ居ル。
早ク
来イ
本太郎ヨ昌次郎
飛ンデ来ネエカヨ

엽서 원본.

다자이 18세

아오모리 북쓰가루 가나기
1927년 7월 8일
후지타 모토타로·쇼지로*에게



친애하는 모토타로야

그리고 쇼지로야.

나는 멀미 때문에 마차에서 내려 20리나 걸었어.

가나기에 오자마자 병원에 들러 약을 받았다.

여기에서도 죽을 먹어.

너무 쓸쓸해.

빨리

   와줘

      와줘

         모토타로 쇼지로야

어서 날아와줘.


---

* 히로사키고등학교 근처에서 하숙하던 후지타 가문의 두 형제. 방학을 맞아 시골 고
향집에 가서 보낸 엽서다.

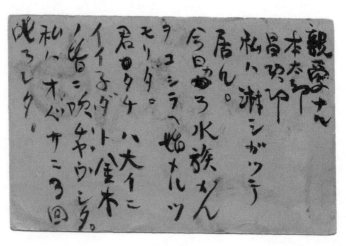

엽서 원본.

아오모리 북쓰가루 가나기
1927년 7월 9일
후지타 모토타로·쇼지로에게


친애하는

모토타로

쇼지로

나는 지금 너무 외로워.

오늘부터 수족관을 만들 계획이야.

너희가 아주 괜찮은 애들이라고 가나기 사람들에게 부풀려놓
았어.

나는 이모한테 세 번 혼이 났다.

도쿄 도쓰카(다카다노바바)
1927년 7월 16일
후지타 모토타로에게


친애하는 모토타로야

11일 어머니와 둘이서 도쿄에 왔어. 너무 무서워.

벌써 설사를 시작했다. 설사가 너무 심해서 아직도 눈앞이 빙빙 돌아.

또 핼쑥하게 말라서 돌아갈 텐데, 너희 어머니한테 나를 너무 혼내지 마시라고 전해줘. 설사가 낫는 대로 도쿄에서 도망칠 거야. 이제 도쿄라면 지긋지긋해. 내 앞으로 온 편지는 가나기로 보내줘. 20일쯤 돌아가. 선물을 사 갈 수 있을지 모르겠다.

글씨가 삐뚤빼뚤한 건 멀미 탓이라 생각해줘.

다자이 19세　　　　　　　아오모리 북쓰가루 가나기
　　　　　　　　　　　　1928년 8월 10일*
　　　　　　　　　　　　후지타 모토타로에게

친애하는 모토타로 군,

나 요즘 지루해 죽을 것 같아.

희극 속 주인공이 되고 말았다. 우선 40일간(얼마나 긴지!) 집에 있어야 하는 처지가 됐고, 또 하나는 궁둥뼈 신경통이 너무 심해. 아무래도 나이가 들어서 그런가 봐. 지난 일주일 동안 아무자극 없이 나날이 바보가 되고 있어. 이 얼마나 훌륭한 희극 속주인공이냐.

시험으로 바쁘겠지만, 몸조심해.


나도 일찍이 시험으로 고통받았고, 나폴레옹도 시험으로 고통받았어. 나나 나폴레옹처럼 너도 시험의 고통을 맛보고 있구나. 영광으로 생각해.

오늘은 교토에서 온 술을 보낸다(넌 관심 없겠지만 어머니는 좋아하실 테니 전해드려).

* 이 서한은 엽서 두 장을 이어서 번역한 것이다.

27

나도 부탁이 있어.

쉬는 동안 가나기에 있을 테니 나카하타 서점에 맡겨둔 전집물을 전부 가나기로 보내줘. 만화책이 안 오는데 무슨 일이지?

또 내 책 상자에서 히로사키고교 학생 주소록을 찾으면 보내줘. 그리고 내 책상 서랍 안에 케이지 형*이랑 같이 찍은 사진이 있을 텐데 그것도 좀…….

* 다자이의 셋째 형.

다자이 20세 　　　　　　도쿄 도츠카(다카다노바바)
　　　　　　　　　　　1929년 1월 1일
　　　　　　　　　　　후지타 모토타로·쇼지로에게


친애하는
　　후지타 모토타로!!
친애하는
　후지타 쇼지로!!
새해 복 많이 받아!
　사진 고마워!
나는 요새 매일 활동사진을 보러 다녀!


카메라 감광판이랑 마스크, 장갑, 목도리, 전부 보냈어.
너희 어머니 드릴 화장품도 샀어.
안심해.
나, 삼사일쯤 돌아갈 거야.
곧장 가나기로 가자.

다자이 21세                 도쿄 도쓰카(다카다노바바)
1930년 9월 15일
후지타 모토타로에게


친애하는 모토타로 군

커튼 고마워.

일부러 세탁까지 해주다니 대大 송구.

나는 내大 건강, 대大 공부.

다자이 22세　　　　　　　발신지 불명, 1931년 무렵
　　　　　　　　　　　　　오야마 키미*에게


장모님

알이 굵고 좋은 사과를 많이 보내주셔서서 뭐라 감사를 드려야 할지 모르겠습니다.

삼촌도 여러 가지로 챙겨주셔서 큰 도움이 되었습니다.

사과는 같이 사는 친구들에게 조금씩 나눠 주었어요. 다들 무척 좋아합니다.

아오모리는 벌써 눈이 내렸겠지요.

도쿄의 겨울도 꽤 춥습니다.

하쓰요는 아침부터 기운차게 저를 혼내고 있습니다.

할머님이 저희 집에서 사흘 묵고 가셨습니다.

삼촌 댁과 저희 집에서 번갈아 묵는다 하셨습니다.

장모님 뵐 날도 기쁘게 기다리고 있겠습니다.

댁내 모두 평안하시길 빕니다.


---

\* 첫 아내 오야마 하쓰요의 어머니. 쓰가루 게이샤였던 하쓰요와 사랑에 빠진 다자이는 집안의 반대를 무릅쓰고 그녀를 도쿄로 데려와 함께 산다. 훗날 하쓰요가 자신의 친구와 관계를 맺은 사실을 알고 고뇌하다 결국 결별했다.

슈지[*]

---

\*   다자이 오사무의 본명, 쓰시마 슈지津島修二. 당시 도쿄제국대학 불문과에 재학 중이
    었으나 하쓰요와의 동거로 집안에서 버림받아 대학 생활의 원조를 거의 받지 못해
    형편이 어려웠다. 편지에 언급된 친척은 모두 하쓰요의 가족들이다.

다자이 23세　　　　　　　도쿄 나카노, 1932년 6월 7일
　　　　　　　　　　　　구도 에이조*에게


　오늘 형의 편지를 읽었습니다. 건강해 보여서 마음이 놓입니다. 제가 한동안 연락이 뜸했지요. 저도 이런저런 일이 생겨서 본의 아니게 실례를 범했습니다. 제가 얼간이처럼 사고를 치는 바람에 집에서 오던 돈이 끊겼어요. 난처합니다. 큰형이 화가 머리 끝까지 나서 제게 욕을 해댔어요. 분해서 눈물이 났습니다. 자세히는 말 못하지만 앞으로 제 인생이 어디로 흘러갈지 전혀 감을 못 잡겠습니다. 그래도 저희는 건강하니 너무 걱정 마십시오. 밥은 먹고 있습니다. 설마 집에서도 우릴 이대로 나 몰라라 하진 않을 거다, '냉정하게 그러나 유연함을 잃지 말고' 견뎌보자 싶지만, 그것도 말처럼 쉽진 않네요. 그래도 형에게 매달 부치는 돈은 무슨 일이 있어도 계속 보낼 테니 심려 놓으시고 건강만 챙기세요.
　누나는 5월 초에 시코쿠로 내려갔습니다. 저는 "다른 곳을 한두 해 경험해보는 것도 좋지만 한 번 가면 쭉 있고 싶겠지" 하고

---

\* 다자이의 중고등학교 선배. 민주운동을 하다 치안유지법 위반으로 도쿄 형무소에 수감됐다. 다자이도 함께했지만 아오모리의 영향력 있는 인사인 큰형의 도움으로 전향 각서를 쓰고 투옥을 피했다. 당시 다자이는 구도 선배에게 매달 5엔씩 부쳐 주고 있었다.

말해줬습니다. 도비 형 집에서 송별회를 했습니다. 저, 누나, 히라오카, 오카와, 도비 형이 각각 회비 50전씩을 냈습니다.

밤새 마셨습니다. 도비 형과 오카와는 일찍 잤지만, 나머지 셋은 날이 밝을 때까지 마셨습니다. 술이 떨어졌는데 제가 도비 형 부엌을 뒤져 숨겨둔 맥주 여섯 병을 찾아내 셋이서 만세를 부르며 홀랑 마셨습니다. 어찌나 감격스럽던지. 제가 노래를 다 불렀어요.

시라테이는 낙제를 했습니다. 논문이 문제인 모양입니다. 봄방학 때 고향에 가서 5만 엔을 훔쳐 나오려다가 걸려서 의절당했다고 으스대더군요. 진짜인지는 모르겠습니다. 지금은 돈이 없어서 친구 신세를 지고 있다고 들었습니다. 그 녀석도 참 기묘한 놈이지요.

후지노 형은 무사히 졸업해서 고향으로 갔습니다. 도쿄의 어느 카페 여종업원과 사랑의 언약을 하고 결혼할 생각으로 고향 어머니 허락도 받았는데, 여자 쪽 부모가 좀처럼 확답을 주지 않는 모양입니다. 중간 연락책인 도비 형이 회사까지 쉬고 그 여자 집이 있는 산중으로 찾아갔지만 거절을 당했어요. 여자 집에서 후지노 형 집안 재산을 조사하고는 안 된다고 결론을 내린 모양인데, 후지노 형 어머니가 다시 도비 형에게 부탁을 해서 성사되도록 힘을 써달라고 간청했답니다. 아마 안 될 거라고 도비 형이 그러더군요. 여자는 그다지 미인도 아니고 그저 차분한 사람입니다.

이토는 조만간 가타타니와 결혼해서 도비 형과 공동생활을 할 예정입니다. 기쿠는 극단 쇼치쿠에 들어갔어요. 오랜 꿈이 이루

어진 거지요. 쇼치쿠 각본부입니다. 기쿠가 쓴 극은 조만간 라디
오에 나올 거고 각본료 50엔을 받았다고 합니다.

　그밖에 별다른 일은 없습니다. 나카테이*는 연극으로 바쁜 나
날을 보내고 있어요. 당당히 문학청년이 되었습니다. 열정이 대
단해요. 타모는 요즘 연락이 뜸한데 댄서와 같이 사나 봅니다. 어
쩔 셈인지. 러시아어와 에스페란토**를 공부하나 본데 말리고 싶
은 기분입니다. 우리도 열심히 공부하겠습니다. 저희 일은 아무
걱정하지 마세요. 필요한 게 있으면 거리낌 없이 말씀해주십시
오. 어떻게든 변통해 보내드릴 테니까요. 돈이 들어오는 대로 조
만간 정기적으로 보내겠습니다. 그럼 또 연락드릴게요.

---

*　아오모리중학교 동창인 나카무라 테이지로. 소설 《쓰가루》에 등장하는 친구 'N'의
　모델이다.
**　폴란드인 자멘호프가 1887년에 공표해 사용하는 국제보조어.

시즈오카 누마즈, 1932년 8월 2일
오야마 키미에게

  장모님

  그간 연락이 뜸했습니다. 용서하세요. 어제부터 시즈오카 누마즈에 와 있습니다. 하쓰요와 둘이 8월 한 달 동안 여기서 휴식을 취할 예정입니다. 이제껏 이런저런 걱정만 끼쳐드렸는데 이젠 정말 괜찮습니다. 7월 중순에 저 혼자 아오모리로 가서 좌익운동은 없던 일로 깨끗이 처리하고 왔습니다. 애초에 저는 깊이 관여하지 않아서 별다른 취조도 없었습니다. 대학도 9월부터 다시 다니기로 했어요. 집에서 오는 돈은 줄었습니다. 지금까지 월 120엔이던 송금이 이달부터 90엔이 되었습니다. 그중 10엔은 저금하는 모양이라 결국 한 달에 80엔으로 살아야 합니다. 상당히 허리띠를 졸라매야 하는 상황입니다. 이곳 누마즈에 오고부터는 밤에 잠도 잘 자고, 몸 상태도 좋습니다. 하쓰요도 기뻐하고 있어요.

  그곳은 모두 평안하신지요. 외삼촌은 건강하십니다. 처남도 건강히 일에 정진하고 있어요. 가끔씩 저희 집에 놀러 옵니다.

  8월이 지나면 다시 도쿄로 돌아가 새로 집을 구할 겁니다. 그때 다시 연락드리죠.

할머니께 안부 전해주세요.

아저씨께도요.

부디 건강하시기를.

슈지

도쿄 시바, 1932년 12월 25일
곤 칸이치<sup>*</sup>에게

편지 잘 읽었어.

이부세 씨 댁에는 3일 날 가자. 3일 오전에 너희 집으로 갈게.

작곡에 골몰하고 있다니 마음이 든든해. 이부세 씨도 편지에 '곤 칸이치는 너의 좋은 친구다'라고 썼지. 분명 순수하게 창작에 몰두하는 너의 그런 모습을 두고 하신 말씀일 거야.

응원한다.

나는 성미가 급해서 하루빨리 너의 선율에 감동을 느끼고 싶어. 어서 나를 감동시켜줘.

하지만 초조해할 필요는 없어. 올해도 아직 닷새나 남았으니. 어슴푸레 새해가 밝아올 무렵, 일을 마치고 엄숙하게 펜을 놓는 것도 나쁘지 않겠지.

나도 정월 꽃꽂이에 애를 먹고 있다.

"이 꽃을 보라", "이 꽃을 보라" 하고 중얼거리며.

너는 악기를 연주하고, 나는 이 꽃들을 바치며, 세상 사람들을

---

*  소설가. 아오모리 히로사키 출신으로 고향이 같아 더욱 친하게 지냈다. 다자이의 기일을 '앵두기'라고 이름 붙인 것도 곤 칸이치다. 1956년 《벽의 꽃》으로 나오키 상을 수상했다.

위로하자꾸나.

(제정신으로 하는 소릴세)

이 마음 어쩔 줄 몰라 이만 줄이며, 총총.

쓰시마 슈지

다자이 24세 　　　　　　　도쿄 시바, 1933년 1월 18일
　　　　　　　　　　　　이부세 마스지*에게




선생님

그간 안녕하셨는지요. 어제 소설 〈불사조〉 30장을 완성했습니다. 설에 16장짜리 단편 〈꽃〉을 탈고했습니다만, 아무래도 보여 드릴 정도는 아닌 것 같아 그냥 창고에 처박아 두었습니다. 오늘은 〈불사조〉를 보냈습니다. 사나흘 후에 곤 칸이치와 함께 찾아 뵙겠습니다. 그때 선생님의 감상을 듣고 싶습니다. 그럼, 조만간 천천히 말씀 듣기를 청하며.

　　　　　　　　　　　　　　　　　　슈지 드림


추신. 빌려주신 책은 그날 가져가겠습니다.


---

* 이부세 마스지는 당시 문단에서 주목받던 작가로 고교 시절 다자이가 원고 청탁을 하기도 했다. 도쿄로 오자마자 그를 찾아가 많은 조언을 구했고, 인생의 어려운 시기마다 도움을 받으며 평생 문단의 가장 좋은 선배로 의지했다. 유서에 '이부세 선생은 악인입니다'라는 글을 남긴 것은 지금도 수수께끼로 남아 있다.

형이 쓴 소설 〈이즈시〉 방금 다 읽었습니다.

오는 4월에 동인지 《바다표범》 모임에서 감상을 말해도 되겠지만, 말주변이 없어 편지로 실례하겠습니다.

첫머리부터 4쪽 꽃의 문답 부근까지는 완전히 안심하며 읽었습니다. 과장이 아니라 마음이 편안하고 느긋했어요. 꽃 문답 이후로는 점점 불안해졌습니다. 가벼운 탓이 아닙니다. 누가 이 소설을 보고 가볍다고 욕한다면 그 사람은 바보입니다. 가볍다는 것 자체는 나쁜 게 아니지만요. 고리타분한 문학자들은 늘 냉정한 시선을 유지하는 걸 자랑으로 삼으며 자기 신조로 근엄을 내걸었습니다. 인생의 '아름다운' 박제를 벽에 걸어 놓고 기뻐했지요. 넓은 틀에서 본다면 이 태도야말로 아주 나쁜 경박함입니다. 그렇게 생각하지 않나요?

제가 형의 작품에서 느낀 불안은 초반까지 끌어올린 진실을 그냥 내던져버린 게 아닌가 하는 것이었어요. 다 읽고 그 불안

---

\* 사소설을 주로 쓴 작가이자 시인.

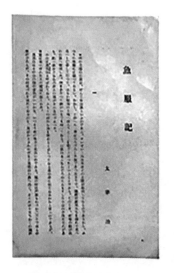

다자이가 동료들과 함께 만든 동인지 《바다표범》 창간호 표지와 〈어복기〉 첫 페이지.

이 반쯤 맞아떨어졌고 반쯤 사라졌습니다. 작자의 의도는 4쪽까지 읽었을 때 느낀 것보다 훨씬 방대했습니다. 이 점은 안심했어요.

겸손하게 풀어낸 야심 찬 의도를 좋아합니다. 저만 그렇진 않겠지요.

그렇다면 형의 이런 의도가 훌륭한 결실을 맺었을까. 그건 지금 생각 중입니다. 남겨진 불안 반쪽은 바로 거기 있습니다.

읽어보셨겠지만 고골의 〈이반 이바노비치와 이반 니키포로비치가 싸운 이야기〉라는 소설도 작자가 10년 후 다시 찾은 곳에서 벌어진 이야기를 다뤘는데, 그 짧은 글에 두 이반의 싸움이 정말 훌륭하게 묘사돼 있지요. 저는 그 짤막한 단편에서 작자의 큰 뜻을 발견했습니다. '악마마저 우울하게 만드는' 인생의 진실을 엿본 기분이었죠. 〈이즈시〉를 읽고 그만큼 큰 비약이 있는 감동을 맛보지는 못했습니다. 왜였을까요. 제 생각은 이렇습니다.

작자가 의식적으로 너무 과도하게 정리해버린 건 아닐까. 작자 의도를 성급하게 결론지은 건 아닐까. 어차피 단편이고 그래봐야 겨우 이삼십 장이니, 서두와 동시에 전체 구성이 나올 테고 결말까지 준비되어 있었을 겁니다. 그건 그것대로 나쁘지 않지만 결말에 이르는 과정에서 작자가 조금이라도 힘이 빠진다면 다 무너지는 게 아닐까.

여기서 잠깐 저의 단편 〈어복기〉를 언급하겠습니다. 그 작품 역시 작업에 들어가기 전부터 결말에 들어갈 한 소절을 생각해두었습니다. '사흘 후 스와의 무참한 사체가 마을 다리 근처에 떠올랐다'라는 문장이었어요. 나중에는 지웠습니다. 제힘으로는 도무지 그런 엄청난 진실로 비약시킬 수가 없다고 절망했기 때문입니다. 저는 교활했습니다. 깊은 산속 사나운 독수리를 놓치느니 처마 끝에 앉은 참새를 잡자는 주의였죠. 그 한 줄을 빼니 작품의 구성이 제법 탄탄해진 듯했습니다. 이로써 작품이 훨씬 작아지는 것을 느끼면서도 남몰래 지워버렸습니다. 이런 태도는 좋지 않았습니다. 설령 작품 구성이 무너지고 엉망진창이라는 비평가들의 욕을 들어도, 작자의 의도는 목이 쉬거나 힘이 빠져도 계속해서 주장해야 하는 것이었습니다. 저는 깊이 후회하고 있습니다.

그렇게 보면 〈이즈시〉도 결코 불명예스러운 파탄이 아니라 의의가 깊은 파탄이라고 봅니다.

만약 10년 후 〈이즈시〉가 작자의 무의식중에 문득 어렴풋이 떠오른다면, 이 작품은 걸작입니다. 이를 위해서는 꽃 문답 뒷부분에 더욱 정열을 쏟아 써주십시오. 한두 줄이면 충분할지도 모릅니다.

단편소설을 읽을 때 독자는, 제목과 첫머리 두세 줄에서 이미 한 편을 판정 짓는 경향이 있는 듯하니 크게 신경 쓸 필요는 없을 겁니다.

더 쓰고 싶지만 언제 같이 술이라도 마시면서 이야기합시다. 맨정신에는 말주변이 없지만 그래도 취기가 오르면 조금씩 달변가가 되어가니 말입니다.

너무 많이 썼네요. 분명 나중에 부끄러운 생각이 들겠지만, 동인지가 생겨서 너무 기쁜 나머지 저도 모르게 말이 많아졌습니다. 용서하세요.

제 〈어복기〉에 대한 감상도 듣고 싶습니다. 서로 기탄없이 독설을 쏟아내어, 좋은 소설을 쓸 수 있다면 좋겠습니다.

오사무

형의 새 소설 〈선물〉 방금 다 읽었습니다. 〈이즈시〉보다 훨씬 더 돋보이는 작품이었습니다. 문장뿐 아니라 창작을 대하는 형의 정신이 그랬습니다.

마지막 한 줄은 물론 있는 게 좋다고 생각합니다. 다만, 그 두꺼운 선은 없는 게 낫지 않을까요. 그냥 한 줄 띄우는 것 정도가 좋겠습니다.

아울러 저라면 '그 선물은…… 나이가 들면서 더 부담스럽고 고통스러워졌다' 여기서 매듭을 짓겠습니다.

이상, 읽은 직후의 소감입니다.

저는 여전히 누웠다 일어났다 하고 있습니다. 아직 귀가 아프기 때문입니다. 번민하는 세월을 보내고 있습니다. 어쩌면 다음 동인지 모임에는 갈 수 있을지도 모르겠습니다.

모두에게 안부 전해주세요.

도쿄 스기나미, 1933년 7월 12일
구보 류이치로*에게

구보 군

엽서 고마워. 엽서로 자네 여행을 멀리서나마 상상하네.

나가노 카쿠마 온천은 꽤 좋은 곳인가 봐.

푸시킨 단편집을 읽었다니 경의를 표하네.

나는 장 콕토의 〈협잡꾼 토마〉를 읽었어. 감상은 다음에.

우선은 오늘 받은 단카부터.


　짐승의 무덤이여　이다지도 작구나


이 부분이 조금 좋았어.

《바다표범》은 여전히 어수선해. 난 그만둘 생각이야.

온통 기분 나쁜 일뿐. 여행을 떠나고 싶어 미치겠어.

소설은 쓰고 있나. 기대하고 있어.

역작을 들고 돌아와서 우릴 깜짝 놀라게 해줘.

〈추억〉은 완결했어. 별도로 보낼게. 평가 부탁해.

---

*　젊은 날 다자이와 함께 동인지 《푸른 꽃》에 참여했으며, 훗날 '구보 다카시'라는 필명으로 동화작가가 되었다.

오늘도 곤 칸이치랑 자네 이야기를 했다네.

도쿄 스기나미, 1933년 9월 11일
기야마 쇼헤이에게


형, 잘 지내셨지요. 찾아뵙지도 못하고 죄송합니다. 조만간 꼭 만나고 싶습니다.

《바다표범》9월호, 그저께 고이케한테서 한 권 받았습니다. 형의 글을 읽었습니다.

남들은 뭐라고 했을지 모르지만, 저는 좋았습니다. 훌륭했어요. 〈이즈시〉, 〈선물〉에 이은 형의 발걸음이 드디어 정상에 도달했다고 생각했습니다. 하나의 산을 정복한 형이, 곧 다시, 더 높은 산을 노려보게 되리라 믿습니다. 또 그런 까닭에 〈아들에게 띄우는 편지〉가 귀중한 줄 압니다.

시오즈키 형 소설도 무척 좋았습니다. 그가 돌입한 산이 상당히 크다는 데 호의를 갖고 있습니다. 고집스레 집요하게 하나의 산을 오르고 있습니다. 그 산을 정복하면 대단할 겁니다. 이번 달 소설은 어설프게 스토리 짜지 말고 오직 그 여자의 정열만 좇아갔더라면 더욱 성공했을 거라고 생각합니다.

저도 조금씩 공부를 하고 있습니다. 좋은 소설을 쓰고 싶습니다. 타인이 쓴 훌륭한 소설도 많이 읽고 싶습니다. 좋은 작품을 쓰고 읽는 데 전념할 생각입니다. 지난달 니헤이 씨의 작품이 홍

미로웠습니다. 곧 좋은 작품을 쓸 거라고 기대하고 있는데 어떠신지요. 지난달 동인지에 실린 소설은 완성도가 그리 높진 않아도 문장에서 강한 힘이 느껴졌습니다.

저도 조만간 찾아뵙겠지만 형도 한가하실 때 한번 놀러 오십시오.

우선은 부끄러운 제 의견을 몇 자 적고 물러갑니다.

시오즈키 형에게도 안부 전해주세요.

다자이 오사무

어제는 미안했어.

친구 집에 놀러 갔었거든. 책, 고마워.

곧 읽을게.

소설은 쓰고 있나.

나는 이삼일 안 좋은 일이 연달아 터져 짜증만 내고 있어.

단편소설을 8장*쯤 썼는데 다음이 생각 안 나 답답해.

30장 정도로 생각하고 있는데 말이야.

돈은 너무 걱정 마.

다음에 만날 때까지 잘 간수하지.

꼭 놀러 와.

---

\*   일본에서는 4백 자 원고지를 쓴다.

도쿄 스기나미, 1933년 12월 16일
구보 류이치로에게


며칠 전엔 실례 많았어.

소설 모임은 이달 20일, 오후 1시에 히가시나카노 역 앞 카페 이진칸에서 하자. 회비는 커피 한 잔 값이면 될 거야. 꼭 와.

다자이 25세                도쿄 스기나미, 1934년 1월 22일
구보 류이치로에게

18일 아침부터 발열. 18일 밤, 40도 돌파.

19일이 지나고 20일이 되도록 열이 안 내림. 곤 칸이치에게 20일 모임 불참 이유를 전보로 알렸는데 그 녀석도 18일부터 발열. 몸져누움.

21일 열 내림.

22일 방 안을 어슬렁어슬렁 돌아다님.

이날부터 아내가 다시 발열.

도쿄 스기나미, 1934년 6월 5일
구보 류이치로에게

공부하고 있나.

요 사나흘 너무 지루하다.

시간 있으면 오늘 밤 우리 집에 놀러 오지 않겠나.

최근에 쓴 70장짜리 소설 비평도 들어볼 겸.

도쿄 스기나미, 1934년 6월 27일
구보 류이치로에게

류이치로 형

그날 이후 어떻게 지내나.

우리 소설 모임은, 오는 30일 오후 7시에 신주쿠 극장 테이토 자 지하 카페 모나미에서 하기로 했어. 꼭꼭 와. 이번엔 다들 올 거야. 나도 뭐든 낭독할 생각.

도쿄 스기나미, 1934년 6월 27일
기야마 쇼헤이에게


요즘 어떻게 지내십니까.

장기는 어떤가요. 실력이 조금 느셨는지요.

언젠가 말씀드린 저희 소설 모임, 오는 30일 오후 7시에 신주
쿠 극장 테이토자 지하 카페 모나미에서 할 예정입니다. 꼭꼭 와
주세요. 저도 뭔가 낭독할 예정입니다. 꼭꼭입니다. 참가비 없음.

도쿄 스기나미, 1934년 7월 9일
기야마 쇼헤이에게

어젯밤 형의 편지를 받고 아버님께서 돌아가셨다는 사실을 알았습니다. 얼마나 상심이 크십니까. 삼가 조의를 표합니다.

어젯밤 이부세 선생이 와 계셔서 같이 형이 상을 당한 이야기를 하였습니다.

고향에서 번민하고 있을 형의 모습이 떠올라 이런저런 생각이 들었어요.

도쿄도 크게 재미있는 일이 없습니다.

천천히 일 치르시고 아버님의 영을 위로해주세요.

다자이 오사무

시즈오카 미시마, 1934년 8월 14일
고다테 쿄*에게

누님

시즈오카에 오고 벌써 보름이 지났습니다.

공부가 조금 정리되면, 매일 자전거로 누마즈 해안까지 가서 해수욕을 할까 생각 중입니다. 여기서 누마즈는 약 4킬로미터 정도 됩니다. 미시마의 물은 너무 차서 도저히 들어가 수가 없어요. 내일부터 미시마 신사 마쓰리**라서 제등이 걸려 있습니다. 커다란 구렁이 모양도 있어요.

---

\* 다자이의 넷째 누나. 고향 친구이자 화가인 고다테 젠시로의 큰형과 결혼했다.
\*\* 일본의 전통 축제로, 주로 신령 등에 제사를 지내는 의식이다

도쿄 스기나미, 1934년 9월 13일
구보 류이치로에게


구보 형

잘 지내죠. 지난달 미시마에서 도쿄로 돌아왔습니다. 형은 언제쯤 오나요. 되도록 빨리 오세요.

실은 오는 가을부터 우리 모임이 중심이 돼서 역사적인 문학운동을 펼칠 계획입니다. 형도 꼭 같이했으면 하니 서둘러 도쿄로 오시길 바랍니다. 아직 비밀로 하고 있어요. 잡지 이름은 《푸른 꽃》. 반드시 문학사에 길이 남을 운동을 펼칠 겁니다.

성공이냐 실패냐는 해봐야 아는 거니까요. 치헤이나 곤칸도 열광하고 있습니다. 처음엔 면담. 엉뚱한 짓은 안 하겠어요.

하루빨리 돌아올 날을 기다리겠습니다.

도쿄 스기나미, 날짜 불명
쓰무라 노부오*에게


불쑥 연락드려 송구합니다.

일전에 나카무라 군한테 들으셨겠지만 같이 잡지《푸른 꽃》
을 만들어보면 어떨까 합니다. 저희와 함께하지 않으시겠습
니까.

동인에 이상한 녀석은 한 사람도 없습니다. 다른 동인지들하
고는 조금 다르게 꽤 제멋대로인 잡지가 될 겁니다. 동인들 모두
가 "나는 신이다"라고 자부하는 이들이라 다들 개성이 있으면서
도《푸른 꽃》의 분위기와 이어져 있습니다. 그런 느낌이 듭니다.

이달 6일 오후 7시부터 '숲속의 오두막'이라는 카페에서 동인
들 얼굴을 보기로 했어요. 그저 들여다보는 것만으로도 좋으니
와주시지 않겠습니까. 다 같이 기다리고 있겠습니다. 별지에 지
도를 첨부합니다. 오세요. 꼭 오세요. 회비는 30전입니다.

그럼 잘 부탁드립니다.

조만간 모임에서 얼굴 뵙고 자세한 이야기 나누지요.

오사무 드림

---

\* 　시인. 1935년에 첫 시집《사랑하는 신의 노래》를 자비출판 했다.

도쿄 스기나미, 날짜 불명
야마기시 가이시*에게


지난번에는 실례가 많았습니다.

이번 동인 모임은 11월 10일 긴자 카페 '숲속의 오두막'에서 오후 7시부터 열릴 계획입니다. 담소로 시작해 담소로 마무리할 생각입니다. 꼭 와주세요.

《푸른 꽃》에 대해 원고 3장 내외. 편집자란에 편안하게 쓴 원고 한 장. 회비 5엔. 11월 10일까지 이것들을 보내주세요. 부탁합니다. 10일 날 직접 가지고 오셔도 무방합니다.

2호에 평론(몇 장이든 좋음)을 실어주신다면 매우 기쁘겠습니다.

---

\* 평론가. 이 시기부터 다자이와 오랜 우정을 쌓았다. 1944년, 《로댕론》을 발표한 직후 군부의 언론 탄압을 피해 야마가타현으로 이주해 농사를 짓고 일본공산당에 입당했다. 다자이의 아내 쓰시마 미치코는 그가 도쿄에 있었다면 남편이 죽지 않았을 거라는 말을 남기기도 했다.

 오늘 편지 받았어. 추가 요금 6전을 내야 했지만 그 이상의 가
치가 있는 글이라 아깝지 않았어. 등대 이야기가 제일 재미있더
군. 다자이 오사무를 연구하는 일은 나한테 맡기라고. 보내준 논
문도 읽었으니 안심하길. 조만간 한 번 더 읽을 생각이야. 지금
보들레르의 댄디즘에 대한 에세이를 읽다가 형 생각이 나서 엽
서를 쓰고 싶어졌어.

도쿄 스기나미, 1934년 11월 5일
나카무라 테이지로*에게

나카무라 군

편지 그리운 마음으로 읽었어. 나도 하루가 멀다 하고 짜증이 나고 가슴이 답답해. 너뿐 아니라 나도 매일매일 사는 게 지루하다. 지루한 사람이 몇 만이나 있어. 그런 사람들이 다 같이 모여 좌담회를 열며 서로를 위로하지. 쓸데없는 짓이야. 비참해. 하지만 하는 수 없다. 하긴 달리 뭘 어쩌겠어.(농담이 아니다) 운이 나빴다고도 할 수 있지. 분명 우린 운이 나빴어. 신은 우릴 버렸다. 우리가 세상을 너무 쉽게 본 거야. 이제 와서 주변을 둘러보니, 눈앞에 들어온 사실은 스무 살 무렵 생각한 것과 전부, 완전히 뒤바뀌었어. 그땐 분명 이렇지 않았는데.

우리의 오산, —— 이것도 우리 불운의 근원이구나.

슈지

---

* 아오모리중학교 시절부터 동인지 《신기루》와 《별자리》를 만들며 함께 문학을 꿈꾼 친구.

구보 군

그 후로 어떻게 지내나.

어서 빨리 같이 술을 마시고 싶군.

10일 있을 모임엔 반드시 와주게.

이런저런 이야기를 나누고 싶어.

부디 원고도 써주길. 배는 나아가고 있어.

어디까지나 좋은 잡지를 만들고 싶네.

그리고 좋은 그룹도.

야마기시 형

연애한다는 얘기 듣고 당황했어. 아연실색. (농담이야.)

요즘 글 쓰고 있어?

《직공과 미소》라는 소설 읽어봤어?

한 번쯤 읽어볼 가치가 있어.

10일 모임 때 같이 한잔하길 기대할게.

나는 소설을 하루에 한 장씩 느릿느릿 쓰고 있어.

도쿄 스기나미, 1934년 11월 16일
야마기시 가이시에게

형, 그런 말 말고 어서 소설을 써줘.
18일까지도 괜찮대. 하나 쓰라고!!
쓰무라 노부오 군한테도 시 몇 편 보내달라고 전화 좀 넣어줘.
부탁해.
아아, 다자이 오사무를 이런 굴욕에 빠뜨리다니…….

도쿄 스기나미, 1934년 12월 18일
기야마 쇼헤이에게


그간 안녕하신지요. 잡지는 이런저런 착오가 생겨서 생각보다 조악합니다. 정말 죄송합니다. 다음 달부터는 쪽수도 늘리고 종이 질도 좋게 해서 잡지 겉모양도 일본 최고로 만들 생각입니다.

무슨 일이 있어도 《푸른 꽃》은 계속할 각오로 임하고 있습니다. 2호 원고 마감은 12월 31일까지입니다. 걸작을 써서 보내주세요. 아무리 길어도 상관없습니다. 곧 여기저기서 받은 평을 정리해서 보내드리겠습니다. 아무튼 《푸른 꽃》이 일본에서 가장 훌륭한 잡지라는 점에는 일말의 의심도 없습니다. 조만간 긴 편지 띄우겠습니다. 형이 쓴 소설 〈푸른 꽃 감상〉*은 칭찬 일색.


* 《푸른 꽃》 창간호에 게재되었다.

창간호가 폐간호가 된 《푸른 꽃》.
나카하라 추야, 단 가즈오 등이 참여했다.

직접 찾아가도 되지만, 요즘은 사람을 만나는 게 무서워서(?) (결심이 서지 않아서) 좀처럼 못 가겠어. 슬슬 《푸른 꽃》 2호 편집을 부탁해. 동인 전원에게 원고와 회비를 독촉해야 하는데, 젊은 친구한테 시키면 어떨까.

모임은 어떻게 할까.

난 지금 《푸른 꽃》 원고 고민 중.

그럼 부탁한다.

다자이 26세　　　　　　　　도쿄 스기나미, 1935년 1월 17일
　　　　　　　　　　　　　쓰무라 노부오에게


《푸른 꽃》흥망과 관련해 상의하고 싶으니 10일 오후 6시까지, 신주쿠 모나미로 와주십시오. 반드시 출석할 것.
　출석하지 않을 시 권리를 포기하는 것으로 간주하겠음.

곤 칸이치 형

오늘은 아내 기모노, 챙겨줘서 고마워. 형수에게도 부디 안부
전해줘. 요즘 열심히 작업에 정진하고 있다니 너무 좋네. 좋은 글
부탁해. 잡지 때문에 이런저런 일이 많아서 언제 간다 간다 하면
서 아직 못 갔네. 용서해줘. 《푸른 꽃》은 두 달 정도 휴간하기로
했어. 하지만 가끔은 다 같이 모여서 시끌벅적 이야기꽃을 피우
기로 했지. 조만간 나도 한번 들를게. 내가 저지른 엉뚱한 실패가
큰 뉴스가 돼서 다들 박수를 치며 웃고 흥분하고 있어. 이건 비밀
이니까 만나면 살짝 말해줄게.

도쿄 세타가야 교도병원*
1935년 5월 10일
기야마 쇼헤이에게


당분간 아래 병원에 있을 예정입니다.


　세타가야구 교도마을 교도병원 내 다자이 오사무


지난번 병문안 감사했습니다.
하루가 다르게 회복하고 있습니다.


---

*　4월에 맹장염 수술을 받고 복막염 재발로 입원했다. 교도병원 병원장은 큰형 분지와
　친구 사이였다.

도쿄 세타가야 교도병원,
1935년 6월 3일
야마기시 가이시에게


편지 지금 읽었다.

나는 좋은 친구를 뒀구나 생각했어.

내 생애 기념이 될 거야.

이럴 땐 칠칠치 못한 말만 나오기 마련인가 봐.

환희의 마음은 지식인이나 문맹이나 표현에 차이가 없어.

"만세!" 이거다.

너는 나의 말을 믿어줄까. 말 그대로 믿어줘. 알겠나.

"고맙다."

사토 하루오* 씨에게는 이삼일 안에 편지를 보낼게.

'위대한 지인'을 얻은 기쁨을 적어 보낼 생각이야.

도예가가 점토를 주무르며 손님과 날씨 이야길 하듯, 나의 소설 이야기도 그와 비슷해. 입으로 하는 말과는 전혀 다른 생각을 하며 작업을 위해 점토를 주무르지. 자유로운 영혼보다는 '비뚤어진 사람'이 자유의 참된 뜻을 더 잘 전달하는 법이야.


* 시인, 소설가. 시집 《전원의 우울》(1919)은 탐미적인 언어로 인간의 태만과 우울을 그린 명작으로 꼽힌다.

치바 후나바시, 1935년 7월 29일
야마기시 가이시에게


어째서 놀러 오지 않나.

교통비는 34, 5전이면 충분한데.

돌아가는 교통비 정도는 내가 마련할 수 있어.

오륙일 전부터 더위를 먹어서 계속 화만 나.

의사는 뇌매독이라는데. 멍청한 놈. 난 그런 적 없어!

히스테리가 심하다고 해서 그 치료를 받고 있어.

이제껏 열심히 해댄 술 담배를 끊어서 이런 결과가 나온 것 같아.

요 이삼일, 마을 사람과 세 번 싸웠어.

치바 후나바시, 1935년 7월 31일
고다테 젠시로*에게


요즘 어떻게 지내나.

불멸의 예술가라는 자부심을, 언제나 잊어선 안 돼.

그저 거만해지라는 뜻이 아니야.

죽을 만큼 공부하라는 뜻이지.

and then 남이 너에게 주는 모욕을 한 치도 용서해선 안 돼.

남은 힘이 겨우 한 주먹이더라도 너의 것을 인정받을 때까지 한 걸음도 물러나선 안 돼.

나, 아무래도 아쿠타가와 상을 탈 것 같아. 신문 가십란에 실린 거라 확실하진 않지만 어찌됐든 올해 안에 내 작품이 《문예춘추》에 실리는 건 확실해.

어머니께 안부 전해주길.

나는 너희 집 식구 중에 어머니가 제일 좋아. 훌륭한 어머니야.


---

\* 화가. 다자이가 의지하던 고향 친구이자 사돈 집안 친지. 자신이 병원에 입원한 동안 첫 부인 하쓰요와 바람을 피웠다는 사실을 알고 크게 상심했다. 소설 《어릿광대의 꽃》에 등장하는 고스케의 모델.

치바 후나바시, 1935년 8월 5일
나카무라 테이지로에게


나카무라 군

편지 고맙다.

《어릿광대의 꽃》에 대한 비평 고마워. 정성껏 읽어준 것 같더구나.

그 소설은 처음 쓴 것에서 예닐곱 번은 고친 것인데 상당히 힘들었어. 그걸 알아준 것 같아 얼마나 기쁜지 모른다.

요즘, 매일 한 장씩 글을 쓰고 있어. 아무리 해도 한 장 이상은 쓸 수가 없다. 몸이 안 좋아서 그런 것 같아.

하루하루 일이 바빠서 힘들겠지만, 조만간 좋은 일이 생길 거야. 그렇게라도 생각하지 않으면 살 수가 없으니까. 연애라도 해 보면 어떻겠니. 농담하는 게 아니야. 나, 요샌 부끄럼 없이, 'Love is Best'라는 말에 대해 생각 중이다. 조만간 만나서 천천히 담소 나누자.

오사무

치바 후나바시, 1935년 8월 8일
야마기시 가이시에게


야마기시 군

오늘 밤 받은 너의 편지를 다시 읽는데, 말할 수 없는 굴욕과 분노가 치민다. 나는 모욕을 받았어. 그 어느 때보다 극심한 모욕을.

하지만 나는 너의 친구다.

헤어지기 어려운 친우. 너도 같은 생각일 거야.

솔로몬의 꿈은 깨지고 남은 건 한 마리 개미.

지금은 새벽 1시다.

토요일쯤 다시 만나 이야기하고 싶어.

나는 오늘부터 다시 글을 쓸 생각이야.

지금까지 나는 다분히 '작가'였다. 7일 오전, 씀.

나는 그러나 환자가 아니야. 결코 미치지 않았어. 8일 아침, 씀.

수면제 세 알에 주사 세 방을 맞고 비틀비틀해. 간밤에 한숨도 못 잤어. 8일 아침, 씀.

치바 후나바시, 1935년 8월 13일
고다테 젠시로에게




아쿠타가와 상 떨어진 건 괴로웠어.

'완전 무명'에게만 준다는 방침이 있나 봐.

《문예춘추》에서 10월호 청탁이 들어왔어.

《문예》도 10월호에 글을 싣겠다는 편지가 왔고.

나는 이미 유명해서 아쿠타가와 상은 앞으로도 안 될 거다.

어설픈 이류 삼류 후보자들과 같이 이름이 올랐다는 게 불쾌
할 뿐.

20일쯤 사토 하루오 댁에 갈 거야.

아주 기대돼.

이번 호 《행동》을 사서 아오모리 고향 친구들에게 읽어줘.

지헤이의 소설. 이건 반드시 행동에 옮길 것.

치바 후나바시, 1935년 8월 21일
고다테 젠시로에게


내일, 사토 하루오를 만나.

도쿄 거리를 걷는 것도 반년만이야.

(엽서라서 미안)

지난번 자네 편지는 정말 좋았어.

이대로, 이대로 가면 되겠다고 혼자 기뻐했다.

우리 사이에는 자의식과잉이 차갑게 똬리를 틀고 앉아, 엄숙의 형태를 취하고 있는 듯해. 스스로의 엄숙(훌륭함)에 한밤중 소리 내 울고 말았어.

너는 지금, 사랑의 고백을 하려 하는구나.

네 생각을 다 말해줘.

다시 만날 때는 서로 모르는 척을 해도 상관없으니.

네 생각을 다 말해줘.


'산 너머 저 하늘 멀리 행복이 산다 했건만 —— 칼 부세'


어려운 책을 전력을 다해 읽을 것.

치바 후나바시, 1935년 8월 22일
사토 하루오*에게



선생님

집에 돌아와 책상 앞에 앉는데 문득 제 곁에 당신의 부드럽고 natural한 애정이 가득 넘쳐흐르고 있었습니다. 일찍이 느끼지 못한 기분입니다. 깊이 감사를 드립니다. 오랜만에 치바 후나바시를 떠나 도쿄 거리를 걸으니 현기증이 나고 힘들었지만 가을이 오면 다시 종종 찾아뵙겠습니다.

야마기시가 하이쿠 읊은 것을 흉내 내어 저도 쓰려 했는데, 시험 답안을 찾는 학생처럼 이리저리 책장을 뒤지는 것도 진심이 전해지지 않을 것 같아서 이삼일 전 잡지에서 읽었다가 지금 문득 생각나는 하이쿠를 대신 적겠습니다.


물들었구나   서호의 버드나무   소매의 빛깔


저보다 선생이 더 청년 같다는 뜻도 있습니다.

선생이 말씀하신 문인 묵객이라는, 그 단어가 어쩐지 기쁘게

---

* 당시 문단의 중심에 있던 소설가 겸 시인. 아쿠타가와 상 심사위원이었다.

마음에 남아 있습니다.

오사무 드림

추신. 야마기시의 초대장, 잘 부탁드립니다.

치바 후나바시, 1935년 8월 31일
곤 칸이치에게


사토 하루오 씨가 내 작품《어릿광대의 꽃》을 읽고 먼저 친절한 편지를 보냈어. 다음 아쿠타와가 상에는 큰 힘이 되어주겠다며 초대를 하기에 지난 21일 감사 인사를 하러 도쿄에 다녀왔다.

반년 만에 도쿄 거리를 걸었지. 사토 씨는 역시 당당하더군. 나도 온갖 이야기를 지껄이다가 저녁까지 얻어먹고 돌아왔는데, 집에 오니 아무래도 몸이 좋지 않았어.

폐는 이제 다 나았는데, 술도 끊고, 담배도 끊고, 하루 종일 혼자 등나무 의자에 드러누워 있으니, 히스테리에 걸릴 만도 하지 않은가. 응?

자네는 장편소설을 쓴다고. 출판을 한다면 시기가 중요하지 않을까. 책을 내기 전에 작은 문예지에 문제작을 게재하고 곧바로 장편 발간으로 이어가는 게 좋지 않겠나. 자네가 날 모사꾼이라 말하고 다닌다는 얘길 들은 적이 있네만, 만약 자네가 진짜 그런 소릴 하고 다녔대도 난 자네의 진심을 믿어. 자네가 날 아낀다는 걸.

점점 나이가 들면서 오랜 친구를 소중히 여기고 싶어져. 모사꾼 어쩌고는 신경 쓰지 말게. 그런 걸로 우리 예술에 흠을 낼 순

없어. 그런 싸구려 예술은 아니었으니까. 소문을 내고 다니는 청년을 만나거든 자네가 단단히 혼을 내주게. (편지지가 다 끝나가서 허둥대고 있어.) 다른 종이에 쓰는 걸 용서하게.

다음 달,《문예춘추》《문예》《문예통신》세 군데에 쓴 글이 나온다.《문예통신》에는〈가와바타 야스나리에게〉라는 제목으로, '우리 서로 어설픈 거짓말은 관둡시다' 하고 꽤 세게 나갔기 때문에 퇴짜를 맞을지도 몰라. 나는 가와바타 야스나리의 잘못된 점을 바로잡았을 뿐이지만 어쩌면 실어주지 않을지도 모르지.

《문예》는 자네가 전에 읽은 적 있는 원고이고,《문예춘추》는 새로 썼다네. 40장을 청탁했는데 60장 보냈어.〈다스 게마이네〉(독일어로 비속함이라는 뜻이 있지)라는 제목인데 이건 꼭 읽어줘.

내가 먼저 나오고, 먼저 뻗는군. 각오는 하고 있네.

후나바시 마을은 재미가 없어. 나의 자의식과잉도 차갑게 굳어서 슬슬 엄숙이라는 형태를 띤다. 엄숙은 조만간 얼간이로 변하겠지. 난 지금 그쪽으로 정착하고 있어.

의사는 나더러 뇌매독이라며 "이 멍청한 놈아!" 하고 화를 내더군. 나는 제정신이야. 가끔씩 강한 히스테리를 부리는 정도니까 안심해. 이것도 날이 선선해지면서 잠잠해지고 있어. 요전에 후루야가 왔을 땐 조금 난폭하게 굴어서 실례를 했어.

격언.

하나, 우리는 남자와 남자 사이의 애정 고백을 당당히 해야만 한다.

하나, 비너스를 좇는 걸 당장 그만두자. 내가 비너스다. 메디치의 비너스 상처럼 풍만한 육체와 단정한 옆얼굴 갖고 있다. 하지만 나의 육체를 조금이라도 들여다본 놈이 있다면 가만두지 않겠다!

하나, 브루투스 너마저!

하나, 클레오파트라가 되고 싶다. 시저가 되는 건 싫다.

더 재밌는 편지를 쓸 생각이었는데 머리 상태가 안 좋아 실례했네. 꾸짖지 말아줘. 이 가짜 정신병자 편지에 답장은 하지 말도록. 지난번에 야마기시 가이시가 내 편지 비평 같은 걸 하는 바람에 둘 다 엄청 어색해졌지. 날 가만 내버려 두게. 남몰래 조용히 애무해준다면 더욱 고맙겠어.

요즘 자주 눈물이 난다.

나는 지금, 글을 쓰고 있는 게 아니야. 수다를 떠는 거지. 입가에 하얀 거품을 물고 혼자서 주절주절 지껄이고 있는 거야.

천 마디 말 중에 한 마디 진실을 찾아준다면 죽도록 기쁘겠네. 나는 자네를 사랑하고 있어. 자네도 내게 지지 말고 날 사랑해줘.

필요한 것은 지혜가 아니었어. 사색도 아니었다. 학문도 아니었고. 포즈도 아니었다. 애정이다. 푸른 하늘보다 깊은 애정이다.

여기서 실례하네. 편지는 무슨 일이 있어도 쓰지 말기를. 날 그냥 내버려 둬!

오사무 씀

중요한 말을 빼먹었네. 《일본낭만파》 5월호와 7월호, 집에 있는 것만 보낸다. 나머지는 발행처에 말해둘게. 난 아직 동인 모임에 나간 적이 한 번도 없고, 동인들도 잘 모르네.

오늘 아침, 누워서 편지를 읽다가 벌떡 일어났다.

뭐야, 넌 다 알고 있었구나. 좋아, 좋아.

그게게 너에게 편지를 쓰면서 니체의 슬픈 탄식이 떠올랐어.

'인간은 누군가를 칭찬하거나 깎아내릴 수는 있지만 영원히 이해하지는 못한다.'

그래도 정신없이 몰입해서(나는 요즘 몰입을 할 수 있게 되었어. 가끔은 정신을 멍하니 두기도 하고. 이 상태가 너무 그리웠기에 소중히 여기고 있다네) 편지를 썼어. 역시 썼더니, 좋았어.

니체의 에피그램은 니체가 중얼거린 순간의 진실이었고, 나나 자네의 경우엔 어릿광대짓에 불과했지.

건강이 좋아지면, 나는 도쿄로 나가야 해. 나의 작품과 이름이 어느 정도인지, 그런 시시한 일까지, 나는 제대로 알고 있어야 해.

후나바시에서 오로지 홀로, 게다가 아내로부터 병자 취급이나 받고 있는 실정으로서는, 도쿄의 상황을 전혀 짐작할 수가 없어. 나는 치바 지방 사람이 되고 싶진 않아. (요즘 지인이 찾아오는 일도 없고, 편지도, 한 통도, 안 와.) 자네 표현을 빌리자면, 죽을 만큼 지루해.

지난 31일에는 분한 일이 있어서 펑펑 울었어.

열이 났다.

나는 지난 오륙일 동안, 완전히, 풀이 죽어 있었어.

하지만 나는 자신이 생겼다.

나는 비너스다.

비너스는 슬슬 곤 칸이치의 응원에 힘입어 일에 착수하려
한다.

조만간 날씨 좋은 날을 골라 도쿄로 가겠네.

치바 후나바시, 1935년 9월 22일
야마기시 가이시에게


내가 지금 하는 말을 그대로 믿어줘.

나는 아주 객관적이고 냉정하니까.

(《문예춘추》10월호<sup>*</sup>)

다카미 씨와 기누마키 씨의 작품은 아쉬워.

컨디션이 안 좋았던 것 같아.

도노무라 씨 소설은 재미있게 읽었어.

그 사람 작품은 볼륨이 있어.

하지만 나의 작품을 아주 천천히 읽어보게.

역사적으로도 대단히 뛰어난 작품이야.

내가 나서서 이런 말을 하는 건 태어나서 처음일세.

나는 혼자서 감격하고 있어.

그것만큼은 한 발자국도 물러설 수 없네.

한밤중에 홀로 일어나 편지를 써.

조만간 놀러 와. 꼭이야.


---

\* 제1회 아쿠타가와 수상 후보 다자이 오사무, 다카미 준 등 네 명의 소설이 실린 잡지. 수상작은 이시카와 타쓰조의 《창맹》이었다.

형. 구보타 만타로 시집 고마워.

시집보다 형의 진심이 더 기쁘다.

이번에 《문예춘추》에 〈다스 게마이네〉라는 소설을 발표했는
데, '비속함'의 승리에 대해서 쓴 작품이야. 비속하다는 건 부끄
러운 일이라고 생각하기 쉽지만 그 자체로도 훌륭한 자질이라고
생각해. 수치스럽다고 여기는 순간 수습할 수 없을 정도로 더러
운 기분이 들지. "잘 부탁드립니다" 하고 고개를 숙이는 그 위대
함에 대해서 썼어. 형식은 이제까지 들어본 적 없는 새로운 길을
만들었지. 나조차 다른 작가들이 가여워질 정도로, (결코 비꼬는
게 아니라) 대단히 뛰어난 소설이야. 객관적이고 냉정하게 봐서
그렇단 얘기. 월 비평에는 악담이 실릴지도 모르지만, 그건 단 하
루의 현상일 뿐. 나의 〈다스 게마이네〉는 하룻밤 안에 사라지지
않을 무언가가 있다고 확신해. 가이조샤 사카타 씨한테서 편지
가 왔는데 조만간 내 소설을 《문예》에도 꼭 실어달라더군.

가을의 추위가 오장육부에 스민다. 나, 아직도 유배지에서 달

---

\* 히로사키고등학교 시절부터 오랜 친구.

을 바라보고 있는 기분이야. 15전을 내고, (아니면 서점 가판 앞에 서서) 《문예통신》(《문예춘추》 출판사 발행)에 실린 내 글을 읽어줘. 잡지사란 곳은 내가 아무리 진지하게 글을 써도 금방 흥행거리로 만들어버리지. 슬프지만 어쩔 수 없는 사실이야.

오사무 씀

추신. 요즘 정말 바쁘지? 훌륭한 생활인에게 소설을 읽게 만드는 것만큼 기쁜 일은 없어. 답장은 무리해서 쓰지 않아도 돼.

치바 후나바시, 1935년 9월 30일
히레자키 준*에게

　'기쁨에 넘쳐 편지를 씁니다'라고 했던 그대의 말, 있는 그대로 순순히, 존경을 담아 읽었습니다.

　책에 그어진 밑줄 따위는 곁가지에 불과합니다.

　저는 보다 본질에 다가가 그대를 지켜봤습니다.

　보내주신 편지는 저도 깊이 공감했습니다.

　하루가 한 달처럼 길게 느끼지는 경험은 제게도 있고, 지금도 여전히 그렇습니다.

　그저께 이런저런 문예지를 읽는데 문득 이런 생각이 들더군요.

　"저런, 다들 똑같은 얘길 하고 있어."

　이렇게 혼란스러운 판단을 내리고는 혼자 조용히 웃었습니다.

　그런데 지금 그대의 편지를 읽으니 조금 비슷한 감정이 들기도 합니다.

　아는 것이 최상의 영예는 아닙니다. 누구나 다 아는 것이지요.

　중요한 것은 통나무를 나르고, 벽을 칠하고, 대리석을 조각하

*　고다테 젠시로를 통해 알게 된 화가 친구.

90

는 '힘의 기술'이라고 생각합니다. "보들레르도 별것 아냐. 세련된 게으름뱅이였지"라고 해도 저는 받아칠 말이 없습니다.

죽기 전에 온 힘을 다해 땀을 흘려보고 싶습니다.

그날그날을 가득 채워 살 것.

옛 중국 죽림칠현은 아는 것이 많았지만 대숲에 몸을 숨기곤 날마다 주색에 빠져 정신없이 웃다가 결국 굶어 죽은 사람도 있다지요.

아무리 똑똑한 사람도 일단 대숲에 들어가면 그걸로 끝입니다.

계획을 세웠습니다. (재능은 던져버리고!) 우리는 강을 건너고, 산을 넘어서, 우리의 길을 걸을 뿐입니다.

자살을 해도 좋고, 백세 장수를 누려도 좋고, 사람마다 제각기, 나름의 길을 살아내는 일, 자아의 탑을 쌓아 올리는 일, 이것 말고는 아무것도 없습니다.

악필, 알아보기 힘들 수 있겠지만, 잘 판독하시길.

조만간 또 놀러 오십시오.

어제는 가을 바다를 하염없이 바라보았습니다.

해수욕장의, 버려진 바다를.

오사무 씀

오늘 《문예통신》에서 귀형의 글을 읽고 늘 변함없는 형의 지혜에 한 말씀 꼭 올리고 싶었습니다.

반드시 어떤 형식으로든 보답을 받겠다, 라는 생각이 속물이라고 하는 사람이 있다면, 저는 이렇게 말하겠습니다.

"진정한 예술가란, 가장 미천한 것으로 보답을 받을 때 그 본연의 아름다움을 발한다"라고. 당분간 저는 혼자 있고 싶습니다.

고독한 나를   더욱 외롭게 하는   뻐꾸기여**

혼자서 밥을 먹습니다.

하루 종일 등나무 의자에 드러누워 책을 읽습니다.

폐는 9할 정도 나았습니다만, 수술 후 신경쇠약으로 술도 못마셔, 담배도 못 펴, 아주 고된 상황입니다.

찬 가을바람이 오장육부에 스밉니다.

견딜 수 없는 기분입니다.

푸념만 늘어놓게 될 것 같아 이만 줄입니다.

비마저 오지 않았더라면!

\*    시인이자 소설가.
\*\*   바쇼의 하이쿠.

진심 어린 따뜻한 마음으로 인사드립니다.

오사무 드림

답장은, 신경 쓰지 마시기를.

오늘은 31일입니다. 월말에 돈을 꾸러 다니느라 괴로운 하루
였습니다. 집에서 보내오는 돈도 점점 줄어들고, 여기저기 전화
에 편지에, 길을 걸으며 눈물이 쏟아져서, 집에 들어가서 엉엉 소
리 내 울었습니다.

너무 분해서 병이 도져도 상관없다는 생각에 맥주를 마시고
오후 4시쯤 잠이 들었습니다. 월말의 고통이 사무치게 힘들어 죽
을 지경입니다. 이런 날이 열흘쯤 이어지면 병이 다시 도질 거란
걸 알고 있습니다. 지금도 조금씩 열이 나는 것 같고 몸이 안 좋
습니다. 고향 형님도 올 한 해는 푹 쉬라고 하셔서, 저는 돈을 보
내주실 줄 알고 천천히 소설 구상이나 하자고 생각했는데 그렇
게 안 됐습니다. 이렇게 되면 저도 방침을 바꿔야만 합니다. 문득
눈을 뜨니 밤 10시였습니다. 억지로라도 잠을 자자고 생각했어
요. 아내에게도 물어보니 집세니 뭐니 여기저기 돈을 내는 건 조
금 기다려준다기에, 일어나 밥을 먹으며 문득, 이부세 씨와 이부
세 씨 사모님 두 사람이 계시면 얼마나 좋을까, 하고 의미도 없
는 혼잣말이 새나와 또 울었습니다.

후나바시는 너무 조용합니다. 풀벌레 소리와 열차 지나가는

소리.

오늘은 끓는 듯한 괴로움을 맛보았습니다. 이부세 씨. 가끔씩 (두 달에 한 번 정도라도 좋으니) 힘을 보태주십시오. 그렇지 않으면, 저는 죽을 것 같습니다.

이러려던 게 아니었는데, 괴로움에 도무지 적응이 되지 않습니다.

사모님께도 부디 안부 전해주세요.

아내가 "사모님 생각이 뇌리에서 지워지지 않아"라고 했고, 저도 그건 참으로 좋은 일이라고 칭찬했습니다.

살아 있는 동안은 비참해지고 싶지 않습니다. 어떻게든 이 난관을 홀로 뚫고 나갈 각오이니 안심하십시오.


오사무 드림

이부세 마스지 님
사모님
31일 심야

"훌륭해지고 싶다"라는 너의 한마디에 진정성이 넘쳐흘렀다.
작가가 되었구나.
기쁜 일이다.

─────────────────────

나는 지금 거울로 내 얼굴을 들여다보며 순례자가 되어볼까
하고 진심으로 생각 중이다. (오래 살아야만 한다.)

치바 후나바시, 1935년 11월 17일
스나고야쇼보
아사미 후카시*에게



그날 이후 양심적으로 작업에 정진하고 있다고 확신합니다.

그저께 밤에는 두 친구 단과 야스다가 놀러와 주었습니다.

당신이 제안한 출판 건은, 저로서도 당신을 직접 만난 뒤에 결정하고 싶습니다. 저, 내년까지는 도쿄에 가기 불가능한 상황이라, 혹시 바쁘지 않으시면 실례지만 이쪽으로 와주시기 바랍니다. 약간이라면 술 상대도 해드리겠습니다. (편지지 뒷면에 지도가 있습니다.)

추위 때문에 손이 꽁꽁 얼어서 글씨가 엉망인 점, 용서하십시오.

오사무 드림



* 소설가이자 문예평론가. 그가 운영하는 우에노의 작은 출판사 스나고야쇼보砂子屋書房에서 다자이의 데뷔작 《만년》이 출간되었다.

치바 후나바시, 1935년 11월 18일
스나고야쇼보
아사미 후카시에게


밤에 편지를 쓰다가 너무 추워져서, 불을 피우고, 술을 데웠습니다.

이제야 따뜻해졌네요.

저, 이달 안으로 꼭 귀형을 만나고 싶습니다.

그리고 책에 대한 이야기도 새로 계획을 세우고, 잘되면, (저는 억지로 되지도 않는 일을 말하진 않겠습니다.) 서너 장짜리 에세이를, 저로서는 하늘 아래 한 점 부끄럼 없는 에세이를, 원고료 없이 쓸 생각입니다.(창간호에. 2호는 싫습니다.) 저는 주요 잡지, 혹은 신문에 에세이 한 장에 3엔, 소설 한 장에 5엔을 요구했습니다.

〈에로셴코와 집오리〉 작가의 말은 충분히 경의를 표하며 들을 작정입니다. 부디 하루라도 빨리 와주십시오.

《문예잡지》 창간호에도 목숨 걸고 쓴 원고를 드립니다.

'댄디즘'에 대해 한번 써볼 생각입니다.

얼큰하게 취하는 본성도 있습니다.

아무튼 이제껏 제가 한 말 그대로, 받아들여주세요.

치바 후나바시, 1935년 11월 22일
스나고야쇼보
아사미 후카시에게


　지난번 편지, 저 정말 황송했습니다.《생각하는 갈대》원고 6장
이 완성되었습니다. 생각보다 어려워서 여기에만 매달렸습니다.
조만간 오실 것 같으니 그때 전해드리겠습니다. 날씨가 좋으면
스나고야쇼보 야마자키 사장님도 같이 오세요. 11월 바다도 우
아합니다.

　졸고 6장, (지운 글이 많아서 5장이 될지도 모릅니다.) 대부분
은 졸저《만년》을 광고하는 글이 되었습니다. (멍청한 장난 같
은 게 아니라 피를 토하는 마음으로 썼습니다. 저로서는 부끄럽지
않은 글입니다.) 그래서 이 에세이 발표에 앞서 제 책의 출판에
대해 이야기를 나누고 싶습니다.

　제 책은 한 부 정가를 2엔 이하로 하고 싶습니다. 결코 출판사
에 손해를 끼치지 않겠습니다. 사실은 저, 자비출판으로 내고 싶
었어요. 이를 받아들여주시고 부디 23일경에 오시기 바랍니다.
후나바시라고 하면 먼 것 같지만 우에노에서 출발하면 아사가
야나 오기쿠보 정도 거리입니다.

　문을 활짝 열고 기다리겠습니다.

치바 후나바시, 1935년 11월 모일
사카이 마히토*에게


《신조》 신년호에 실린 나의 소설 〈장님 이야기〉를 읽어주기
바란다. 가을날 누워서 독백을 하며 한참 글을 받아쓰는 사이에
당신에게서 아름다운 편지가 왔다. 당시에 나는 문자 그대로, 몸
과 마음이 젖은 목화솜처럼 피곤에 지쳐 있었다. 한 달에 맞은 진
정제가 68회, 수면제 10엔 돌파, 술집 청구서에는 20엔이라는 숫
자가 쓰여 있었다. 한 달 동안 찾아온 친구는 딱 두 사람. 그중 하
나는 말할 수 없는 이유로 면전에서 욕을 해대며 빗속으로 쫓아
냈다. 나는 최선을 다해 목소리를 내며, 구술필기를 하고 있었다.
하루 만에 목이 쉬었다. 그런 상태에 당신에게서 편지가 왔다. 나,
쓰려고 한다면, 당당히 이름을 밝히고, 샅샅이 쓰지 않으면 안 된
다. 그것은 나의 업보다. 나는 거절했다. 도저히 쓸 수 없다고 했
다. 말 그대로였다.

지금 생각해보면 당신도 분명 한두 편 훌륭한 작품을 쓴 작가
라고 생각한다. (편지글만 읽고 그리 생각했다.) 그런데도 지금
은 《문예방담》을 운영하고 있다. 만물은 그치지 않고 움직인다.

* 문예지 《문예방담》의 편집자.

물의 흐름이다. 인간의 의지로는 아무리 해도 막을 수 없는 게 이 세상에는 있다. 옷깃만 스쳐도 전생의 인연이라는 말이 있다. 나는 당신에게서 슬픈 인연을 느낀다.

"태어난 것부터가 이미 잘못의 씨앗이었다."

나는, 요 며칠, 당신이라는 물이 흘러가는 모습을 생각하고 있다.

지금은 건강해져서, 설날 원고를 조금씩 쓰고 있다. 당신의 잡지 신년호에 여백이 있다면, 내 글을 실어주기 바란다. 건강해지면 쓰겠다고 약속했으니, 반드시 쓰겠다. 감사의 인사는 받지 않겠다. 잘 부탁드린다.

졸고 서너 장 되는 에세이다. 가장 좋은 글을 그대의 잡지에 발표하겠다. 두말할 필요 없이 책임지고 훌륭한 글을 쓰겠다.

다만, 이번 딱 한 번이다. 나는 좋아하는 남자일수록, 끈끈하게 친해지는 게 싫다. 당신도, 그렇겠지.

당신이나 나나, 남자다.


추신. 출판사 쪽 상황 간단히 엽서로 곧장 알려주길. 그에 따라 일에 착수할 예정. 또한 정성 어린 편지는 필요 없음. 난 한가한 인간이라 편지가 길어진다. 실무에 정진하는 그대, 답장은 두세 마디로 충분.

치바 후나바시, 1935년 12월 4일
고다테 젠시로에게


얼마 전 있었던 일로, 남자 중에서 슬픔이 가장 컸던 사람은, 나다.

이렇게 쓰는데도 눈물이 나서 견딜 수가 없다.

우선 어머니에게 힘이 되어드리는 것.

이것은 너의 의무다.

순수의 슬픔을 슬퍼하기를.

오늘 타모쓰 씨한테서 편지가 왔는데 나에게는 무서운 사람이 되었다.

이번에 나의 《만년》이 나온다.

프루스트의 희고 커다란 책 《스완네 집 쪽으로》와 같은 장정으로 했다.

이제 너에게 남은 친구는 어머니뿐이다.


추신. 우리의 슬픔을 비웃는 사람은, 죽여버리겠다. 흐트러진 마음 그대로 우체통에.

치바 후나바시, 1935년 12월 4일
쓰무라 노부오에게



겨울엔 아무래도 힘이 안 나.

빨리 하루가 지나가면 좋겠다고, 지금은 그것만 바라고 있어.

내년엔 너나 나나 운이 좋아진다고 하니까.

시집, 고마워.

네가 나보다 하루 먼저 꽃을 피우는구나. 장정도 마음에 든다.

벌써 출판기념회 이야기를 하는 건 어떨까 싶지만, 올해는 다리가 아파서 갈 수가 없어.

내년 정월쯤 되면, 설에 기념회를 연다면, 나도 갈게. 아마도 가장 깊은 애정을 갖고.

나의 단편집《만년》. 내년 3월에 우에노 스나고야쇼보에서 나올 계획이야. 정해졌다.

아무도 안 산다면, 나 혼자 살 거라고 스나고야쇼보 주인한테 말해뒀어.

너의 시집《사랑하는 신의 노래》도 오늘 이후 더욱 진지하게 읽고, 귀를 기울여 들을 생각이야.

아무리 떨어져 있어도, 난, 우리 세대 친구들을 믿고 있어. 어디에선가, 부끄러울 정도로 악수를 나누고 있을 걸 생각하면,

눈물이 나는구나.

치바 후나바시, 1935년 12월 16일
히레자키 준에게


제 소설을 읽어주신다니 힘이 납니다.

저, 19, 20, 21, 22, 이렇게 나흘간 여행을 다녀오겠습니다.

푸른 눈의 탁발승이 될 생각입니다.

초라한 여행이지만, 여행이라도 가지 않으면 견딜 수 없습니다.

23일부터는 매일 집에 있어요.

언제든 오십시오.

이만.

이부세 씨

어젯밤 여행에서 돌아왔습니다. 쫓기듯 이리저리 걸었습니다.
유모토에서 감기에 걸렸어요. "방랑에 병들어 꿈은 마른 들판
을 헤매고 도네" "방랑에 병들어 꿈은 마른 들판을 헤매고 도네"
"방랑에 병들어 꿈은 마른 들판을 헤매고 도네" 그저, 바쇼의 이
하이쿠만이 입에서 맴돌았습니다. 몸도, 마음도, 엉망진창입니
다. 오늘 아침, 아주 끔찍한 꿈을 꾸고 침상에서 울어서, 집사람
에게 놀림을 받았습니다. 설에도 못 찾아뵙게 되었습니다. 용서
하세요. 여러 사정이 생겨서 집에만 틀어박혀 있을 겁니다.

저는, 지금, 감옥에 들어간다는 생각으로, 엄숙하게 30장 분량
의 소설을 쓸 생각입니다.

치바 후나바시, 1935년 무렵
야마기시 가이시에게


'건배! 내게도 행복했던 시절이 있었습니다. (박수.) 제가 한 살 때지요.'

어젯밤엔 딱 이 한 줄을 쓰고는 잠이 오지 않아 감기에 걸렸다.

조금씩 이상해지고 있어. 장렬한 싸움을 하고 있나 봐.

짧은 편지를 용서하세요.

곤 형은 정말 좋은 사람이구나. 오늘 하루 종일 몇 번이나 그렇게 중얼거렸습니다.

형이 해준 위로, 있는 그대로를, 아니, 그 숨은 뜻까지 깊게 이해했습니다.

형 한 사람을 위해서라도 오래 살 생각입니다. 그리고 은혜를 입은 따뜻한 사람의 도움이 되고 싶습니다. 하찮은 힘이나마 형을 위해 애쓸게요.

오늘 밤 아버지 기일, 형과 나 단둘이, 소소한 맹세, 한 번만 더, 허락해줘, 곤은, 좋은 남자구나, 착한 일을 많이 하면 복이 온다지, 조만간, 기대해도 좋아.

나의 소녀 같은 짓궂음, 길한 소식, 그날까지, 비밀 비밀 비밀.

오사무 드림

곤 형 만세.

다자이 27세                        치바 후나바시, 1936년 1월 24일
                                야마기시 가이시에게




불면증 탓인지 얼굴이 붓고 불쾌해.

별도 보이지 않아. 매화는 아직 멀었고.

매일 밤, 환청으로 힘들다네.

　　　깊은 어둠 속

　　　새끼 학 한 마리가

　　　눈이 먼 채로

　　　무럭무럭 자라니

　　　서글퍼라 살찌네*

　　　　　웃음.

*　다자이가 편지에 적어 넣은 이 시는 훗날 소설 《사양》에 인용되었다. 다만 소설에서
　　는 '깊은 어둠 속'을 빼고 '매년 해마다'로 바꿔 넣었다.

치바 후나바시, 1936년 2월 5일
사토 하루오에게


한마디 거짓도 과장도 없이 말씀드리겠습니다.

물질의 고통이 쌓이고 또 쌓여 죽을 일만 생각하고 있습니다.

제가 기댈 곳은 오직 사토 선생뿐입니다. 저는 은혜를 알고 있습니다. 저는 뛰어난 작품을 썼습니다. 앞으로 더욱 훌륭한 작품을 쓸 수 있습니다. 저는 딱 10년만 더 살고 싶어 죽을 지경입니다. 저는 괜찮은 인간입니다. 정신을 차리고 살고 있습니다만, 지금까지 운이 나빠 죽기 일보 직전까지 와버렸습니다. 아쿠타가와 상*을 받는다면 저는 인간의 따뜻한 정에 울음을 터트릴 겁니다. 그리고 앞으로 닥칠 그 어떤 괴로움과도 싸워 이기며 살아갈 수 있습니다. 기운이 날 겁니다. 웃어넘기지 마시고 저를 도와주십시오. 사토 선생은 저를 도울 수 있습니다.

저를 미워하지 마십시오. 선생의 은혜에 반드시 보답하겠습니다.

댁으로 찾아뵙는 게 좋을까요. 몇 날 몇 시에 오라고 하시면 폭설이고 폭우고 상관없이 날아가겠습니다. 체면이고 뭐고 다 던

---

* 제2회 아쿠타가와 상. 결과는 수상작 없음.

져버리고 사시나무 떨듯 떨며 간곡히 부탁드리는 바입니다.

집 없는 참새
오사무 드림

치바 후나바시, 1936년 2월 7일
사토 하루오에게

그럼 8일 3시에 뵙겠습니다.*
저를 너무 혼내진 마세요.
심려 끼쳐드려서
구멍이 있으면
숨고 싶은 기분입니다.

---

*  이날 아쿠타가와 상 이야기를 기대하고 갔지만, 파비날 중독 치료를 위해 반드시 입원해야 한다는 충고를 들었다.

도쿄 시바 제생회시바병원
1936년 2월 10일
스나고야쇼보
아사미 후카시에게


갑작스럽지만, 오늘, 위의 병원에 입원했습니다.

고향의 형에게 알릴 틈도 없어서 돈이 한 푼도 없습니다.

2월 안에는 깨끗이 나을 생각입니다. 병원에서도 소설을 쓸 수 있으니까, 20엔 정도만 빌려주실 수 없을까요. 야마자키 씨에게 부탁 좀 드려주시길 바랍니다. 40장 분량의 소설을 반드시 쓰겠습니다. 우선은 급하게 간절한 부탁을 드려봅니다.

(병원으로 보내주십시오.)

(저 같은 놈이 원고료를 가불해 달라는 게 얼마나 염치없는 짓인지 잘 알고 있지만, 도저히 다른 방법이 없기에 실례를 무릅쓰고 연락드립니다.)

도쿄 시바 제생회시바병원
1936년 2월 10일
야마기시 가이시에게



또 입원.

이번이 제일 괴로울 것 같다.

병원은 아카바네바시 역에서 내리면 돼.

무리해서 올 필요는 없다.

별일 아니니까.

도쿄 시바 제생회시바병원
1936년 2월 12일
야마기시 가이시에게


창문을 열면,
온통 붉은 히나* 장식
화려한 가게.
얼마나 보았던가,
밤잠을 설치면서.

나의 신세에,
괴롭고 눈물 난다.
이젠 더 이상,
슬퍼하지 않겠노라,
편지는 하였지만.

그이를 위하여,
외로워도 괜찮다.
다짐했지만,

---

\*   여자아이들의 건강을 비는 히나마쓰리에 장식하는 인형.

초라한 지붕 아래,
이토록 울 줄이야.


내 걱정일랑
조금도 하지 말길
어여쁜 이여.
사람을 미워하면
무슨 말을 더 할까.

몸이 너무 괴로워.
답가를 보내다오.

도쿄 시바 제생회시바병원
1936년 2월 13일
야마기시 가이시에게


이 엽서가 가는 동안 자네도 내게 엽서를 보낼지도 모르겠어.
자네의 엽서를 못 기다리고 이 글을 쓰네.

나는 사악한 놈이 아니야. 언제나 정정당당히 바른길을 걸었
다. 지금도 마찬가지고.

의사와 방금 또 이야기했는데 그놈은 진짜 바보야. 저질이다.

어쩌면 퇴원할지도 몰라.

나는 미치지 않았어.

도쿄 시바 제생회시바병원
1936년 2월 13일
야마기시 가이시에게


　자네 엽서를 읽고 마음 깊은 곳에서 '쾌재'가 터져 나와 입 밖
으로 흘렀다.

　그 의사는 바보다.

　그건 이제 명백한 사실이다.

　조만간 그놈 면상에 침을 뱉을 생각이야.

도쿄 시바 제생회시바병원
1936년 2월 14일
사토 하루오에게


사토 씨. (삐뚤빼뚤한 글씨 용서하세요)

저는 아무래도 퇴원하겠습니다.

건설의 길은 허위의 길입니다.

오늘날 청년들에게는 데스페라도*의 길만이 정통파라고 믿습
니다.

신경 써주신 마음은 잊지 않겠습니다.

---

\* 무모한 사람, 목숨이 아까운 줄 모르는 무법자, 무뢰한.

도쿄 시바 제생회시바병원
1936년 2월 14일
사토 하루오에게


문제가 생겼습니다.

일요일 빼고, 시간 되는 날 꼭 와주십시오.

무리를 해서라도 반드시 오세요.

주치의가 이야기를 하고 싶은 모양입니다.

흐트러진 글씨, 용서하세요.

도쿄 시바 제생회시바병원
1936년 2월 14일
사토 하루오에게


편지 읽었습니다.

몇 번이나 읽었습니다.

그리고 한동안 멍하니 생각에 잠겼습니다.

눈물이 났습니다.

저는 몹쓸 인간이 아닙니다.

도쿄 시바 제생회시바병원
1936년 2월 16일
사토 하루오에게


어제는 다녀가신 뒤로 주사도 맞지 않고 약도 먹지 않은 채 밤
에도 깊이 잠이 들었습니다. 사토 선생과 사모님이 와주신 덕분
이라고 확신합니다. 역시 애정이 필요했나 봅니다. 정말로.

도쿄 시바 제생회시바병원
1936년 2월 17일
사토 하루오에게


지금 막 잠에서 깼습니다.

제생병원에 들어온 지 여드레째입니다.

남은 이틀이 천 년처럼 길게 느껴집니다.

어젯밤엔 야마기시 가이시와 유쾌한 담소를 나누었습니다.

야마기시가 돌아가고 《법구경》을 읽으며 생각에 잠겼습니다.

저는 엄청나게 종교적인 인간이었습니다.

신앙생활을 생각하고 있습니다.

도쿄 시바 제생회시바병원
1936년 2월 20일
사토 하루오에게


큰 은혜를 입었습니다.

뭐라 감사를 드려야 할지 몰라 손이 얼고 혀가 굳는 기분입니다.

내일부터 오직 작업에만 매진하겠습니다.

재주도 없는 말더듬이 두메산골 촌놈, 적어도 좋은 작품을 바치겠습니다. 달리 다른 기술도 없습니다. 무지하게 부끄럽고 이리 한 줄 한 줄 적어나가는 사이 이윽고 부끄러움은 열 배 스무 배 쌓여서, 아아 이 부풀리는 말버릇, 요코미츠 리이치*도 울고 갈 서투른 글씨여, 다시 쓰자, 다시 써, 하고 스스로를 꾸짖는 중입니다.

오늘은 온몸에 식은땀이 뻘뻘 흘러 죄송하지만 다른 날 훌륭한 작품을 들고 당당히 찾아뵙겠습니다.

오늘은  정말이지  완전히  엉망입니다.

용두사미의 나쁜 버릇, 바다보다 깊은 은혜를 이렇게밖에 못 갚다니 부끄럽습니다.

---

*  당시 가와바타 야스나리와 함께 신감각파라 불리며 주목받던 소설가.

사모님께도 안부 전해주세요.

비틀비틀 좌절

다음에는 반드시 제대로 된 작품을 보내겠습니다.

오사무 드림


사토 하루오 선생님 오늘은 너무 추워서 이렇게 철없는 편지 밖에 쓰지 못했나 봅니다. 부디 용서하십시오.

치바 후나바시, 1936년 3월 1일
사토 하루오에게


오랜만에 인사드립니다.

도시의 소란은 뒷전으로 하고 〈교겐의 신〉이라는 소설을 조금씩 쓰고 있습니다. 야마기시가 놀러 왔습니다. 아사미 후카시 씨도 놀러 왔습니다. 《문예잡지》 4월호에 선생님께서 〈다자이에 대하여〉라는 글을 써주시길 저도 부탁드립니다. 마감이 이삼일밖에 남지 않은 것으로 알지만 제가 처음 내는 작품집*이니 판매가 확 높아질 만한 글을 써주십시오. 저도 조금 써봤습니다. 최선을 다하고 있어요. 아울러 동화책 출판사 오야마쇼보의 주소, 알려주십시오.

소설이 완성되는 대로 신이 나서 댁을 방문하겠습니다. 그때까지는 부끄러워서 만나고 말고도 할 수 없겠습니다. 고향에서는 선생님께 선물로 붉은 떡을 해 드리라고 돈을 보내왔는데 어찌해야 할지 모르겠습니다. 조만간 뵙기를 바라며.


* 《만년》.

치바 후나바시, 1936년 3월 2일
스나고야쇼보
아사미 후카시에게


요즘 또다시 혈담이 나와서 불안합니다.

부디 빨리 책을 내주세요.

실은 작년 연말부터 마음이 어지럽고 난처합니다.

책 걱정 때문에 견딜 수가 없는 겁니다.

부디 하루라도 빨리 출판해주세요.

저를 도와주세요.

책 관련 일이 있으면 저를 불러주세요.

필사적으로 드리는 부탁입니다.

요즘 사과는 오래돼서 맛이 없을 텐데 고향에선 왜 그런 걸 보냈을까요. 식은땀이 납니다. 부끄러운 짓을 해버렸습니다.

'볼락'이라는 생선은 요새 따뜻한 양기로 인해 우송 중에 부패할 수도 있으니 올해 가을까지 기다려주시기 바랍니다. 오늘은 집 안을 어슬렁어슬렁 배회하다가 머리로 전등갓을 부수고 말았습니다.

사과는 니혼바시에 사시는 동생분 아키오 선생님께도 보냈는데 받으셨으리라 생각합니다.

치바 후나바시, 1936년 3월 24일
스나고야쇼보
아사미 후카시에게


《문예잡지》에 실어주신 애정 어린 글에 감사드립니다. 야마기시에게도 안부 전해주세요.

《만년》슬슬 인쇄를 시작합시다. 요즘 조금 불안한 일이 있어서 어서 빨리 제 책을 보고 싶습니다. 살아 있는 동안 제 책을 보고 싶어요. 내달 중으로 나온다면 기쁠 것 같습니다. 저는 필사적입니다. 부디 부탁드립니다. (반드시 이달 안에 시작해주십시오. 이렇게 절을 하며 부탁합니다. 답장 기다리겠습니다.)

치바 후나바시, 1936년 4월 7일
스나고야쇼보
아사미 후카시에게


　고맙습니다. 눈물이 났습니다. 어쨌든 10일 날 단 군과 둘이 찾
아뵙겠습니다. 얼마나 기쁜지 모릅니다. 이런 제 맘 알아주시기
를. 그럼.

오랜만입니다.

무척, 따분하고, 황량한 나날을, 보내고 계시리라 생각합니다.

일생에는 아주 많은 일이 생기곤 합니다.

저 같은 사람도 귀형에게 도움이 되는 사람이 되고 싶어,

죽고 싶다, 죽고 싶어, 하는 마음을 다스리고 다스리며,

하루하루 살아가고 있습니다.

너무 갑작스러워, 식은땀이 나는 기분이지만,

20엔,

이달 안으로 빌려주십시오.

긴말하지 않겠습니다.

살기 위해, 꼭 필요한 돈입니다.

5월 안으로는, 반드시, 반드시, 갚겠습니다.

5월엔 돈이 꽤 들어올 거거든요.

저를 믿어주십시오. 거절하지 말아주십시오.

하루라도 빠르면 빠를수록 큰 도움이 됩니다.

진심으로 드리는 부탁입니다.

발레리의 《괴테론》, 함께 동봉합니다.

제가 쓴 《만년》도 다음 달이면 완성됩니다.

나오는 대로 보내드리겠습니다.

상당히 세련된 책이 될 것 같습니다.

우선은 그간 연락이 뜸했던 것을 사과드리며.

꼭 좀 부탁드리겠습니다.

오사무

쓸데없는 데 쓸 돈이 아닙니다. 부탁드립니다.

저의, 목숨을 위해, 청을 드렸습니다.

맹세합니다, 생애, 단 한 번의 부탁입니다.

며칠 밤을 고민한 끝에 드린 요청이었습니다.

다음 달에는 《신초》와 《문예춘추》에 글을 씁니다.

괴로움도 이달뿐입니다.

다른 친구들처럼 귀형도 그리 넉넉지는 않을 걸 알지만, 부디
한목숨 살려주십시오.

다른 말은 안 하겠습니다.

하루라도 빨리, 부탁드립니다.

다음 달 반드시 갚겠습니다.

절박한 사정이 있습니다.

거절하지 말고 도와주십시오.

오사무

하루라도 빨리 보내주시길, 엎드려 간곡히 청합니다.

치바 후나바시, 1936년 4월 26일
요도노 류조에게


   이렇게 자주 편지를 쓰니 수치심에 죽고 싶은 기분입니다. 부
디 부탁드리겠습니다. 다른 도리가 없는 탓에 궁지에 몰려 있습
니다. 부탁합니다. 진심으로 제 일생에 마지막 한 번입니다.

   지금 책 수정이며 창작을 하느라 몸이 무척 망가져서 야위었
습니다. 그러다 어제는 급기야 하루 종일 잠만 잤습니다. 이 봄만
무사히 지나갈 수 있다면 몸은 좋아질 거라 생각합니다. 5월에는
반드시 갚겠으니 4월 중으로 부탁합니다.


                               오사무

치바 후나바시, 1936년 4월 27일
요도노 류조에게

　형, 고맙습니다. 이 은혜는 반드시 갚겠습니다. 절 믿어주셔서 기쁘기 그지없습니다. 오늘의 이 기쁨은 말로 표현할 수 없음. 나는 자랑스러운 벗을 두었습니다. 하늘로 날아오를 것만 같습니다. 형을 향한 나의 성실이 이해받으니 '만세!'가 목구멍까지 올라옵니다. 고향 일이 무사히 해결되어 기쁩니다. 괴로운 일도 있겠지만 그 괴로움을 한마디도 입 밖으로 꺼내지 않는 형의 태도가 무척이나 우아하게 여겨집니다.

　훌륭한 예술가에게는 충실한 홈 라이프가 있을 테지요. 한 권의 책을 읽고 곧장 독서일기. 여행 사흘 다녀와서는 여행기. 감기로 하루 드러누워 병상일기. 이런 건 도움이 안 됩니다.

　인간답게, 생활해야 한다고 생각합니다.

　매의 눈으로 오로지 작품만을 생각하며 찾아 헤매는 사람은 상당히 괴로울 거라고 생각을 합니다. 작품은 서두르지 않더라도, 풍부한 홈 라이프만을 갈망합니다.

　후배의 주제넘은 이야기를 용서하십시오.

　가슴 깊이 감사를 드립니다.

오사무 드림

치바 후나바시, 1936년 4월 27일
야마기시 가이시에게


어제는 너무 피곤해서 미안했네.

보통의 피곤은 이까짓 것쯤이야, 하고 완강히 버티며 모른 척하는데 말이야. 이번엔 상당히 심한가 봐. 지난 이틀 동안 거의 밤을 새워 글을 썼다. 축 처져 있는데 네가 왔어.

하지만 지난 밤 자네의 퇴장은 꽤 멋졌네. 아름다운 목소리의 새가 날아왔다 사라져도 흔적을 남긴다는 기분이다.

산뜻했다.

치바 후나바시, 1936년 4월 28일
스나고야쇼보
아사미 후카시에게


　지난 이삼일 동안, 형이 문예잡지에 제 〈참새 새끼〉를 두고 발표한 글을 생각하고 있습니다. 형은 제가 하고 싶은 말을 간파했습니다.

　백 장 정도 쓴 작품을 파기하고 쓴 것인데 꽤 괜찮은 것 같습니다.

치바 후나바시, 1936년 5월 15일
곤 칸이치에게


곤 형

방금 엽서 읽었어. 정말로 솔직한 형의 심경을 느꼈어. 걸작이
란, 소설 한 편에 해당하는 말이 아니라, 한 작가가 10년을 걸어
온 길에 바치는 형용사라고 생각해. 써놓고 보니 조금 재수가 없
군. 실은 좀 더 깊고 명랑한 기쁨에 대해 쓰려고 했는데. (몸이 좀
처럼 회복되지 않아서, 혼자 풀이 죽었다가 몸 챙기기를 반복하고
있는데, 어째 곧 죽을 것만 같아.)

치바 후나바시, 1936년 5월 18일
사토 하루오에게


사토 씨.

제 엽서를 우치다 핫켄 씨하고 둘이서 당대의 명인 어쩌고 비웃으며 읽으셨다지요. 그 얘길 듣고 완전히 기가 꺾여서 이젠 친구한테도 제대로 엽서를 못 쓰게 되었습니다. 그럼에도 불구하고 더욱 비굴하게 돈을 빌려달라는 두 통의 엽서를 일부러 보내서 엽서 글의 신용을 저 스스로 포기했습니다.

그건 일부러 기분 나쁘게 쓰려고 상당히 노력한 엽서입니다. 사실 저는 혼자 아무런 변명도 하지 않고 조용히 창작에 몰두했습니다. 일찍이 약속드린 엄숙한 작품, 〈교겐의 신〉 42장, 백 일 이상 시간을 들여 5월 10일에 완성했습니다. 곧장 《문예춘추》 출판사에 보냈는데, '원고 건네받았습니다. 저는 다른 부서 편집자이기에 《문예춘추》 담당자에게 전해주었습니다. 채택될지 안될지는 빨리 결정을 내리기 어렵다는 점, 이해해주시기 바랍니다'라는 답장이 와서 훌쩍훌쩍 울었습니다. 지금 다시 생각해도 제 신세가 처량해 눈물이 날 것 같습니다.

아무리 괴로워도 이 소설 하나에 매달려 살았습니다. 채택될지 어떨지도 절망에 가까워 죽으려는 생각까지 들었습니다. 무턱대고 사람들이 원망스럽기만 합니다. 봄이 오니 호흡기질환이 재발했지만 그래도 매일 누워서 하루 두세 장씩 글을 썼습니다. 어째서일까요. 뭔가 제가 모르는 오해라도 있는 걸까요.

사토 씨. 앞으로 저는 어쩌면 좋을까요. 알려주십시오. 다른 잡지사에 가져가야 할까요. 돈 문제도 이 소설 하나에 매달려 억지로 끌고 왔습니다. 정식 의뢰는 없었지만 분명히 제 소설을 사줄 거라고 거짓이나 위로도 할 줄 모르는 대여섯 명의 사람들이 말했습니다. 살아갈 수 없을 정도로 부끄럽습니다. 《문예춘추》 출판사의 방침이 바뀐 것일까요. 지난달에도 《문예통신》에서 에세이 10장 의뢰가 있어서 보냈더니 10장은 너무 많고 다자이의 편만 들기는 어렵다는 이상한 답장이 와서 원고를 보류하겠다고 합니다. 어쩐 일일까요. 아직 쓰고 싶은 말이 많지만 이삼일 내로 다시 편지하겠습니다. 치통 때문에 칠전팔기의 고통을 참고 편지를 씁니다.

오사무 드림


아쿠타가와 수상 후보들은 모두 활발히 활동하고 있는데, 저 혼자만 따돌림 당하고 있습니다. 어째서인지 도무지 알 수가 없습니다.

치바 후나바시
1936년 5월 모일
오노 마사후미*에게




편지, 한 자 한 자 있는 그대로 솔직하게 읽었습니다.

당신이 나를 생각할 때는, 나도 늘 당신을 생각했을지 모릅니다. 나는 당신의 재능에 경의를 갖고 있습니다. 언젠가 어떤 기회에 다시 함께 일을 도모할 사람이라 생각했습니다. 매일 하루가 획획 변해서 뭐가 뭔지 저도 잘 구분이 가지 않고 부끄럽기만 합니다.

용서하세요.

이달에만 소설 다섯 편을 약속해버렸는데, 이런 상황이라면 한 편도 못 쓰는 게 아닐까 걱정입니다.

놀러 와주세요. 또 편지하겠습니다.

산발한 머리가 한 뼘 정도 길었습니다.

친구에게 보여준 뒤 자르려 했는데, 아무도 오지 않습니다.


오사무 드림



* 다자이의 아오모리중학교, 히로사키고등학교 후배. 훗날 다자이 오사무 연구가가 됨.

지난 이삼일 보내주신 애정, 평생 잊지 않겠습니다. 사모님께
도 안부를 전해주세요.

오는 일요일 날씨가 좋으면 마중을 나가겠습니다.

저는 지난 오륙일 죽으려고 생각했습니다.

〈교겐의 신〉 원고료 받기 전에 30엔 정도 빌릴 수 있을까요.

만약 원고료가 안 들어오면 고향에 부탁해서라도 이달 안에
갚을 테니 부탁드려요.

하루하루 밝게 산다면 자살은 무슨, 주사는 무슨.

붉은 유리 풍경 하나에도, 살아 있다는 기쁨, 느낍니다, 육친의
사랑을 모르는 아이입니다.(그런 의미에서 졸작 〈추억〉을 읽어
봐주시기를 부탁드립니다)

오늘 아침 신문에서 대서양 연해의 북해에서 태양을 연구하는
선각자들의 긴장감과 보람이 느껴져 눈물을 흘렸습니다. 저는
가장 엄숙하고 건방진 아이입니다. 배신하는 일 없이 노력할 것
을 맹세합니다.

사토 하루오 선생님

오사무 드림

토요일 오후 2시

첫 창작집 《만년》.

치바 후나바시, 1936년 6월 21일
이부세 마스지에게

이부세 님

단편집 《만년》* 방금 보냈습니다.

여러 가지로 실례가 많았습니다. 용서하세요.

무단으로 훌륭한 문장을 빌렸습니다.**

* 《만년》의 앞 띠지는 사토 하루오가 야마기시 가이시에게 보낸 편지에서 가져왔다. "(사토 하루오 씨, 1935년 초여름, 저자의 친구 야마기시 가이시에게 보낸 친서.) 지난번엔 실례가 많았네. 〈어릿광대의 꽃〉을 읽고 대단히 재미있다고 생각했어. 물론 합격점이야. '진실은 어디에도 없다. 하지만 듣다 보면, 가끔씩 예기치 못한 수확을 얻을 때도 있다. 그들의 허세 어린 대화 속에서 간혹 놀랄 만큼 솔직한 울림이 느껴질 때가 있다.' 작품의 키노트를 이루는 이 한 구절을 그대로 가져와 이 소설을 평해도 무리가 없을 걸세. 어렴풋이 드러나는 진실의 빛줄기가 기뻤다네. 아마도 진실이라는 것은 이런 식으로밖에 말할 수 없는 것일 테니. 병상에 있는 작가의 건강을 빌며 이 편지를 쓰니, 부디 잘 전해주기 바라네. (5월 31일 밤, 아니, 6월 1일 새벽. 오전 2시 무렵에.)" 한편, 초판본에는 '사토'가 '사조'라고 잘못 인쇄되었다.
** 《만년》의 뒤 띠지는 이부세 마스지가 다자이 오사무에게 보낸 편지에서 가져왔다. 내용은 이렇다. "(5년 전인 쇼와 7년 초가을, 교복 입고 긴 머리 휘날리던 학생에게, 세계적인 대작가 이부세 마스지 씨가 보내준 편지다.) 편지 잘 읽었습니다. 이번 원고는 아주 좋았습니다. 지난번 것과 비교해도 뛰어나게 좋아졌어요. 순진하면서도 표현이나 수법이 튼튼하게 갖춰져 있었습니다. 아울러 객관적인 시선으로 쓰였다고 생각합니다. 특히 〈추억〉은 완성도가 아주 뛰어납니다. 오늘부터는 씩씩하게 학교도 가고, 또 소설도 충분히 자긍심을 갖고 써나가 주십시오. 저를 찾아올 시간에 톨스토이나 체호프 한 장 아니 반 장이라도 읽는 게 얼마나 나은지 모릅니다. 많이 쓰고, 또 쓰는 일에 지치지 않도록 등교하세요. 학교 가는 일에 지치지 않도록 글을 쓰세요. 이 두 가지는 숨을 쉬고 숨을 뱉는 두 가지 행위와도 비슷합니다. 장래에 대성할 것을 확신하고, 몸을 돌보며, 공부에 정진해야 합니다. 9월 16일 이부세 마스지."

죄를 많이 지었어요. 일도 일단락되었고요. 다시금 용서를 빕
니다. 이부세 씨를 상처 입히는 일은 결코 없을 겁니다.

최근 오륙일, 죽을 만큼 바쁩니다, 용서해주세요.

치바 후나바시, 1936년 6월 23일
곤 칸이치에게

  곤 군

  엽서 받기만 하고 답장하지 못한 건 다른 뜻이 있었던 게 아닐세. 몸이 너무 피곤한데 오륙일 무리해서 결국 쓰러지고 말았다는, 그런 원인일 뿐.

  작품에 대한 말은 모두 수긍. 너의 '다자이론'은 신뢰가 가. 너도 다자이니까. 〈허구의 봄〉은 전부 다시 쓰지 않으면 작품도 뭣도 아니야.

  신간 《만년》을 동봉하네. 꼭 한 번쯤 호평을 듣고 싶어.

  ◎ 칭찬 일색 광고문(3장가량) 써줘.

  신문 광고에 필요해.

치바 후나바시, 1936년 6월 23일
쓰무라 노부오에게

빌려주신 돈, 잊지 않고 있습니다.

오히려 아침부터 저녁까지 신경이 쓰입니다.

사나흘 안에 작업이 일단락되면 다시 사과와 감사의 인사드리겠습니다.

《만년》이라는 단편집이 완성되었습니다.

보내드립니다. 지난번에 형님에게도 1엔을 꾸었는데 그때 다 같이 갚겠어요.

이번 달 이래저래 너무 바빠서 돈 갚는 일이 늦어졌습니다.

제국대학 신문에 《만년》 광고를 크게 실을 거야.

2장 정도 추천의 글, 속달로 급히 보내줘.

시타야구 우에노사쿠라기초 27 스나고야쇼보 앞으로 부탁해.

'천재' 같은 단어를 막힘없이 자유자재로 써주기 바람.

형의 깊디깊은 애정을 기대할게.

조만간 인사하겠음.

치바 후나바시, 1936년 6월 28일
히레자키 준에게


제 생애 단 한 번, 목숨을 건 부탁이 있습니다.

졸저 《만년》을 동봉하였습니다. 읽어보고 꾸짖어주십시오.

내달 3일에, 돈, 갚겠으니, 50엔, 전신환으로, 내일 아침, 꼭 보내주십시오. 부탁드립니다.

형에 대해서는, 저, 시종, 성실, 엄숙, 서로 존경하는 마음을 갖고 만났습니다. 형이 50엔 부탁을 거절한다면, 저, 죽겠습니다. 그 수밖에는 없습니다.

겨우겨우 용기 내어 하는 부탁입니다. 내달 3일까지는, 반드시, 전부, 갚겠습니다. 저서의 광고비 전액을, 제가 내게 되어 있어서, 상경, 동분서주, 공교롭게 일요일이라, 허무하게 돌아왔습니다.

부탁입니다. 이번 부탁만 들어주신다면, 일절 폐 끼치지 않겠습니다.

오사무 드림


아무리 늦어도 3일에는, 반드시, 반드시, 돌려드리겠습니다.

저를 믿어주세요.

친구 분에게 "다자이가 3일까지 빌려달라고 한다"고 하시고
그쪽에다 빌려도 괜찮습니다.

잡지와 신문에 당당히 광고를 할 생각입니다.

50엔, 얼마나 어려울지 알고도 남습니다.

간곡히 부탁드립니다.

치바 후나바시, 1936년 6월 29일
가와바타 야스나리에게


    엄숙한 편지를 접하고, 제게 남은 단 한 조각의 성실이 보답을 받은 기분입니다.

    천 마리의 악마가 사는 세상에는 천의 부처가 존재해야 한다는 자세로 살아가는 존경스러운 자세, 오늘밤 큰 가르침을 받았습니다. 《만년》 한 권, 제2회 아쿠타가와 상을 타게 될까요. 태어나 처음으로 받아보는 상금, 제 반년치 여비입니다.

    비로소 당황하지 않고 서두르지 않고 정진할 수 있습니다.

    고생한 작품은 생애 단 한 번 보답을 받을 만하다는 객관적인 정확함. 한 점 의심의 여지도 없으니, 부디 저에게 아쿠타가와 상을 주세요. 저는 한 점 부끄러움도 없습니다.

    깊은 경의와 감추고 감춰온 혈족감이 이런 간절한 소원을 내뱉게 합니다.

    고통스러운 1년을 보냈습니다.

    죽지 않고 살아온 것만이라도 칭찬해주십시오.

    요즘 다소 빈궁하여 쓰기 힘든 편지들만 수없이 쓰고 있습니다.

    비틀거리고 있습니다.

저에게 희망을 주십시오.

늙은 어머니와 가여운 아내를 단 한 번만이라도 기쁘게 할 수 있게 해주십시오.

저에게 명예를 주십시오.

《만년》한 권만은 부끄럽지 않은 책이라고 생각합니다.

부디, 부디 저를 못 본 척하지 말아주십시오.

저는 분명 괜찮은 소설을 써낼 것입니다.


경제적으로 구원을 받는다면 저는 명랑한 나비.

여행길의 둘도 없는 친구.


계곡에서 함께 단풍을 보면서 웃으며 이 편지 떠올릴 날 오기를 손꼽아 기다리며, 남은 두세 달, 괴롭더라도 살아 있겠습니다.

진심 어린 감사와 성실, 명랑, 한 점 거리낌 없는 당당한 부탁.

모든 것을 운명에 맡기겠습니다.

(약간의 과장도 없습니다. 정말이지 꼭 해야 할 말들 뿐.)


가와바타 야스나리 님

　6월 29일


　　　　　　　　　　　　　　　　　　　　오사무 드림

したの明年一
冊　第二回の
芥川賞くる
しからず　生
れてはじめての
賞金が
半年分の
旅費みは
です　あせら
す　充分の
精進　静
養もはじ
めて可能

앞 편지 원본 일부.

謹啓

厳粛の御手翰に接し、わが一片の誠実、いま余分に報いられた心地にて鬼千匹の世の中には佛十体もおはすのだと生きて在るこ

우선 몸이 건강하다는 것만 전하겠네.
조만간 감사 인사를 하러 감세.
자세한 얘기는 그때, 담소.

치바 후나바시, 1936년 7월 2일
히레자키 준에게


성실만이 길이다, 믿고 있습니다.

이윽고 얼음이 녹아서 안심입니다.

《문학계》7월호에 실린 제 작품 〈허구의 봄〉에 당신에게 보
내는 엄정한 답변이 발표되었을 겁니다. 돈은 7월 10일 안으로
반드시 갚겠으니 좀 빌려주세요.

치바 후나바시, 1936년 7월 6일
이부세 마스지에게

이부세, "어떻게 된 일인지 묻고 있습니다."

다자이, 깊은 생각에 잠겼다 고개를 들고 성심성의껏 "정말 슬픈 일이 벌어졌습니다."

이부세 님

방금 편지를 읽고 거듭 제 마음 깊은 곳에 새기는데 눈시울이 뜨거워져서, 벌떡 일어나 제 악필에 눈이 피곤하시지 않도록 한 자 한 자 열심히 답장을 씁니다.

피고인이 된 기분으로 지난 한 달 내내 돈 이삼백 엔을 구하기 위해 매일 도쿄를 터벅터벅 걸어 다녔지만 운 나쁜 일이 연달아 생겨서 죽을 생각만 했습니다. 아내에게는 열심히 근거도 없이 화려한 이야기를 해대다가 죽는 기념으로 6년 만에 둘이 같이 낡아 볼 것도 없는 치바 거리에서 음료수와 말린 배를 사서 영화관에 들어갔고 암흑 속에서 엉엉 울었습니다.

가끔씩 혼자 웁니다. 분해서 꺼이꺼이 울 때가 많고 종종 훌쩍거리기도 합니다. 6월 통 틀어 사람들 앞에서 소리 내 운 게 두 번. 성실과 애정, 그 둘만 남았습니다. 저의 성실과 애정을 느끼지 못하는 사람들이 하나둘 제 곁을 떠나, 제게 욕을 퍼붓고 다닌다는 이야기를 들었습니다. 명민함과 자애로움, 헌신을 갖춘 신의 아들 그리스도마저 좀처럼 가질 수 없었던 심판의 권리가 도쿄 한구석에서 벌어지고 있다니요. 그것도 지레짐작으로 이루어지고 있다는 게 슬퍼서 당장이라도 이부세 씨에게 제 푸념을 늘어놓고 싶어서, 과장이 아니라 편지를 세 번 쓰고 찢기를 반복했습니다. 이 편지도 쓰기 시작한 게 오늘이 벌써 닷새째입니다. 친구의 험담을 하기 싫었기 때문입니다. 이해해주십시오.

편지를 소설에 넣지 말라는 사항에 대해서 이부세 씨가 제게 주시는 어떤 질책도 오히려 감사했습니다. 하지만 다른 너덧 명의 심판 피고인은 되고 싶지 않습니다.

《문학계》에 발표한 소설 〈허구의 봄〉의 편지글 가운데 4분의 3 정도는 제가 지어낸 허구이고 나머지 30장가량이 사실, 그것도 당사자에게 상처를 줄 내용은 전혀 없다고 확신합니다. 당사자가 따뜻한 우정을 기뻐할 편지만을 실었습니다. 당사자에게 약간의 폐도 끼치지 않을 것을 확신합니다. 진실만을 추구하며 살아가고자 하는 의욕과 필사적인 외침을 담은 편지만을 실었습니다.

저는 지금 몸을 해쳐 누워 있습니다. 하지만 죽고 싶지 않습니다. 아직까지 조금도 일다운 일을 남기지 못했고, 마흔이 되어서야 어떻게든 겨우 부끄럽지 않은 작품을 남겨보자는 마음으로, 절실하게, 마흔까지는 살아 있을 생각입니다.

담배를 끊었습니다. 마취제 주사도 깨끗이 끊었습니다. 술도 끊었습니다. 거짓말이 아닙니다. 살아남기 위해서 성실, 맨손, 벌

거벗음, 정정당당하지 못한 빚은 있지만, 이것은 고향에 계신 형님에게 돌려달라고 부탁해서, 내일 모두에게 돈을 돌려드릴 계획입니다. 죽지 않고 살아가기 위해, 친구들도 모두 이해해줄 거라고 생각합니다. 저 혼자, 추궁을 당하고 벌을 받습니다. 제 마음이 부족하고, 제 글이 부족한 탓에, 밤마다 저 스스로를 공격하고 있습니다. (열흘 밤에 하룻밤은 제 신세를 가여워할 때도 있습니다.)

조만간 사과를 드리러 찾아가겠습니다.

털어놓고 보니 마음이 탁 트여 모두 다 날아가버리고 남은 것은 그저 깊고 푸른 하늘뿐. 성실하게 한 길로, 그뿐입니다.

슈지 드림

추신. 출판기념회는 출판사에 일임했습니다.

치바 후나바시, 1936년 7월 7일
도쿄공업대학 내 구라마에신문 문예부
사쿠라오카 코지에게


지난 열흘, 무리했더니 몸이 안 좋아져서 누워 있습니다.
부끄럽지 않을 작품, 11일까지, 3장 정도, 잘 알겠습니다.
아울러 그쪽 신문에 낼 졸저 《만년》의 광고문을 보냅니다.
잘 부탁드립니다.
광고비는 이달 말, 지불하겠습니다.

치바 후나바시, 1936년 7월 7일
고다테 젠시로에게


바보짓의 결과. 오늘밤은 칠월 칠석.       오사무.

지금 좋다,

누구를 원망할까,

오늘까지 나는 살아서 일을 하는 불가사의, 자네, 당신, 선생, 모두 친절해, 묵묵히 무릎을 꿇고 인사한다, 지금 좋다, 감사, 거리엔 비가 내리고, 태곳적 사람의 미소, '내게 죄 있으니' 수련의 꽃.

오늘 병상에서 일어났다.

여전히 외출 자신 없음.

약속을 깨고 마음 깊이 원망한다.*

실례지만 20엔을 먼저 보낸다.

조만간 좋은 소식 가지고 가겠다.

최근에 도비 형이 《도쿄니치니치신문》 우츠노미야 지국장으로 왔다니, 잠깐 얼굴 내밀고, 돈을 좀 빌릴까 하는데, 만나면 그렇게 전해주길.

---

* 부인 하쓰요와 바람을 핀 친구를 용서하겠다고 했지만 다시 분노가 끓어오른다. 이 내용을 소재로 한 단편이 〈오마스테〉이다. 한편, 죄책감에 괴로워하던 고다테는 자살 시도까지 했지만 죽지는 않았다.

162

치바 후나바시, 1936년 7월 11일
쓰시마 분지*에게


방금 크리스마스이브처럼 장난감이 가득 든 짐을 부쳤습니다.

형님이 2백 엔 좀 빌려주세요.

친구, 선배, 모두들 안 갚아도 된다고 하지만, 제 장래를 생각
해서라도 돌려줘야 합니다.

7월 말에 50엔, 8월 말에 백 엔.

9월 말에 150엔.

반드시 정진하겠습니다, 오명을 쓰지 않겠습니다.


---

* 아오모리 가나기에서 가문을 이끌고 있는 큰형.

치바 후나바시, 1936년 7월 27일
사토 하루오에게


선생님.

지난번 일은 용서해주세요. 앞으로 조심하겠습니다. 바람 부는 날, 바람의 주인처럼 굴러다니다 입을 잘못 놀렸습니다. 모르는 남자가 있으면 엉망이 됩니다. 《신초》의 소설 아직 3장밖에 못 썼어요. 뭘 써도 전부 다 지저분하고 재미없어서, 쓰고는 찢고, 쓰고는 찢고, 어젯밤부터 복통, 난항을 겪고 있습니다. 30일에는 병영 검사, 머리를 깎아야 하나 싶어서, 집주인 할아버지에게 부탁해 동사무소에 물어보니, 장발도 상관없다고 합니다. 젊은 검사관이 저를 모욕한다면, 당당히 제 의견을 개진할 생각입니다. 성실하기만 하다면 귀신이라도 고개를 끄덕이겠지요.

사진 두 장. 동봉.

조만간 찾아뵙겠습니다.


오사무 드림.


이번 《신초》 소설, 한 줄 한 줄, 선생님의 질타를 받을 생각입니다. 어쩐지 엄밀한 질책을 받고 싶어 죽을 지경입니다. 지금은 마치 진공관 속에 있는 듯. 중압감을 벗고 여기저기 몰래 떠다니고 있는 느낌, 한 장의 깃털 같은 추억, 어디에 소속된 기분 없이, 이것이 당연한 시민의 생활일까요. 선생님께는 언제나 이렇게 실례되는 글을 써서 죄송합니다. 다른 사람에게는 제대로 글을 쓰고 있으니 걱정 마시길.

1936년 7월 27일 밤
사토 하루오*

지금은 11시, 아마도 사모님과 마사야 님, 다들 주무시고 계시겠지요. 하여 조용히 돌아가겠습니다.

이번 한 번만 마지막으로, 저의 실례, 용서하세요.

선생님이 화를 내시면 저, 죽겠습니다.

〈흰 원숭이의 광란〉 30장, 선생님의 얼굴을 더럽히지 않을 작품이라 믿습니다. 반드시 8월 10일까지는 보내겠습니다.

시간만 있었다면, 그리고 위장의 고통이 **없었다면, 이런 폐를 끼치지 않아도 되었을 텐데.《문예춘추》치바 씨, 문예지《도요》후지사와 씨에게는 제가 성실하게 사정을 말하고 진심으로 사과하는 글을 쓰겠습니다. 이번 일, 모두 제멋대로 저지른 일, 사토 선생님께 화가 미치지 않도록, 저 혼자 책임을 지도록 분명히 말씀드리겠습니다. 살아남기 위하여 괴롭지만 참겠습니다.

* 다자이 오사무가 사토 하루오 자택 우편함에 직접 넣었다. 이 편지는 엽서 두 장을 이어 번역한 것이다.
** 첫 번째 엽서 뒷면으로 이어진다.

저의 마지막, 성실한 부탁을 들어주세요. 방금 배에 뜨거운 물주머니를 대고, 한 걸음 한 걸음, 터덜터덜 소리를 내며, 걸었습니다. 아침에 오트밀 한 그릇을 먹었을 뿐, 거의 식사를 못 했고, 유일한 음료는 갈분을 푼 설탕물, 흉한 몰골이기에, 그런 이유도 조금은 있습니다. 용서하세요. 우선 선생님 댁으로 가서 허락을 받고, 그런 다음《도요》로 가서 원고를 받아, 오늘 밤, 친구 집에서 하룻밤,* 여기저기 원고를 손본 다음 내일 아침 집에서 시원하게 일을 마치고, 어쩌면 저녁에 댁으로 들를지도 모릅니다. 모리타 씨의 수필, 오늘 아침 보냈습니다. 장난스러운 제 얼굴, 후나바시의 거리, 산책하는 모습, 두 장을 동봉하였습니다.《신초》는 제대로 마감에 맞출 수 있도록 각오하고 있습니다, 오늘 밤, 8시, 다른 데 놀러 나간 아내를 찾아오고, 겨우 9시 반, 집을 나섰습니다.**

---

\* 두 번째 엽서 뒷면으로 이어진다.
\*\* 사토 하루오의 소개로 미술잡지《도요》에 고료 없이 〈교겐의 신〉을 싣기로 했지만《신초》에서 들어온 의뢰에 도저히 마감을 맞출 수 없자 이미 보낸 원고를 도로 찾아와《도요》가 아닌《신초》에 싣기로 했다.

치바 후나바시, 1936년 7월 모일
신초샤 《신초》 편집부
나라사키 쓰토무에게

서면으로 실례. 졸고 42장 〈교겐의 신〉, 오늘 보내드렸습니다.
부디 잘 부탁합니다.

매수가 넘었지만 혼내지 말아주세요.

초고 그대로이고, 깨끗이 다시 쓰지 못해 미안합니다.

하지만 다른 잡지에 발표된 것도 아니고 무구한 상태이니 안
심하세요.

너덧 친구들 사이에서 평이 좋았습니다. 호평.

꼭 9월호에 톱 작품으로 넣어주시길.

건배, 대호평, 갈채, 의심치 않습니다.

말하지 않아도 될 것들. —— 사토 하루오 선생은 이 작품이
다자이가 쓴 것 중에 최고 일등품이다, 맹렬히 지지하셨습니다.

원고, 선생님과 친구 너덧에게 돌리느라 오늘이 되었습니다.

치바 후나바시, 1936년 7월 31일
신초샤《신초》편집부
나라사키 쓰토무에게*

아침 6시 오차노미즈 역에 도착해 벤치에서 이런저런 생각을
하였습니다. 오가와 우체국에서 이 글을 적고 있습니다. 저, 말을
잘 못해서, 대체로 경멸을 받거나, 미움을 사는데, 성실, 문자 그
대로 목숨을 아끼지 않는 성실을 알아주지 않습니다. 학형의 호
의가 제게는 가장 따뜻합니다. 깊은 정을 남김없이 캐치할 생각
입니다. 이달 말까지 고향에 있는 형에게 50엔(출판기념회에 입
고 갈 여름 하카마와 기모노를 맞췄습니다)을 돌려주면 오늘 안
으로 다시 2백 엔 빌릴 수가 있습니다.

그 2백 엔으로 그동안 빌리고 갚지 않았던 돈을 지불할 수 있
습니다. 전부 다는 아니더라도 우선은 의리가 상하는 일은 없을
겁니다. 소설은 30장까지 약속했는데 42장이 되었으니 분명 난
처하시리라 생각합니다. 60엔도 괜찮습니다. 이 엽서, 그 증서로
모두에게 보여줘도 좋습니다. 아니면 나중에 발표하셔도 상관없

* 이 서한은 엽서 두 장을 이어 번역한 것이다.

습니다. 사실과 다른 말은 한마디도 없으니, 부디 안심하십시오. 저에 대한 여러 오해와 소문의 말을 듣고 쓸쓸하기 그지없습니다. 언젠가 분명 알아줄 날이 있을 거라 생각하지만, 자기 입으로 "나는 나쁜 놈이다"라고 말하고 다니는 나쁜 놈은 없습니다. 저, 의리와 은혜, 잊은 적 없는 사람입니다.

〈교겐의 신〉은 귀형에게 반드시 보답을 할 겁니다.

이 소설, 확실히 좋은 작품이라 믿습니다.

오늘 돈을 부칠 시간이 없다면, 내일 아침도 좋습니다.

여름이 가기 전에, 바다 수영을 하러 오십시오.

병으로 7년을 끌어온 병역검사, 28세가 되니 더 이상은 미룰 수 없다며 통보가 날아와, 어제 치바에서 받았습니다.*

오늘, 돈 준비 어려우면 1일이라도 괜찮습니다.

60이 무리라면, 40이라도.

다 맡기겠습니다.

---

* 일본에서는 만 나이를 쓰기에 생일인 6월 19일 이후 28세가 되었다.

조금 전, 지저분하고 읽기 어려운 엽서를 보내고, 오차노미즈로 돌아와 이리저리 걷다가(요 대엿새, 태어나 처음 겪는 신체 혹사로 현기증이 납니다) 아무리 생각해도, 제 성실함을 제대로 전하지 못한 것 같아서, 이 작은 스루가다이 우체국에 들러, 꽤 오래 생각을 했습니다(직원이 네 명 있는 우체국). 저는 늘, 이렇게 집요해서, 오히려 바보 취급을 받아요. 한 점 거짓도 없습니다. 무더위, 괜찮은 말이 안 떠올라, 커다란 불만을 안고 글을 씁니다.

50엔이라도 괜찮습니다. 이부세 씨의 《목말》과 사토 씨의 《물한 모금 이야기》를 각각 한 권씩 사서, 두 사람에게 큰형의 이름을 넣어 사인을 받은 다음 고향에 보내기로 했거든요.

당신을 향한 거짓 없는 신뢰.

이 우체국에는 아주 고가의 붓이 있어서 고상하게 느껴집니다.

지금이 11시, 환어음은 시간이 도저히 안 될 것 같으니, 내일 아침, 후나바시로 보내주세요.

지금 곧장, 후나바시로 돌아갑니다.

No money가 되었기에.

171

치바 후나바시, 1936년 8월 2일
기쿠야 사카에*에게



기쿠야 씨.

그렇게 상냥한 말을 들으니 울고 싶어집니다.

사오일 안에 반드시 보답하겠습니다.

고마워요.

평생 잊지 못할 거예요.

---

*  아오모리중학교, 도쿄미술학교를 졸업한 화가이자 극작가. 다자이에게 50엔을 빌려
   준 적 있다.

치바 후나바시, 1936년 8월 7일
쓰시마 분지에게


큰형. 진심 어린 마음으로 미소를 보냅니다.

기뻐하실 거라고 믿고 있었다는 제 글, 모두 불쾌하셨으리라 생각합니다. 돈 많은 친구들(일례로 가와카미 테츠타로* 씨)도 제 졸고에 불쾌해할 겁니다.

비하도 하지 않고 속이지도 않고 그저 정직하게, 4.5센티미터는 4.5센티미터로, 제 모습 있는 그대로를 알리려 하다 보니, 주변 사람들을 불쾌하게 만들고 말았습니다.

마음 깊이 사과드립니다.

사토 선생님, 이부세 선생님, 두 분 다 "자네 형은 자네를 격려하기 위해 잠시 괴로움을 참고 엄격하게 구는 것이니, 그 마음을 잘 헤아려 열심히 공부하라"고 말씀하시고, 저도 깊이 수긍하며 노력할 것을 맹세했습니다.

가끔씩 몸에 나쁜 신호가 와서 불안감에 잠 못 드는 밤이 이어집니다.

이런 날이 하루 빨랐다면 목숨이 백 일 늘어났을 텐데요.


* 문예평론가, 음악평론가, 번역가. 훗날 일본예술원 회원.

어제 경찰에서 기별이 와서 서둘러 전당포를 불러 150엔을 마련했습니다. 당분간은 이걸로 괜찮을 겁니다. 장롱에 꾸려둔 물건이었지만 올해 안으로 전부 돌려받을 자신이 있습니다.

8월 10일 전후(12일 아침)에 누나에게 50엔을 보냈고, 8월 말에 다시 남은 돈을 보낼 겁니다. 아이들 소꿉놀이 같다며 누나는 분명 미소 짓겠지요. 하지만 남자의 약속이니까, 혼내지 말고 받아주길 바랍니다.

아쿠타가와 상은 거의 확정된 분위기라서 늦어도 9월 상순에는 발표가 날 겁니다.

그밖에 다른 사실에도 모조리 거짓은 없습니다. 약속한 《목말》과 《물 한 모금 이야기》는 고다테 젠시로 군에게 전해달라고 부탁했으니 사오일 안에 손에 넣으실 수 있을 겁니다.

제가 나쁘다는 건, 열이면 열 다 아는 사실입니다.

오늘까지 살아 있다는 이 불가사의함, (작년 3월 가마쿠라의 자살 사건*은 조만간 거짓 없이 발표될 겁니다. 미쳤다고 손가락질하며 사람의 성실을 몰라주는 불행한 사람들은 분명 얼굴을 붉히겠지요) 앞으로 저는 감사를 위한, 평화를 위한 글만 쓰겠습니다.

이 세상에 악인은 없습니다.

복수나 전투도 모두 예술을 격려하게 만들 뿐, 제가 틀렸습니다. 최근 20일간 너무 괴로워 죽을 생각을 했습니다만 죽으면 빌린 돈을 갚을 수가 없어서 (돈을 벌게 된다면 이미 죽어 있을지도

---

\* 가마쿠라 산속에서 목을 매 죽으려 했다. 〈교겐의 신〉에 그대로 실려 있다.

모릅니다) 하루하루 꾸역꾸역 살고 있습니다.

앞으로도 모두에게 은혜를 갚기 위해 결코 죽지 않겠습니다.

괴로움이 가시면 한동안 훌륭한 작업에 돌입합니다.

저는 조금도 비뚤어지지 않았습니다.

제가 열 걸음 나아가 조금 훌륭해졌다 싶어서 땀 닦고 있으면, 형은 이미 저보다 쉰 걸음쯤 앞서 묵묵히 걷고 있습니다. (아부가 아닙니다)

에이지 형은 서른 걸음 앞을, 묵묵히 뻐기지 않고 걷습니다.

게이지 형은 28세에 죽었으니, 지금 저와 같은 나이인데도, 역시 저보다 대여섯 살쯤 늙은 어른 같은 분위기고, 몇 살을 먹어도 똑같을 거라고 생각합니다.

형들에겐 배겨낼 재간이 없습니다.

자기변명은 하지 않겠습니다. 친구의 단카 한 수.


인생의 길을   울고 또 울면서   걸어가는데

내가 몰라준다면   누가 알아줄 텐가


졸저《만년》에 대여섯 군데, 얕은 해석, 못난 비뚤어짐, 분명 있을 겁니다. 〈장님 이야기〉를 빼고, 다른 작품은 모두 스물다섯 이전에 쓴 것입니다. 이후 3년, (30년을 근심에 잠겨 있었습니다) 마음의 거울을 닦아, 지금은 전혀 다릅니다. 널리 이해해주십시오.

열흘 동안 괴로웠지만, 아내가 변통을 잘해주어서 다행이라고, 낙천거사인 저는 지금 태평합니다.

편지 원본 일부.

喜んでいたゞ
けると信じ、
てねゝ不又
悪て御不

快のもと

きつと、お金
持ち（一例あ
ゞれは河上徹
太郎も）。
知人おしらせ
の杜又ぶと
御子快の頃。
呉と存じ
ます

때가 되면 사람들도 알게 될 거라고 확신하고 있습니다.

매월 90엔씩 돈을 보내주시는 게, 얼마나 큰 부담이었을지, 요즘 들어 겨우 알게 되었습니다. 자책, 부끄러움으로 엉덩이에 불이 붙은 듯한 기분입니다. 못난 글씨를 용서하세요.

군마 미나카미 온천 다니카와 료칸
1936년 8월 12일
고다테 젠시로에게


7일부터 군마에 와 있네.

건강해지려고, 괴롭더라도, 그래도 인류 최고의 고통을 빠져나와, 폐병도 아무튼 잦아들면, 그다음에 하산할 생각이야. 하루에 1엔 얼마쯤으로, 반은 밥을 해 먹고, 가난하고 자유도 없으니, 벼룩이 더욱 괴롭게 느껴지네. 중독도, 하루하루 고통이 줄고, 산속의 험상궂은 영기에 몰려, 잠자리조차 색이 옅어서, 하늘하늘 유령처럼 날아다니네. 아쿠타가와 상을 놓친 타격, 이해가 안 돼서 물어보고 있어. 견딜 수가 없는 일이네. 썩어 문드러진 문단, 질려버렸다.

〈창생기〉 사랑은 아낌없이 빼앗는 것. 세계문학에 불후의 고전을 더했다는 신념이야.

테이이치 형, 쿄 누나*, 어머니에게도 모두 안부를.


* 고다테 젠시로의 큰형 고다테 테이이치와 결혼한 다자이의 넷째 누나.

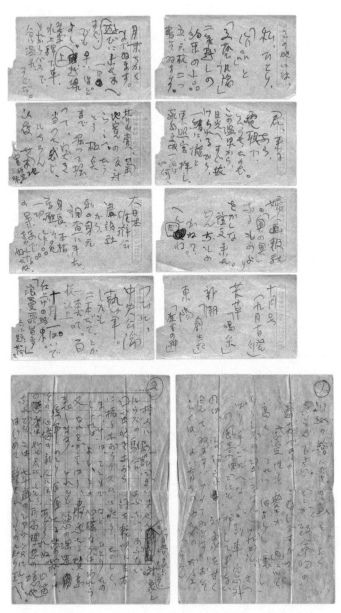

편지 원본.

군마 미나카미 온천 다니카와 료칸
1936년 8월 22일
고다테 젠시로에게

이 온천장에서, 나 홀로, 《작품》과 《문예범론》에 약속한 지
2년이 넘는 글을 쓰고 있어.*

이달 말까지 여기 있을 거야. 어서 놀러 오게. 하루라도 빠를수
록 좋아. 우에노에서 열차를 타고 미나카미 역에서 내린 다음 버
스를 타고 다니카와 온천 하차. 금방이야.

자네, 온다면, 전보로 알려주기 바라네. 이 온천에서 닛코 온천
으로 곧장 갈 수도 있으니, 같이 폭포를 보고 도비 형 집에서 하
루 묵을까?

나의 아쿠타가와 상, 기쿠치 칸**이 반대했다고 해. 극한까지
파고들다, 파고들다, 드디어 막다른 길로 들어선 기분. 이제 기쿠
치 칸 연구라도 해볼까.

후진가호샤*** 〈비밀의 비밀〉이라는 꼭지에서 이상한 주문이

---

\* 두 곳 모두 소규모 문예지. 그러나 결국 잡지에 글이 실리지 않았다. 이 온천장에서
다자이와 첫 부인 하쓰요는 같이 산에 올라 약을 먹고 동반 자살을 하려 했다. 그 원
인은 이 편지의 수취인인 젠시로와 하쓰요의 불륜 사건 때문. 자살 시도는 실패로 돌
아가고 산에서 내려온 두 사람은 완전히 갈라선다.
\*\* 소설가, 《문예춘추》 발행인. 아쿠타가와와 비슷한 시기에 소설가로 활동했으며 아
쿠타가와가 자살한 후 아쿠타가와 상을 제정했다.
\*\*\* 《후진가호婦人画報》는 패션, 여행, 문화를 다루는 여성 잡지로 1905년 창간한 이래

들어왔어. 뭘 쓰라는 걸까? 기이한 일도 다 있지.

대일본웅변회코단샤*에서 나에 대한 조사를 하러 왔어. 신장, 본적, 학력, 그밖의 모든 것, 작품의 결실까지. 이상한 놈들이야.

10월호(9월 10일 발행)에 나올 내 소설은 《와카쿠사》〈갈채〉, 《신초》〈창생기〉, 《도요》〈교겐의 신〉.

드디어 《추오코론》에서도 집필하네. 심지어 두 편 계약. 한 편에 백 매 이상.

10월 내내 계약이 꽉 찼어. 《로만카루타》라는 문예지 들어봤나?

별지의 그림엽서 그림을 잘 봐줘. 어디가 치명적으로 우둔한지 알겠나? 감수성도 풍부하고, 화풍도 수준이 높고, 무엇보다 그리운 리리시즘이 있지. 하지만 뭔가 확실한 매력 없이 열차 창밖으로 내다본 풍경만도 못하잖아. 그건 이 작가가 대상을 제대로 파고들지 않은 탓, 진지하지 않은 탓이야. 아마도 풍족한 가정에서 여유롭게 자란 부자겠지. 자연은 엄격한 거라네. 대상을 느슨하게 바라보며 익숙하게 다가가는 건 위험해, 위험해. 휘파람을 불며, 고개를 경쾌하게 좌우로 흔들며 리듬을 타면서, 즐겁게, 우선 오늘은 여기까지 하자, 라고 하며 내가 즐거우면 된 거다, 라는 마음에는, 숙연한 찬의를 표하는 바다. 하지만 그런 신인에게 인간의 근원을 파고든 거장이라는 칭송은 주어지지 않을 걸세. 휘파람 부는 태도는, 나나 자네나 함께 추구하는 신념과 이상의 경지이지만, 이는 일흔 살이 된 샤반느에게나 비로소 허락되는 일임을 자각하게.

지금까지 발행되고 있다.
* 1909년 설립한 출판사 명칭으로 오늘날 일본의 대형 출판사 코단샤의 전신이다.

군마 미나카미 온천 다니카와 료칸
1936년 8월 25일
아사미 후카시에게


아사미 씨.

이래저래 벌써 한 달째 산속입니다.

오는 가을을 견딜 수가 없어서, '가는 봄 쫓아 바닷가로 달려 갔다'는 옛사람의 시처럼 저도 가는 여름을 쫓아, 가능하면 쫓아 가고 싶다는 마음에 애태우고 있습니다.

지독한 산의 기백, 아침, 저녁, 안개의 홍수, 걷잡을 수 없이 솟 구쳐 오릅니다.

잠자리 한 마리 보이지 않습니다.

힘겨운 하루, 쓸쓸한 하루.

치바 후나바시, 1936년 9월 15일
이부세 마스지에게




제가 또 이부세 씨를 화나게 한 것은 아닐까요.

말 그대로 믿어주십시오.

이부세 씨와 어색해진다면 저는 살 수 없습니다.

어제 고향에서 사람이 와서 괴로운 일이 많았습니다. 큰 소리로 싸웠어요. 마흔을 대여섯 살 넘긴 남자 둘이 왔습니다. 제가 불쌍하다고 하더군요. 저는 고맙다고 말해주었습니다. 2엔을 놓고 돌아갔습니다.

이부세 씨, 저, 죽겠습니다.

눈앞에서 배라도 열고 보여주지 않으면 제 성실을 믿지 않습니다. 저는 빙긋이 미소 짓는 얼굴이 어울리는데도, 다들 오만상 쓰고 차갑게 일그러진 악마의 얼굴, 그 마스크가 어울려, 어울려, 하며 박수갈채. (아무도 놀아주지 않아요. 사람다운 관계가 없습니다. 반 미친놈 취급입니다)

저는 이제 28세, 그동안 좋은 일이 하나도 없었습니다.

문단에는 미적지근한 인간밖에 없습니다.

어제 고향 사람들과 이렇게 합의를 보았습니다.

11월까지 적어도 약속한 원고 작업만 끝내고 이 세상과 연을 끊는다. 속세를 떠나 짧아도 2년은 일절 붓을 잡지 않고, 폐결핵이 나을 때까지 도쿄로 나오지 말자. 나을지 어떨지, '못 낫는다'는 건 '죽는다'와 동의어입니다. 목숨이 아깝지는 않지만, 저는 꽤 좋은 작가였는데 말입니다. 올해 11월까지의 목숨, 솜씨 좋은 글을 쓰자. 오늘 아침에도 멍하니 제 손을 바라보았습니다.

이부세 씨, 그리고 저 자신, 더욱더 몸을 아낍시다.

이부세 씨는 꽤 좋은 분이니까.

이 세상에 존경하는 여성이 세 사람 있습니다.

그중 한 분이 사모님입니다. 외롭고 쓸쓸한 분이라고 생각합니다.

예전부터 지금까지 조금도 달라지지 않은 사랑과 경의를 두 분께 바치며.

슈지

(제 입으로 말하긴 뭣하지만 '저는 어릴 때부터 뭐든 잘하는 아이였습니다. 제 모든 불행은 거기서부터.' 아무리 게을러도 언제나 1등을 놓치지 않고 수석을 차지한 죄. 저는 제 '작품'이나 '행동'에서 일부러 부끄럽고 바보 같은 짓만 골라서 했습니다. 소설이라도 쓰지 않으면 안 되는 경지로 몰아붙이기 위해서. 무의식이 아닙니다.)

골고타 언덕에서, 1936년 9월 16일
사토 하루오에게




28세의 가을, 벌써부터 살갗의 온기가 그립습니다.

저의 어디가 나빴는지 이제야 알았습니다.

우리는 불행합니다.

구석구석으로 반발, 애증.

지나치게 좋아서, 불행.

언젠가 했던 말처럼. 문단이여, 안녕.

행복은 하루 늦게 온다.

무서운 건 부채질에 넘어가지 않는 사람. 비 내리는 항구.

누가 그러더군요. 저의 나쁜 점은 '현재보다 과장되게 비명을 지르는 것'이라고. 고뇌가 깊을수록 존귀하다는 건 틀렸다고 생각합니다. 전, 몸치장한 적은 있지만, 현재의 비참함을 과장해서 이러쿵저러쿵 한 적은 없습니다. 자존심을 위해 글을 쓴 적은 없습니다. 누구 한 사람이라도 행복하게 하고 싶었을 뿐입니다.

저는 이 세상을, 아니, 너덧 명 친구들을 시끌벅적 신나게 만들어주려고, 나쁜 짓을 한 척하고, 그로써 고된 응보를 입었습니다. 제겐 아무 도움도 되지 않는 일 때문에.

이렇게 종이를 다 써서 다음 편지지로 바꾸는 일처럼, 저는 필요해서 했을 뿐인데, 사람들은 제게 '비참함을 뽐낸다'고 하는 게 아닐까요.

5년 10년 후, 혹은 사후의 일을 생각해 한마디라도 의식하며 거짓을 말한 적은 없습니다.

돈키호테. 밟히고 차여도, 어딘가 작고 야윈 '파랑새'가 있다고 믿습니다. 상처받은 이상을 도무지 버릴 수가 없습니다.

소설이 쓰고 싶어서, 근질근질 좀이 쑤시는데, 주문은 없는, 믿을 수 없는 현실. 알음알음으로 받는 주문은 그야말로 자애로운 단비, 글을 쓰지만, 몇 번이나 헛수고, 그렇게 원고는 되돌아옵니다.

단 한 사람에게 인정받는 일이 얼마나 큰일인지 생각하며, 오늘 밤, 수만 가지 생각에 말없이 이부세 님 편지를 품에 안고 눕습니다.

어젯밤, 제가 도쿄에 간 동안 집에 도둑이 들었습니다. 포도주 한 병 말고는 없어진 게 없습니다. 그것도 반쯤 마시다 남겨 두고 갔어요. 오늘, 도둑의 발자국을 친밀한 마음으로 지켜보았습니다.

10월에 정신병원 입원이 확정되었습니다. 의사는 2년 정도 있으면 완쾌할 거라고 합니다. 저는 의사의 말을 믿고 있습니다.

믿어주십시오.

자살한 뒤에 "그만큼 힘들었다면 귀띔이라도 해주지" 하는 아쉬움을 남기고 싶지 않아서, 바로 그, 귀띔의 말,

요즘 제가 하는 모든 말이 그러합니다.

골고타 언덕에서, 1936년 9월 20일
사토 하루오에게


저는 눈곱만큼도, 터럭만큼도, 원망하지 않습니다.

정말입니다.

"사토 씨, 모두에게 따돌림당하겠군."

그것만이 안타깝습니다.

저는 사태를 정확히 파악하고 있습니다.

사토 씨는 인간으로서 할 수 있는 최선을, 목숨을 다 걸고, 제게 해주셨습니다. 그 이상은 신만이 하시는 일. 제 슬픔을 가장 잘 이해하는 사람은 아유코*.

10월 내내 빌린 돈과 원고 작업을 모두 정리하고 요양원으로 갑니다. 2년 동안 의사를 믿어볼 생각입니다. 결핵에는 온천이 좋지 않았습니다. 조만간 이부세 씨가 들르실 거예요. 답장은 그 뒤에 하겠습니다.

지난 밤 도둑이 들어와서 포도주 반 병을 마시고 돌아갔습니다. 이건 다음에 자세히 알려드리죠. 그게 중학교 받아쓰기 시험이라면 그야말로 No mistake. 엽서라 죄송합니다.

---

* 소설가 다니자키 준이치로의 딸이며 사토 하루오가 준이치로의 전 부인과 결혼하면서 함께 살았다.

자네를 칭찬하지 않는 날이 없네.

《만년》 출판기념회 이후, 누구도 나와 말을 섞으려 하지 않고 만나려고도 하지 않아.

석 달 동안 딱 여덟 통의 편지밖에 오지 않았어.

세 명이 보낸 세 통의 편지, 내게는 진주처럼 소중했다네.

그중 하나가 자네의 이 엽서였어.


'내가 자네를 돕게 해주게.'


11월 말까지 빚과 일을 조금씩 정리한 다음, 만 2년 예정으로 결핵요양원 생활을 시작할 거야.

산 위에서 설교하는 차라투스트라 흉내를 내며 또 피를 토했어.

후나바시 생활도 이제 한 달밖에 안 남았다.

입원하러 떠나는 전날 밤, 아무래도 자살할 듯해. 그날 밤, 조금이라도 왁자지껄하면 좋을 것 같아서, 사토 선생, 이부세 선생을 비롯해 주변의 가까운 분들을 집으로 불러서 하룻밤 차라도 할 생각이야. 너도 그날 밤 부인과 딸 키리코를 데리고 꼭 와줬으면 좋겠어. 그리고 사모님께도 이렇게 전해주고.

'하녀는 구했습니다. 아내는 도쿄의 지인 댁에 맡기고 저 혼자 입원하기로 결론이 났어요. 가끔 아내를 만나주시면 감사하겠습니다. 제 아내는 여러모로 짐 꾸릴 준비를 하고 있습니다.'

자네를 믿고 존경하네. 내게 남은 단 한 사람, 자네가 내 곁에 있다는 게 영광일세.

다자이 오사무

치바 후나바시, 1936년 10월 11일
사토 하루오에게


선생님. 모 기자가 제게 욕을 퍼부으며 큰소리로 이러더군요. "죽는다, 죽는다 하면서 안 죽는 주제에, 어디서 공갈 협박이냐." 저는 뭐라 할 말이 없어서 "난 그런 사람 아니야!" 하고 탁자나 두드렸습니다. 세 친구에게 당장 와달라고 전보도 치고 엽서도 보냈지만 누구 하나 응답조차 없습니다.

돈이 필요해서 그런 건 아닙니다. 지금 제 몸 상태를 묻고 싶었기 때문입니다.

부탁입니다. 11월까지, 말없이, 가만히, 다자이가 비틀비틀 돌아다니는 모습을 바라봐주십시오.

부처님의 자비가 함께하시길.

시즈오카 아타미 온천 야오마츠 료칸
1936년 11월 26일
히레자키 준에게




12일에 퇴원했습니다. 한 달간 정신병원이라는 '인간창고'에 수용된 심정을 지금은 말씀드릴 수 없습니다. 《신초》 신년호에 〈HUMAN LOST〉라는 제목의 소설을 보냈습니다만 거기에도 다 나와 있진 않습니다.

갱생 플랜. 그런 건 조릿대 위에 내려앉은 서리처럼 허무하게 사라집니다. 저는 불탄 들판을 열흘쯤 헤매다가 완전한 패배를 맛보고 악당으로 추락할지도 모른다는 위험성을 감지했습니다. 어젯밤, 아타미 온천장으로 돌아와 2엔에 하루 세끼 숙식 가능한 하숙집을 발견해서 한 달쯤 여기 머물자고 생각했습니다.

《가이조》에서 신년호에 소설 30~40장을 써달라고 합니다. 내달 5일까지 탈고해서 보낼 약속을 했습니다. 40장짜리 〈20세기 기수〉는 이미 11장을 썼습니다. 《문예춘추》는 신년호에 맞추기 어려워 2월호에 30장을 써야 합니다. 한때는 저널리즘이 저의 악명 높은 이름을 이용하는 것 같아 불쾌해서 거절할 생각도 했지만, 이 세상을 향한 사랑, 저보다 어리고 약한 친구들을 향한 사랑으로 힘을 내볼 생각입니다. 믿어주십시오. '너를 고소한 자와 함께 법정으로 가는 도중에 얼른 타협하여라. 그러지 않으면 고소한 자가 너를 재판관에게 넘기고 재판관은 너를 형리에게 넘겨, 네가 감옥에 갇힐 것이다. 내가 진실로 너에게 말한다. 네가 마지막 한 닢까지 갚기 전에는 결코 거기에서 나오지 못할 것이다'(〈마태복음〉 5장 25-26절) 입원 중에 성경만 읽었습니다. 이에 대해 여러 가지 하고 싶은 이야기가 많습니다.

저의 완전한 고독을 믿으십시오.

단돈 2엔을 갖고 이곳으로 달려왔습니다.

30엔, 빌려주십시오. 이달 말에는 돌려드릴 테지만, 만일의 경우 내달(12월) 말, 《가이조》에 소설이 실리면 오륙일 안에는 무슨 일이 있어도 갚겠습니다. 오직 그대 한 사람에게만, 하는 부탁입니다. 내 최후의 비非소시민, 비非바리새인인 그대에게.

비즈니스로는 분명한 신용이 있습니다. 돈을 마련한다는 게, 피를 토할 만큼 어렵다는 것, 잘 압니다. 한 푼도 남김없이 갚겠습니다. 한 시간이라도 빠르면 빠를수록 도움이 됩니다. 다른 누구에게도 부탁한 적 없습니다. 부탁하고 싶지도 않습니다. 그 점 이해해주십시오.

《가이조》의 소설, 대략 30일 무렵까지 쓰겠습니다. 그 뒤에 천천히 《문예춘추》 소설을 기쁜 마음으로 쓸 생각이니, 그즈음 놀러 오십시오. 그때쯤이면 저도 부유해져 있을 테니 당신은 차표 값 2엔만 들고 달려오세요. 며칠이라도 상관없습니다.

끝으로 한마디 고백합니다. 아첨이 아닙니다. 올여름 광고비를 거절한 당신의 태도, 당신이 옳았습니다. 제가 틀렸습니다.

시즈오카 아타미 온천 무라카미 료칸
1936년 12월 8일
이부세 세쓰요*에게


제가 집에 없는 동안 이것저것 도움을 주셔서 감사합니다.

어제 먼젓번 료칸에서 쫓겨나 여기로 옮겼습니다.

설이 다가오면서 아타미도 분주하고 야박해졌어요.

아타미에서 젊은 사람 혼자 열흘 이상 묵으면서 온천 치료를 받는 경우는, 10년에 한 사람이나 두 사람 있을까 말까 하다는 이야기를 듣고 얼굴이 빨개졌습니다.


*    소설가 이부세 마스지의 부인.

도쿄 스기나미, 1937년 1월 23일
고다테 레이코*에게


　레이코 씨의 긴 편지를 받고 무척 상냥하고 아름다운 분이라고 생각했습니다.

　레이코 씨가 무슨 소리를 하든, 무슨 글을 쓰든, 저는 결코 기분 나쁘지 않으니, 외로울 때는 외롭다고, 괴로울 때는 괴롭다고, 아플 때는 아프다고, 느끼는 그대로 아우성쳐도 좋아요.

　억지로 참다가는 차디찬 여자가 되어 일평생 불행하게 살지도 모릅니다. 레이코 씨는 현명하니까 그 부분을 잘 터득하리라 믿습니다.

　핸드백은 잘 알겠어요. 가능하면 제가 모양을 골라보겠습니다.

　외로울 때면 그날그날의 날씨도 좋고, 방 안의 꽃에 대한 것도 좋으니, 뭐든 마구 써서 고향 어머니, 언니, 오빠, 우리 모두에게 편지를 보내주세요. 다들 꼼꼼히 잘 읽을 테니까.


다자이 오사무


*　고다테 젠시로의 여동생.

도쿄 스기나미, 1937년 6월 12일
나카하타 케이키치*에게

일전에는 여러모로 애써주셔서 감사합니다.

항상 도움만 받고 있습니다.

잊지 못할 겁니다.

하쓰요가 이부세 씨 댁을 찾아가서 한 말에 따르면, 호적상 부부가 아니라고 했다는데 과연 그 말이 사실인지 어쩐지 확인해주실 수 있을까요. 바로 연락 부탁드립니다.

* 아오모리 고쇼가와라의 포목점 직원으로 다자이의 잡무를 봐주곤 했다. 다자이가 가마쿠라에서 자살 소동을 일으켰을 때, 파비날 중독으로 병원에 입원할 때, 고향의 큰형 분지로부터 매달 돈을 지원받을 때, 늘 그의 도움이 있었다.

도쿄 스기나미, 1937년 6월 22일
도쿄니치니치신문사 경제부
히라오카 토시오에게


그간 연락을 못 드렸네요. 용서하세요.

지난 두 달간, 저, 멍청하게 남자인 척, 분수에도 안 맞게 남 뒷바라지를 하다가, 제 자신이 위험해졌습니다. 어떻게든 헤쳐 나오려 했지만, 결국 그 셋방도 쫓겨나게 생겼어요. 돈 들어올 구멍이 없어, 마음이 너무 무겁습니다. 현금이 생기면 바로 빚을 처리해야 하는 상황이 되었어요. 정말 죄송합니다. 곧바로 일을 시작해서 이달 안으로 돈을 만들겠습니다. 약속은 반드시 지키겠어요. 여러 다른 일도 겹쳐서, 정말 죽고 싶습니다.

발신지 미상, 1937년 7월 6일
이부세 세쓰요에게

지난번 일로 심려를 끼쳐드려 송구합니다. 아시다시피 소설도 잘 써지지 않고 제 재능에 의심이 듭니다. 하지만 바로 지금이 예술의 중대한 기로인 것 같아서 마음을 다잡고 있습니다. 며칠 전부터 교바시에 있는 요시자와 씨 댁에서 소설을 써나가고 있습니다만, 계속 다시 쓰고 다시 생각하느라 좀처럼 진도가 나아가지 않습니다. 사오일쯤 좀 더 공을 들여 제대로 된 걸 만들어보자고 다짐하고 있습니다. 반드시 좋은 작품을 써서 지금까지 쓴 두세 작품의 불명예를 씻어 보이겠습니다. 저의 우둔함을 혼내지 말아주십시오.

하쓰요에게 10일 날 들어오는 돈 30엔을 전부 전해주십시오. 그걸 기차 삯으로 고향으로 돌아가고 저와는 결말을 짓는 쪽으로 말씀 부탁드립니다. 지금 저로서는 이 방법이 최선이므로 하쓰요에게도 헤어질 각오를 다지라고 전해주세요. 아오모리에 돌아가서는 몸가짐을 소중히 하고 세상의 고난과 제대로 싸워나가라고 말씀해주십시오.

제 생활비는 어떻게든 벌 테니 그 부분은 안심하십시오. 저도 괴롭지만 어떻게든 견디어 버텨낼 테니 제 걱정은 안 하셔도 됩니다. 부디 이부세 선생님께도 안부와 함께 죄송하다는 말씀 전해주시기를 부탁드립니다.

슈지 드림

도쿄 스기나미, 1937년 7월 19일
오야마 하쓰요에게

고향으로 잘 돌아갔다니 다행입니다.

어머니, 동생과 다투지 않고 다정하게 지내고 있으리라 믿습니다. 지난번 편지는 좋았습니다. 자신의 마음만 상냥하다면 분명 좋은 일이 생길 겁니다. 이 말은 꼭 믿어주기를.

저는 상냥하지만 좋은 일이 전혀 생기지 않습니다. 그건 다 제 고뇌가 부족한 탓이라 여기고 아무튼 정진하고 있습니다.

약속한 책과 시계는 가능한 한 빨리 보내겠습니다.

모기장 안으로 책상을 끌고 와서 일을 하고 있습니다.

세상 사람들의 이런저런 편견의 눈이 많을 테니 이쯤에서 실례하겠습니다.

슈지

도쿄 스기나미, 1937년 7월 22일
도쿄니치니치신문사 경제부
히라오카 토시오에게


잘 지내시는지요.

도저히 면목이 없어서 찾아뵐 용기가 안 나네요.

용서하세요.

이번에 팸플릿 형식으로 《20세기 기수》라는 작은 책이 나오
는데, 아주 조금이긴 하지만 인세도 받을 수 있을 것 같고, 요전
부터 쓰고 있던 소설도 끝이 보여서 이것으로도 돈을 좀 마련할
수 있을 것 같습니다.

이번 달에는 드디어 하쓰요가 고향에 있는 어머니에게 돌아
갔습니다. 이불 한 벌과 책상, 고리짝 하나를 챙겨 하숙집으로 옮
기고, 나머지 가재도구는 모두 하쓰요에게 주었습니다. 많지는
않지만 이별 위로금으로 30엔, 그 이상은 저 혼자 힘으로 도저히
어려워서, 그렇게 쓸쓸한 헤어짐을 맞이했습니다. 다음 달 10일
까지는, 반드시 돈을 마련하겠습니다.

도쿄 스기나미, 1937년 9월 25일
나카하타 케이키치에게


나날이 시원해지니 고향에는 슬슬 단풍이 들겠습니다.

다들 별 탈 없으신지요.

저도 이제 하숙 생활에 익숙해져서 느긋하게 지내니 안심하세요.

일전에는 일부러 찾아와주셔서 감사했습니다. 모직 옷감과 담요도 서둘러 보내주셔서 고맙습니다. 기모노 무늬도 마음에 들어서 아주 기쁩니다. 덕분에 가을을 잘 보낼 수 있게 되었습니다.

요즘은 《신초》에 보낼 소설 때문에 골머리를 썩고 있습니다. 먼저 25장짜리 단편을 완성해서 출판사에 가져갔는데, "다자이는 아픈 동안 평이 떨어지긴 했지만 완쾌하면 훌륭한 역작으로 명예 회복시키고 싶으니, 원고 매수도 40장이든 50장이든 상관없이 아무튼 역작을 써달라"는 친절한 말을 들었습니다. 저도 신이 나서 50장쯤 되는 중편 걸작을 써볼 생각입니다. 되도록 이달 안에 완성할 생각입니다만, 기대했던 25장짜리 원고의 고료가 붕 떠서 하숙비며 뭐며 걱정입니다. 다음 달 10일까지 20엔 정도, 변통 가능하시면 부디 도와주십시오. 그건 50장짜리 소설을 완성해서 고료를 받으면 돌려드릴 수 있을지도 모릅니다. 이런 부탁은 앞으로 일절 없을 겁니다. 어디까지나 진심 어린 부탁입니다. 악용할 돈이 아니니, 그 점은 안심하셔도 좋습니다. 정말이지 앞으로는 민폐 끼칠 일이 결코 없을 겁니다.

슈지 드림

편지 말미지만 사모님을 비롯한 모든 분께 안부 전해주세요. 이번에 《20세기 기수》라는 단편 소설집을 출간했습니다. 조만간 보내드릴게요.

도쿄 스기나미, 1937년 12월 21일
신초샤 《신초》 편집부
나라사키 쓰토무에게

지난번에는 전화로 실례했습니다. 저는 과묵한 편이라 통화가 서투릅니다. 알아듣기 어려우셨을 거예요. 이번 원고는 편집책임자로서 어쩔 수 없이 걸러내야 했다는 점, 저로서는 반성하고 있습니다. 그 원고는 오래 묵혀둘 생각입니다. 하지만 아쉽다는 생각은 하지 않습니다. 이미 깨끗하게 포기했습니다.

지금은 다른 일로 곤란한 상황이에요. 제 신변의 상황을 말씀드린다 해도 어쩔 수 없는 문제이니 넘어가겠습니다. 사실은 그 원고료 말씀인데요, 올 연말 정산은 그 돈으로 할 계획이었는데, —— 상당히 난처합니다. 그래도 두세 가지 수단을 만들어놓았는데 오히려 그쪽 상황이 더 좋지 않아 이렇게 꺼내기 어려운 이야기를 하게 되었습니다.

〈사탄의 사랑〉은 그대로 두고 내년 1월 10일까지 25장짜리 전혀 다른 단편을 완성해서 보내드릴 테니 그걸로 변경해주시고, 원고료는 올해 안으로 보내주시면 안 될까요.

내년에는 저도 주변 상황을 정리해서 청결하게 정진할 계획입니다.

부디 부탁드립니다. 실례 말씀드리는 점, 넓은 아량으로 이해해주시기를.

오사무 드림

도쿄 스기나미, 1937년 12월 21일
스나고야쇼보
오자키 카즈오에게

엽서 잘 읽었습니다.

귀찮은 일을 맡아주신 점 깊이 감사드립니다.

감상문은 잘 알겠습니다. 마감일까지 반드시 보내겠습니다.

부탁이 있습니다. 이건 내달 30일까지 확실하게 돌려드리겠습니다. 20엔, 사장님께 빌릴 수 없을까요. 다음 달 말일이면 고향에서 돈을 부쳐줄 것이니, 이건 틀림없이 돌려드릴 수 있습니다. 이번에는 약속드립니다.

20엔 정도, 긁어모으면 모을 수 있을 것도 같지만 실제로는 어려워 다른 수단을 찾을 수가 없습니다. 연말에 아무래도 벗어날 수 없는 까다로운 지출이 있어 고민 끝에 드리는 부탁입니다. 내년부터는 조금씩 제 주위를 정리해나갈 생각입니다. 이대로는 길가에 쓰러져 죽어가는 병자가 될 수밖에 없습니다.

사장님께는 이제껏 신세를 많이 졌습니다. 잊은 적 없습니다. 제가 과묵하여 제대로 인사를 드린 적도 없지만, 언젠가 반드시 그날이 오리라 믿습니다. 지금 제 집안 사정을 시시콜콜 말씀드릴까 했지만 너무 어리광을 피우는 것 같아 쓰지 않겠습니다.

《신초》 신년호에 소설 25장을 써서 그걸로 세밑에 금전 결산을 하려 했는데, 인쇄 직전에 갑자기 사회 풍속상 문제가 있다는 이유로 못 싣게 되었습니다. 처음에는 당황했습니다. 제가 꽤 좋아하는 작품이었기 때문입니다.

찾아뵙고 부탁을 드려야 하겠지만, 제가 말주변이 없어 실례를 무릅쓰고 서면으로 말씀드립니다. 용서하세요. 내달 말까지는 반드시 돌려드리겠습니다. 내년에는 스나고야쇼보에서 책을 낸 작가 모두가 사장님을 초대해서 연회를 열면 좋겠습니다.

미흡한 글월이지만 귀형이 무사히 한 해를 넘기시고 행복한 신년 맞이하시길 빌며 이만 줄이겠습니다.

오사무 드림

다자이 29세　　　　　　　　　　도쿄 스기나미, 1938년 1월 11일
　　　　　　　　　　　　　　　오자키 카즈오에게

　작년에는 여러모로 무리한 부탁을 드려 송구했습니다. 어떻게
든 곤란을 헤쳐 나왔으니 안심하십시오. 원고가 쉽지 않아 오늘
겨우 3장*을 써서 보냈는데 어떠신지요. 부디 잘 사용해주시기
바랍니다.
　연하장을 받았는데 제가 지금 상중이라 답장을 하지 못하는
결례를 범했습니다. 부디 널리 이해해주십시오.
　졸문이나 야마자키에게도 안부 전해주시길.

---

*　〈타인에게 말하다〉라는 에세이로 후에 《《만년》에 대하여〉라는 제목으로 바뀌었다.

도쿄 스기나미, 1938년 3월 17일
히레자키 준에게


일전에는 실례가 많았습니다.

빌린 책은 찾아보았지만 나오지 않았습니다.

이리저리 생각해보니 그 책은 제가 아타미 온천에 가져갔다가 돌아올 때 짐의 일부를 단 군 하숙집에 맡겼는데 거기 있는 듯합니다. 단 군은 지금 징집 중이라 친구에게 물어보고 조만간 들고 가겠습니다.

늦어져서 미안합니다. 용서하세요.

저는 지금 작업이 조금씩 바빠지고 있습니다.

도쿄 스기나미, 1938년 8월 11일
이부세 마스지에게


도쿄도 이삼일 전부터 조금씩 더워지고 있습니다. 야마나시 쪽은 어떻습니까?

여유롭고 차분한 마음으로 작업에 정진하시기를 빕니다. 집을 떠나 계신 동안 아무 도움도 되어드리지 못해 죄송합니다. 도쿄에 용무가 있으시면 언제든 말씀해주십시오.

저는 매일 조금씩 소설을 쓰고 있습니다. 이삼일 후면 지금 쓰는 소설 〈오바스테〉를 탈고하고 《신초》에 보낼 계획입니다. 그다음은 《문예춘추》 원고를 씁니다. 당분간은 리얼한 사소설을 쓰고 싶지 않습니다. 픽션으로 밝은 소재만 골라 쓸 생각입니다.

지난번 꺼내주신 중매 이야기에 제 마음이 얼마나 따뜻해졌는지 모릅니다. 이제껏 경험해본 적 없는 따뜻한 세상을 보여주셨습니다. 이부세 씨의 위로로 제가 완성되는 기분입니다. 저 같은 놈을 돌봐주셔서 얼마나 감사한지 모릅니다. 결코 비굴해지려는 게 아닙니다. 언제나 귀찮게 해드려서 얼마나 죄송한지 모릅니다. 이부세 씨의 작업을 방해만 하고 어찌해야 할지 모르겠습니다. 소설이 점점 더 많이 팔려서 훌륭해진다면 좋겠지만, 마음에 그늘이 져서 소심해지기만 합니다. 아무튼 하찮은 소설이라도 쓰는 수밖에 다른 도리가 없습니다. 중매 이야기도 작업에 방해가 안 되신다면 부탁드리겠습니다. 이부세 씨가 역정을 내시면 저는 어찌해야 좋을지 모르겠습니다. 저는 저의 행복에 큰 욕심은 없으니, 부디 가벼운 마음으로 틈나실 때 진행해주시길 빕니다. 저는 그저 이부세 씨의 말씀만으로도 감사한 마음입니다. 이 중매 이야기에는 저, 조금도 신경 쓰지 않고 열심히 글을 쓰겠습니다. 그것만큼은 굳게 맹세할 테니, 부디 이부세 씨의 마음 가는 대로 해주시기 바랍니다.

부끄러운 말씀을 올렸습니다. 저도 9월이 되면 조금씩 돈도 여유가 생길 테니, 고후 덴카차야天下茶屋를 방문할까 생각 중입니다. 제대로 확답은 못 드리겠지만요. 주변머리가 너무 없어서 저마저도 화가 납니다. 하지만 올가을에는 어떻게든 생활을 개선해볼 생각입니다.

같은 말만 되풀이해서 죄송합니다. 다음번에는 제대로 쾌활한 편지를 보내겠습니다.

천천히 요양하시고 건강을 되찾으시기를 빕니다.


다자이 오사무

도쿄 스기나미, 1938년 9월 2일
이부세 마스지에게

방금 그림엽서 잘 받았습니다.

여자의 마음을 생각하며 쓴웃음을 지었습니다.

그럴 수도 있겠다 싶습니다.

역시 고후의 여자는, ——.

저는 오늘 어떤 각오를 하였기에 광풍제월光風霽月입니다.

억지가 아닙니다.

그러니 이부세 씨도 앞으로 화끈하게 광풍제월 부탁드립니다.

이래저래 폐만 끼쳐 드릴 말씀이 없습니다.

댁네 다들 평안하신 듯합니다.

저는 《신초》에 38매를 보냈고, 다음 달 말 《문예춘추》에 40매, 보낼 예정인데, 아무래도 다소 경박한 부분이 있어 지금 다시 처음부터 새로 쓰고 있습니다. 10일까지는 깨끗이 다시 쓸 계획입니다.

사오일 전에 열이 많이 나고 설사도 시작해서 한동안 걱정이 었는데, 열은 그저께부터 내리고 지금은 배가 묵직하기만 합니다. 장염인 듯합니다. 그래서 사오일은 일을 쉬고 누워만 있었습니다.

점점 좋아지고 있으니 걱정 마십시오. 체중이 상당히 빠졌습니다.

내일부터는 일을 할 수 있을 것 같습니다.

일 말고는 없습니다.

말씀하신 대로 '일로써 나아가자'라는 것 외에는 살길이 없습니다.

방금 배가 너무 아파서 문장이 흐트러진 점 용서하세요.

조만간 다시 천천히 편지 하겠습니다.

좋은 작품 쓰시길, 그리고 건강을 빕니다.

야마나시 덴카차야, 1938년 9월 19일
기타요시 시로*에게


오랜만에 연락드립니다.

13일부터 이곳에 와서 글을 쓰고 있습니다.

산속에 있는 오두막에서는 일 말고는 할 것이 없습니다.

이부세 씨가 여기 40일 정도 머물며 글을 쓰시다가 오늘 저녁에 도쿄로 가셨습니다. 혼인은 여자 집에서 저희를 이리저리 알아보고 대체로 승낙한다는 분위기라 오늘 이부세 씨와 함께 그쪽 집에 찾아갔습니다. 이부세 씨는 조금 먼저 가시고, 제가 남아 두세 시간 정도 그쪽 가족분들과 이야기를 나누었습니다. 저로서는 이견이 없습니다. 이부세 씨는 앞으로 일도 바쁘시고 "두 사람만 좋다면 나머지는 자네 혼자 알아서 하라"고 말씀하셨지만 저 혼자서는 아무것도 할 수가 없습니다. 이부세 씨도 "뒷일은 기타 씨에게 이것저것 부탁하는 편이 좋겠지"라고 말씀하셨습니다. 이부세 씨에게도 정말이지 말로 다 할 수 없을 만큼 신세를 많이 졌고 더 이상은 폐를 끼칠 수 없으니, 부디 기타 씨에게 남은 일을 부탁드리겠습니다. 이부세 씨에게도, 제가 나머지는

* 다자이 아버지의 일을 돕던 도쿄 시나가와 양복점 주인. 〈귀거래〉와 〈고향〉에 등장하는 기타 씨의 모델이다.

기타 씨에게 부탁하겠습니다, 라고 말씀드렸습니다. 저 혼자서는 정말로 어떻게 해야 좋을지 너무 무섭고 걱정이 됩니다.

부디 잘 부탁드리겠습니다. 이부세 씨는 이미 댁에 돌아가셨을 테니, 기타 씨가 그쪽에 들러 이야기를 잘 나누어주신다면 정말로 감사하겠습니다.

저는 앞으로 한 달 정도 여기 틀어박혀 작업에 정진할 생각입니다. 앞으로는 모든 일에 최선을 다할 생각입니다. 그 점만큼은 안심하고 믿으셔도 좋습니다.

우선은 급한 대로 보고를 드립니다.

쓰시마 슈지


아울러 여자 집은 야마나시 고후시 스이몬초 29번지 이시하라 씨입니다. 나카하타 씨에게도 제가 편지로 보고하겠습니다.

점점 추워지네요. 이곳은 고쇼가와라보다 더 추운 것 같습니다. 밤이면 너무 괴롭지만, 그래도 살아남기 위해 참고 노력하고 있습니다. 혼담 이야기는 저쪽 집 아가씨가 제 창작집을 읽고, 저에 대한 걸 다 알고서, 그래도 연이 있다면 맺고 싶다고 말해주었습니다. 저로서도 일신상의 일은 숨길 필요가 없어서, 그렇다면 이부세 씨와 둘이 만나러 가볼까 했던 것입니다. 부디 잘 부탁드리겠습니다.

아울러 이부세 씨는 이시하라 씨를 직접 아는 건 아니고 사이토라는 지인분 소개로 신세를 지게 되었습니다. 사이토 씨는 고후시 자동차 회사 회계주임인데, 발도 상당히 넓으신 것 같고 제게도 잘해주십니다. 매일 고후시에서 버스로 여기 들려 신문도 전해주시고, (고후시에서 이곳 고개 위까지는 80리 길입니다) 그밖에도 다른 불편이 없는지 물어봐주십니다. 저 혼자서는 어떻게 하면 좋을지 모르겠습니다. 사이토 씨도 지금까지 저의 경력이나 소행을 충분히 찾아보셨을 터이고, 저희 집에 대한 것도 잘 알고 계십니다. 저도 이번 혼담을 원만히 진행시키고 싶어서 최선을 다하고 있습니다. 사이토 씨에게 사과 한 상자, 보답으로 보내드리고 싶은데 어떨까요. 되도록 제가 여기 있을 때 사이토 씨에게 보내주실 수 없을까요. 밤이며 저 혼자서 이런저런 궁리를 하고 있습니다. 저도 제가 이상할 지경입니다. 하지만 웃어넘기지 마시고 부디 도움을 주시기 바랍니다.

슈지

고후 고토부키칸, 1938년 10월 17일
야마기시 가이시에게


조만간 돈은 보내겠네.

안심해.

신앙 없는 자여.

　(죽어서는 안 되네. 죽어서는 안 돼.)

편지 정말 고마웠다.

나도 다 알아.

괴로움도, 노력도, 담력도, 태양도.

인생은 도박, 동감이야.

나는 일을 해야만 하네.

다자이도 요즘 일어서고 있네. 조금씩 중량감이 생기고 있어.

그 옛날 놈팡이, 거짓말쟁이 다자이도 그립지만, 그래서는 살 수가 없다.

사오일 기다려줘.

제목 〈천재기담〉 찬성일세.

이시하라 씨와 혼약하기에 앞서 한 말씀 올립니다.

저는 스스로를 가정적인 남자라고 생각합니다.

좋은 의미로든 나쁜 의미로든,

저는 방랑을 견디지 못합니다.

자랑하고자 함은 아닙니다.

그저 인간관계에 서툴고 우둔한 성격이

숙명처럼 결정지어준 것이라고 생각합니다.

저는 아무렇지 않게

오야마 하쓰요와 파혼한 것이 아닙니다.

그때 고통을 겪은 후로 인생에 대해 조금은 배웠습니다.

결혼의 진정한 의미를 알게 되었습니다.

결혼과 가정은 노력이라고 생각합니다.

엄숙한 노력이라고 믿습니다.

가벼운 마음은 전혀 없습니다.

가난할지라도 한평생 최선을 다해 노력하겠습니다.

제가 또다시 파혼을 한다면,

그땐 저를 미치광이 취급하고 버려주십시오.

이상, 모두 평범한 말이지만,

저는 앞으로 그 누구 앞에서건

자신 있게 이 말을 할 수 있고 나아가 신 앞에서도

한 점 부끄러움 없이 맹세할 수 있습니다.

부디 꼭 믿어주십시오.


쓰시마 슈지

날이 쌀쌀해졌습니다. 다들 별고 없으신지요. 저는 덕분에 건강하게 이 산의 한기와 싸우며 조금씩 일을 하고 있습니다.

며칠 전, 이부세 씨가 학생들과 하이킹을 하다가 산에 들르셔서, 고향 상황을 전해주셨습니다. 큰형님이 상대도 해주지 않는다고 하더군요. 큰형 입장에서는 그러고도 남음이 있을 테니 더는 부탁을 안 드리는 편이 오히려 낫지 않을까 싶습니다. 다만 둘째 형이든 누구든 다른 사람을 통해 가볍게 결혼 소식을 전해드리는 게 저로서는 마음이 편합니다.

이부세 씨를 만난 다음 날, 저는 사이토 씨(중매를 서주신 분)에게 가서 정식으로 혼인 의사를 밝힐 생각이었지만, 하룻밤 내내 고민한 끝에 우선 고후에 가서 사이토 씨 댁을 방문하고, 제 고향집은 아무 상관이 없다, 저 혼자 결혼할 생각이 있다면 해도 좋다는 점을 밝힐 생각입니다. 저는 이미 분가한 몸이고 재산 한 푼 없으며 그 밖의 제 모든 상황을 고백한 뒤 혼인 의사를 전해달라는 부탁을 드리고 왔습니다. 이삼일 후 이시하라 씨(처가 댁)로부터 답장이 왔더군요. 그런 사정은 이미 다 알고 있으니 조만간 직접 만나 혼담을 나누고 앞으로의 일을 논의하자고요.

그러면서 오히려 저를 격려해주시는 것입니다. 그 따뜻함에 눈물이 날 것 같았습니다.

이부세 씨도 이번 일을 꽤 심사숙고하시는 모양입니다. 약혼식 날 고후로 와주십사 사이토 씨와 제가 부탁을 드렸더니, 제게, 앞으로 무슨 일이 있어도 파혼은 하지 않겠다는 각서를 쓰지 않으면 고후까지 가서 약혼식에 참석하지 않을 거라고 말씀하셔서, 저도 엄숙한 마음으로, 만약에 앞으로 그런 일이 생긴다면, 저를 미치광이로 대해달라는 글을 보냈습니다. 저도, 조금은 더, 훌륭해지고 싶습니다. 조금씩 조금씩 모두의 신뢰를 회복하고 훌륭한 글을 써나가려고 노력하고 있습니다. 저는, 제 자신을, 그렇게 나쁜 남자라고는 생각하지 않습니다.

약혼식 당일 날, 이부세 씨, 지금 무척 바쁘신데 일부러 고후까지 와주시는 것도 무척 황송합니다. 부디 나카하타 씨도 이부세 씨께 제 인사를 전해주시지 않겠습니까. 약혼식은 12엔에서 13엔이 든다는데, 그 정도라면 제 용돈을 절약해서 꾸릴 수 있지만, 예물이나 그 밖의 것들은 제가 아무리 원고를 쓴다 한들 그리 쉽게 바로바로 돈이 들어오질 않고, 게다가 더 큰 문제는 지금 저도 창작에 어려움을 겪고 있는 시기라 획획 써 갈길 수가 없습니다. 신부 쪽에서도 "형식 같은 건 상관없어. 귀찮은 건 딱 질색이다"라고 의견을 전해왔고, 저도 앞으로 직접 상담을 하면서 밝힐 것은 기탄없이 쭉쭉 밝히고자 합니다. 훗날에는 처가 쪽과 상의를 해서 야마나시현에 가정을 꾸려볼까도 생각하고 있습니다. 집을 빌리려고 해도 보증금이 필요한데, 나카하타 씨가 비밀리에 제 어머니에게 이런 사정을 전해주시면 어떨까요. 아무튼 제가 갱생하려 노력하고 있고, 또 어머니에게 의지하는 것도 이번이 정말로 마지막이라고 생각하므로 슬쩍 운을 띄워주시면 안 될까요. 50엔이 됐든, 100엔이 됐든, 그야말로 부끄럽지 않은, 그러면서도 소박한 결혼 비용으로 감사히 쓸 수 있을 거라고 생각합니다만.

이상 제 부탁입니다. 부디 도와주십시오.

슈지 드림


슬슬 이중외투가 필요한데요, 부디 이쪽으로 보내주실 수 없을까요. 늘 멋대로 굴어 몸 둘 바 모르겠습니다.

고후 고토부키칸, 1938년 11월 26일
다카다 에이노스케에게

"축하하네", "정말 잘됐어".

이건 형식적인 인사말도 아니고 경박한 조롱도 아닐세. 깊이
생각한 끝에 내가 자네에게 가장 먼저 하고 싶은 말은 위의 두
마디였어. 있는 그대로 받아주게.

23일을 나도 얼마나 기다렸는지 모르네. 남몰래 신께 빌기까
지 했어. 정말 잘됐네.

스미코 씨는 좋은 사람이야. 자네에게 가장 어울리는 반려자
라고 확신하네. 행복은 있는 그대로 솔직히 받아들이는 게 옳아.
행복을 피할 필요는 없네. 이제껏 자네가 겪은 괴로움, 나도 잘
알아. 이제 와 하는 이야기지만, 나는 자네가 번민의 극치에 있었
을 때, 홀로 언덕에 올라 자네의 괴로움을 염려하며, 자네가 자살
하면 어쩌나 걱정했을 정도였어. 하지만 이젠 괜찮네. 자네는 터
널을 뚫고 나온 거야.

"축하하네", "정말 잘됐어".

또 한 가지, "고맙네". 이 말도 해야겠지. 이건 나도 조금 부끄
럽군. 하지만 이것도 있는 그대로 받아줘. 스미코 씨는 우리 예비
부부의 은인일세. 미치코도 스미코 씨의 행복을 빌고 있어. 나 같

은 놈에게 그녀를 소개해준 스미코 씨에게 감사할 따름이네.

은인 부부여, 앞으로도 행복하기를.

사이토 씨, 좋은 사람이더군. 나도 아주 좋아해. 신세를 많이 지고 있어. 잊지 못한다네. 자네가 사이토 씨에게 편지 쓸 일이 있으면, 내가 어마어마하게 감사하고 있다고 전해주게. 이건 꼭 부탁하네.

나는 글밖에 모르는 가난한 서생이라 후일을 기약하고는 있지만 아무것도 해드릴 것이 없어. 부디 자네가 그 부분을 잘 전해주기를 부탁하네.

자네는 나의 은인이니, 그 대신 나를 친형처럼 대해주게. 이상한 교환 조건이지만 나는 형이 되고 싶네. 쉽게 하기 힘든 이야기나 비밀을 동생이 털어놓으면, 형은 그걸 듣고 문제를 정리하거나 양부모(이부세 씨 말일세)에게 부탁하겠지. 그렇게 된다면 형으로서 기쁠 테니 말이야.

이제껏 자네가 갖고 있던 괴로움은 대부분, 아니 전부가 스미코 씨를 사랑하기 때문에 얻은 괴로움이야. 그리고 조금은 자네의 댄디즘 탓이고.

자네가 품었던 어제까지의 고뇌에 자신을 갖게. 나는 믿고 있어. 진정한 괴로움을 겪은 이에게는 보상이 따른다는걸. 당당하게 행복을 요구하게. 신에게. 인간 세상에.

앞으로 행복한 날이 올 걸세. 그건 확실해. 손바닥 보듯 분명하네. 그건 믿어주게. 스미코 씨를 있는 힘껏 사랑하고 애무해주게.

결코 부끄러워하거나 심각한 척해선 안 돼. 즐거움은 순수하게, 즐거움으로 받아들이게. 자네에게는 한동안 안락하게 휴식을 취할 권리가 있어. 자네는 한껏 괴로움을 겪어온 사람이니까. 어리광을 피우더라도 결코 품위를 잃어서는 안 돼. 학은 서 있어도 학, 누워도 학이 아닌가. 안심하고 신혼 생활을 꾸리며 스미코 씨만을 사랑하게. 스미코 씨는 자네를 사랑하여 고후까지 홀로 와서 꽤 고통스러운 나날을 보내지 않았나. 충분한 보답을 해주세.

이삼 년, 아니 오륙 년, 일본에는 우리의 황금시대, 없을지도 몰라. 하지만 나는 마음이 여유로워졌네. 자신이 있기 때문이야. 분명 이길 걸세. 확신이 있어. 우리가 망할 이유가 조금도 없지 않은가. 그때까지 우리, 유연하고 단호하게, 갈고 닦으세. 유연하게, 라네.

나는 올해까지 여기 있을 거야. 매일 두세 장씩 장편소설을 쓰고 있어. 결혼식은 내년이 되겠지. 예물 준비할 돈은 한 푼도 없어. 모두 생략할 생각이네. 결혼 비용 마련할 데는 전혀 없지만, 때가 닥치면 어떻게든 되겠지, 하고 자신만만일세. 가난만큼 태평한 것도 없다네. (신혼집 정해지면 알려줘. 스미코 씨에게도 안부 전해주게.)

고후 고토부키칸, 1938년 12월 16일
나카하타 케이키치에게


나카하타 씨,

외투 정말 감사합니다. 이번에 신세를 많이 졌습니다. 도요타 씨가 돌아가셔서 다들 상심이 크시겠습니다. 저도 친아버지처럼 귀여움을 받고 자라서 조만간 훌륭해져 기쁘게 해드리자고 내심 생각했는데 이렇게 돌아가시다니 허탈합니다. 그 밤 내내 슬픔을 견디기가 힘들었습니다.

제 결혼식은 1월 8일 오후에 이부세 씨 댁에서 하는 게 어떨까 하고 이시하라 씨, 사이토 씨, 저, 이렇게 세 사람이 의견을 모았습니다. 조만간 제가 이부세 씨에게 부탁해볼 생각입니다. 아주 간소하게, 저와 신부, 이시하라 어머니, 사이토 씨 부인, 그리고 나카하타 씨께 꼭 참석을 부탁드리고 싶습니다. 결혼식은 이부세 씨께 엄숙한 결혼 축사 한마디를 부탁드리고 축배를 든 후, 여러분께 저희를 지켜봐달라고 하는 정도로 간단히 치르고 싶습니다. 12월에는 제게 조금이라도 좋은 일이 생길까 생각을 했는데, 예상이 빗나가서 무엇 하나 되는 일이 없는 상황입니다. 이시하라 댁에서는 온 가족이 달려들어 오래된 기모노를 새로 깁고 이불을 짓고 분주합니다만 저는 아무것도 해드릴 게 없어 괴롭기만 합니다. 하지만 제가 무력한 탓에 어쩔 수가 없습니다. 어떻게든 해보겠습니다. 결혼을 하고 명랑하게 일에 정진하겠습니다.

오랜만에 인사드립니다. 그간 별고 없으셨지요.

저, 사실은, 도쿄 오기쿠보에 있는 댁으로 찾아뵙고 이쪽 이시하라 씨, 사이토 씨와 상의한 내용을 말씀드리면서 부탁을 드릴까 했는데, 여행 중이시라는 이야기를 듣고 도쿄에 가는 걸 포기했습니다. 결혼식은 정월 8일에 올리기로 했습니다. 그날 사이토 씨 사모님도 도쿄에 일이 있다고 하셔서 참석할 수 있다고 하십니다. 이건 저희 모두의 부탁입니다만, 이쪽에서 신부와 신부 어머니가 이부세 씨 댁에 찾아뵙고 나카하타 씨, 사이토 씨 사모님이 모두 모여 이부세 씨로부터 결혼 덕담을 듣고 간단히 술을 받는 게, 저나 이시하라 씨로서도 가장 감사하고 엄숙한 기분이 들 것 같습니다. 그래서 제가 이부세 씨께 부탁을 드리기로 했습니다.

부디, 부디, 들어주세요. 저는 7일쯤 먼저 오기쿠보 댁에 가서 8일이 오길 기다릴까 합니다. 정말로 다른 준비는 필요 없도록 제가 7일에 찾아가서 모두 준비하겠습니다. 제가 부족한 부분만 도와주십시오. 그렇게만 해주신다면 저는 그 이상 행복한 일이 없겠습니다. 장인어른도 "설령 돈이 여유가 있다 해도 이부세 씨로부터 혼례주를 받는 것만큼 감사하고 복된 일이 어디 있겠나. 그렇게 해주신다면 얼마나 감사하겠느냐"고 말씀하셨습니다. "고후에서 식을 올린다면 역시 자네 부모님께도 알려야 하고 어영부영 일이 커지면 복잡해지기만 한다. 쓰시마 군이 여기저기 빚을 져 결혼식 비용을 마련하는 것도 골치 아픈 일이다"라고 하셨어요. 사이토 씨도 이부세 씨께 부탁을 드리는 게 제일 좋겠다고 말씀하셨습니다. 그저 이부세 씨의 덕담과 술을 받고 다른 음식 같은 것은 일절 필요 없으니, 한 시간 정도면 끝날 것 같습니다.

제게 돈이 있다면 좋겠지만, 사실은 《문예》에 보낸 원고가 실릴지도 모르겠다는 약간의 희망을 편집자에게 받았으나, 그것도 수포로 돌아갔고 이래저래 길이 막혔습니다. 《와카쿠사》에라도 단편을 들고 가서 20엔 정도 벌어볼 생각이었는데, 2월호에 5매 정도의 콩트를 써달라는 속달이 와서 써 보냈으니* 겨우 5엔 정도 받겠지요. 《문체》에서 20일까지 20매 써달라고 했지만 《문체》에는 고료를 기대할 수도 없고, 그저 좋은 단편을 써 보낼 생각입니다. 역시 예술이 최우선입니다. 장편도 백 매 돌파해서 어떻게든 써나가고 있습니다. 내년 3월쯤에는 완성할 생각입니다. 분명 좋은 작품이 나올 테니, 책으로라도 나오면 부디 읽어주시기 바랍니다.

결혼식이 끝나면 저희는 다시 고후로 돌아갈 생각입니다. 고후에서 제 일의 윤곽이 잡힐 때까지, 또 돈이 조금 모일 때까지,

---

* 단편 〈I can speak〉.

이삼 개월 저렴한 집을 빌려서, 둘이 살 계획입니다. 전에 산속 온천장 집이라도 빌리겠다 했는데, 90엔으로 둘이서 온천장에 사는 건 아무래도 경비가 맞지 않을 것 같고, 또 미치코도 지루할 것 같아서 다 같이 논의한 끝에 고후 외곽의 작은 집을 신년부터 이삼 개월 빌리기로 했습니다. 사이토 씨 댁 근처도 비어 있다고 하고 10엔 정도 되는 집을 빌릴 생각입니다. 이삼 개월 열심히 일을 하다 보면 저에게도 좋은 운이 트이겠지요. 그때 돈이 된다면 도쿄 근교에 오래 살 집을 구할 예정입니다.

이달은 저도 경제적으로 어려워서 생활비에 여유가 없고, 지금 도쿄로 가서 잡지사를 돌아다닌다 한들 뾰족한 수가 없겠지요. 애초에 이 결혼, 저 혼자서 어떻게든 해내겠다고 단언했는데 원고료 나올 구멍이 없어 난처합니다. 뭔가 이 난관을 타개할 좋은 묘책이 없을까요. 저의 무력함이 부끄럽습니다. 설마하니 처가에 손을 벌릴 수도 없고, 또 이제껏 이런저런 신세도 많이 졌어요. 도테라와 방석, 평상복 하오리까지 만들어주셔서 저는 괴롭기만 합니다.

결혼 예물도, 쓰시마의 용돈으로 그런 걸 받는 건 괴롭지만, 혹시 쓰시마의 형님이 뭔가 보내주신다면 쓰시마 두 사람의 결혼 후 비용으로 쓰고 싶다고 하셨습니다. 저도 5엔이나 10엔을 봉투에 넣어 예물로 드릴까 했지만, 오히려 그게 더 쓸쓸하고 마음이 아픕니다. 예물은 제가 도저히 준비할 수가 없습니다. 부디 용서하세요. 이시하라 씨도 사이토 씨도 그 점은 이해해주셨습니다.

이부세 씨가 나카하타 씨에게 이런 사정을 전해주실 수 없을

232

까요. 30엔도 안 들 겁니다. 결혼식 술값과 모두가 돌아갈 여비, 그리고 결혼 후 살 집과 소박한 가재도구 정도입니다.

돈 이야기는 무척 불쾌하시겠지요. 저도 너무 괴로워 식은땀을 세 바가지 쏟는 기분입니다.

저도 바보라, 나카하타 씨가 어머니에게 이야기를 전해주셔서, 무언가 약간의 결혼 예물을 보내주실지도 모르겠다고 생각하고, 이시하라 씨에게도 자신만만하게 이야기했는데 완전히 틀린 것일까요. 예물이라는 형식이 아니더라도 무언가 도움을 주실 수 없겠습니까. 저도 소설이 한 편이라도 팔린다면 이렇게 괴로운 일을 겪지 않아도 될 텐데, 제가 그동안 논 것도 아니고, 열심히 일도 했고, 이리저리 다니며 노력도 했지만 이렇게 어렵습니다. 이번 결혼 문제도 사이토 씨에게 갔다가, 이시하라 씨에게 갔다가, 동분서주하며, 이런저런 이야기를 하고 편지도 썼는데, 길이 전혀 보이지 않습니다. 정말로 좋은 여자를 아내로 얻은 것같아 얼마나 행복한지 모릅니다.

사이토 씨는 "쓰시마 씨가 간소하게, 간소하게 하자고 해서 저도 그럴 생각인데, 에이노스케 때는 훌륭하게 해놓고, 쓰시마 씨만 너무 간소하면 마음이 아프다"고 걱정하셨습니다. 이부세 씨라도 "결코 그런 생각하지 마라"라고 한 말씀 전해주시면 좋겠다고 아내가 말했습니다. 저도 에이노스케처럼 멋있는 결혼이 가능하면 얼마나 좋을까 생각해보지만 힘이 없으니 어쩔 수가 없습니다.

이시하라 씨도 역시 뭔가 조금 쓸쓸하실 겁니다. 어떻게든 할 수 있다면 좋겠지만 제가 할 수 있는 게 아무것도 없습니다.

무언가 좋은 묘책이 없을까요. 알려주십시오. 사치다, 참아라, 하신다면 참겠습니다.

넋두리만 쏟아내는 오늘의 다자이는 멋도 없고 훌륭하지도 않지만 부디 혼내지 말아주십시오. 지난 이삼일, 너무 괴로웠어요.

슈지

고후 고토부키칸, 1939년 1월 4일
다카다 에이노스케에게


도쿄에 있는 줄은 몰랐네.

12월 31일에 자네와 만나길 고대하고 있었는데. 몸 건강히 잘 지내기를 바라네.

스미코 씨가 무척 의기소침해 있어. 매일 우울해 보여서 차마 지켜볼 수가 없네. 이건 단지 나 혼자 기분에서 자네에게 부탁하는 것인데, 만약 자네가 더 오래 도쿄에 있을 생각이라면 하루라도 빨리 스미코 씨를 도쿄로 부르게. 자네가 만약 그렇게 한다면 내가 사이토 씨 가족에게 그렇게 담판을 짓고, 스미코 씨가 자네 있는 곳으로 여행을 떠날 수 있도록 해볼 생각이야.

내 결혼식은 이부세 씨 댁에서 8일에 치러지네. 참석자는 여덟 명, 안주로 오징어라도 놓고 간소히 치를 거야. 다 이부세 씨 덕분이다. 결혼하면 바로 고후에 월세 오륙 엔짜리 작은 집을 얻어서 살걸세. 아내도 가난해. '어떻게든, 된다' 이걸 믿게. 용감히, 그리고 자신을 소중히 여기게.

고후 미사키초, 1939년 1월 10일
이부세 마스지에게


바람처럼 갔다가 곧 돌아와야 했기에, 뵙자마자 곧 고후로 돌아와야 했기에, 슬펐습니다.

저도 반드시 좋은 작가가 되겠습니다. 선생님 이름에 먹칠하지 않도록 힘껏 정진하겠습니다.

괴로운 일도 있었습니다.

하지만 이렇게 자리를 잡은 것도 도와주신 덕분입니다. 우둔한 저이지만 이부세 선생님과 가족 여러분의 세심한 배려에 몸이 전율할 정도로 깊은 감동을 받았습니다.

글을 쓰겠습니다.

놀지 않겠습니다.

보란 듯이 오래 살아서 세상 사람들에게도 훌륭한 남자라는 소리를 들을 수 있도록 참고 인내하며 노력하겠습니다.

결코 번드르르하게 지어내는 말이 아닙니다.

앞으로 10년, 괴로움을 억누르고, 조금이라도 밝은 세상을 만들기 위해 노력할 생각입니다.

요즘 왠지, 예술에 대해, 주체할 수 없는 신앙, 같은 걸 갖게 되었습니다.

이젠, 괜찮다고 생각합니다.

자중하겠습니다.

이번 결혼식 일은, 뭐라 감사의 인사를 드려야 할지 모르겠습니다.

앞으로도 쭉 지켜봐주십시오.

그밖에 바라는 것은 없습니다.

저희는 분명 좋은 부부가 될 것입니다.

감사합니다.

생각하면 생각할수록, 이것도 감사하고 저것도 감사하여, 하염없이 송구하기만 합니다. 아무튼 저는 제대로 해보겠습니다. 그것 말고는 없습니다. 횡설수설한 제 얘기가 읽기 괴로우셨겠지만, 제 진심은 전해졌을 줄로 압니다.

쓰시마 슈지

월세 6엔 50전짜리 작은 집에 꼭 한 번 들러주십시오. 오실 날을 저희 부부 둘이서 즐겁게 기다리겠습니다. 꼭꼭 찾아와주십시오.

고후 미사키초, 1939년 1월 10일
나카하타 케이키치에게




나카하타 씨

지난 번 결혼식 때는 정말 뭐라 감사의 말을 전해야 할지 모르겠습니다.

모든 게 덕분입니다.

혼자서는 아무리 결심이 섰다 해도 제가 무력한 탓에 발버둥쳐도 좀처럼 회복할 수 없었을 겁니다.

이번에는 여러분 덕분에 훌륭히 갱생의 출발을 하게 되었습니다. 앞으로는 저, 괜찮습니다. 제대로 해보겠습니다.

믿어주십시오.

부디 때가 좋을 때 어머니께도 제 안부를 전해주십시오.

정말로 감사했습니다.

인사는 아무리 해도 지나치지 않네요.

앞으로 저를 지켜봐주십시오.

저는 은혜를 잊지 않습니다.

몸 건강하시고 훌륭한 재능을 갈고닦아 보여드리겠습니다.

사모님께도 부디 안부 전해주세요.

오늘은 감격해서 가슴이 벅차올라 글씨도 삐뚤삐뚤합니다.

제 성심을 받아주십시오.

슈지

고후 미사키초, 1939년 1월 10일
스나고야쇼보
오자키 카즈오에게


여러분 덕분에 겨우 신혼집을 마련했습니다.

월세 6엔 50전입니다.

일을 하겠습니다.

앞으로도 잘 부탁드립니다.

오늘은 집에서 보내온 송금 전해주셔서 감사합니다.

덕분에 저희도 큰 무리 없이 지내고 있습니다. 작업도 잘 풀리고 있고요.

가까운 친척분이 위독하시다니 어느 분이신가요, 걱정이 됩니다. 무사히 회복하시길 빕니다.

오늘 제게 하신 질책에 진땀이 났습니다. 정말로 송구합니다. 소설 〈후지산백경〉에 이부세 씨의 이름을 넣은 것은 존경과 감사의 뜻이었지, 상처가 되리라고는 꿈에도 생각하지 못하고 발표했습니다만, 지금 곰곰이 생각해보면 사정이야 어떻든 역시 소설에 본명을 들먹인 건 이부세 씨를 번거롭게 할 뿐이라 오히려 실례되는 행동임을 깨닫고 몸 둘 바를 몰랐습니다. 제 잘못입니다.

부디 용서하십시오.

앞으로는 결코, 어떠한 경우에도, 절대로, 이런 실수를 반복하지 않겠습니다.

3월호에도 〈후지산백경〉을 이어서 쓸 예정이라 어제 이미 원고를 보냈는데, 거기도 이부세 씨라는 이름을 두 번 사용했습니다.

오늘 곧바로 출판사에 속달을 보내, 그 부분을 고쳐달라고 의뢰했습니다. 집요하게 부탁해뒀으니 열에 여덟아홉은 틀림없이 정정해줄 거라고 믿습니다만, 사람이 하는 일이라 혹시라도 뜻하지 않은 실수를 하는 일이 만에 하나, 정말로 만에 하나라도 실수가 생길 경우를 대비해, 만약 정정되어 있지 않으면 어쩌나 하고, 그것만이 걱정입니다만, 대체로 괜찮을 것 같습니다.

후반부에는,

'이부세 마스지 씨의 신세를 졌다'와 '이부세 씨 댁에서 결혼식을 올리게 되어'라는 두 부분에 이름을 넣은 채 23일 월요일 아침에 출판사로 보냈던 것입니다.

오늘, 이부세 씨로부터 질책을 듣고, 곧바로 출판사에 정정을 요청했습니다.

부디 이 점을 이해해주시기 바랍니다.

출판사에서도 분명히 정정해줄 거라고 생각합니다.

앞으로는 절대로 같은 실수를 반복하지 않겠습니다.

다케무라쇼보에서 원고를 보내달라는 전보가 와서 정신 없이 원고를 정리하고 있습니다.

오늘은 감사와 사과, 위로 등으로 편지 내용이 뒤죽박죽인 점 용서하세요.

환자분의 빠른 쾌유를 빕니다.

다자이 오사무

고후 미사키초, 1939년 2월 4일
다케무라쇼보
다케무라 타이라에게

　어제, 어느 잡지사 직원에게서 제 원고가 분실되었다는 소식을 듣고 망연자실했습니다. 원고지 백 매 가량 되는 원고인데, 그걸 잡지사에 보낸 뒤 '이번에 다케무라쇼보에서 단편집을 낼 계획이니 반송 부탁합니다'라고 편지에, 속달 엽서, 전보까지 서너 번을 부탁했지만 그저 '조금만 기다려달라'는 전보만 와서 걱정하고 있었습니다. 그런데 어제 담장 편집자로부터 장문의 편지를 받았습니다. 잡지사에서도 제 요청을 받아들여 원고를 돌려보내려고 했지만, 그 원고를 분실했다, 그 뒤 사방팔방으로 찾고 있다, 특히 그 원고 책임자는 아침부터 밤까지 진땀 흘리며 찾아다니다가 경찰청에까지 부탁해둔 모양이라는 내용이었습니다. 지금도 계속 조사를 하고 있는 듯하지만, 그 책임자가 이런 일이 처음이라 계속 가슴앓이를 하고 있나 봅니다.
　'만약 원고가 나오지 않는다면, 어떤 결과가 벌어질지 저도 잘 알고 있습니다. 모든 책임은 제가 지겠습니다. 물질에 관한 것이라면 무엇이든 다 보상하겠습니다. 하지만 원고이다 보니 다자이 씨가 얼마나 괴로울지 생각하면 무엇을 어떻게 해야 할지 잘 모르겠습니다. 저희가 할 수 있는 한 최선을 다할 것이니 부디 조금만 더 기다려주시기를 빕니다. ……' 이렇게 성실한 사과의 편지를 읽으니 도리어 연민이 느껴져서, '저도 잊겠으니 너무 심각하게 생각하지 마십시오'라는 위로의 답장을 쓰고 말았습니다. 사실 그 원고가 없어지면 저도 속에서 천불이 나고 울어도 울 수 없는 기분입니다만, 어쩔 수 없는 일입니다. 저로서는 가장 많이 애착이 가는 작품이었거든요.

위에 구술한 내용은 사실과 조금도 차이가 없습니다. 혹시나 해서 그 담당자의 긴 편지도 함께 동봉해 보낼까 했지만, 이 사실이 외부로 흘러가거나 해서 그 사람이 주요한 역할에서 빠지게 되는 게 아닐까 걱정도 되고, 그 사람에게도 '이 사실이 외부로 알려져 당신에게 나쁜 결과를 가져올 것 같으면, 저도 입 다물고 있겠습니다. 아무에게도 말하지 않겠습니다'라고 써서 그 사람에게 받은 편지를 부치는 걸 관두었습니다. 다케무라 님과 출판사 식구들께서도 이 부분에 유념해주시고 되도록 분실 사건을 입 밖에 꺼내지 않으실 것을 저도 부탁드립니다.

출판도 원고 백 장이 부족해져서 일시 연기하는 수밖에 없는 상황이군요. 이런 생각지도 못한 사건이 생긴 데 사과드립니다.

다만 그저 용서해주시기를 바랄 뿐입니다.

올해 3월 말까지는 새로 250장 정도를 쓰겠습니다. 그땐 분명 지금보다 훨씬 좋은 내용으로 찾아뵙겠습니다.

결코 엉터리 속임수가 아닙니다. 잡지사 이름이나 그 책임자 이름을 말씀드리는 편이 제 입장에서도 속이 편하겠지만, 저는 그렇게 할 수 없습니다. 누군가를 감싸는 것도 쉬운 일이 아니군요.

상황이 그러하니 일을 이렇게 처리하면 좋겠습니다. 이제껏 주고받은 약속, 내용, 장정, 정가 등을 모두 깨끗이 정리하고 제가 새로 부탁을 드리고 싶습니다. 올해 3월 말까지, 제가 자신 있는 작품을 써서 도쿄로 가겠습니다. 그 원고를 우선 다케무라 씨에게 전부 전해드리고, 다케무라 씨는 먼저 그걸 읽어보신 후 출판을 하실지 거절하실지 자유롭게 결정해주십시오. 제 작품이 마음에 드셔서 출판해도 좋겠다는 마음이 드시면, 제가 다시 도쿄로 가서, 여러 가지 세부사항을 논의하는 게 어떻겠습니까. 물론 저는, 그때까지 다른 출판사에서 그 어떤 책도 출판하지 않겠습니다. 거절할 생각입니다. 이것만큼은 분명히 약속드리겠습니다.

어떻습니까. 지금 제게는 그것 말고 달리, 다케무라 씨의 두터운 정에 보답할 길이 없습니다.

원고를 잃어버리다니, 이런 생각지도 못한 재난이 닥쳤지만 이걸 기회로 저도 힘을 내 더 좋은 작품을 쓸 수 있게 된다면, 오히려 전화위복이 될 테니 슬퍼할 일만은 아닐지도 모릅니다. 마음은 뜨거운데 말이 부족하여 아쉬움이 남지만 부디 제 마음 굽어 살펴주시고, 이번 불찰을 용서해주시기 바랍니다.

반드시 훌륭한 원고로 보답해드릴 테니 두 달만 더 기다려주십시오. 만에 하나 분실된 원고를 찾게 된다면 만세를 부르겠습니다.

그때는 물론 곧바로 원고를 보내겠습니다. 하지만 최악의 경우를 상정하여, 완전히 분실해버린 거라고, 남자답게 각오를 다지고, 저는, 내일부터, 다시 새 원고에 착수하겠습니다. 대재난이었다 여기고, 포기했습니다.

오사무 드림

고후 미사키초, 1939년 3월 8일
야마기시 가이시에게

엽서 읽고 생각이 많았어. 내가 너에게 뭔가 실례되는 행동을 한 것 같은데, 나는 정말로 그게 뭔지 모르겠어. 모른 척 시치미 떼는 게 아니라 정말로 그래. 내가 또 뭔가 시골 촌놈답게 넉살 좋은 인사를 해서 널 상처 주었을까, 아니면 〈천재기담〉을 글로 쓰지 않아 실망하고 있는 걸까. 네가 해준 그 이야기, 아직은 쓸 자신이 없었어. 지금으로선 나, 오래 살 생각이야. 앞으로 이삼 년 안으로는 어엿한 어른스러운 작품을 완성시키고 싶어. 하지만 지금은 아직 내 심경이 충분치 않아. 언어에 자신이 없어. 부끄럽게 생각해.

나는 너와 한 약속을 진지하게 생각하고 있어. 내 일생의 작업 가운데 하나로 꼽고 있어. 그것만은 믿어줘. 2년이고 3년이고 너와 내가 서로 연락을 끊고 살게 되더라도, 역시 너와, 나는, 같은 문학의 길을 이해하며 걷고 있지 않을까 생각해. 너에게서 받은 자극과 암시, 지금 이 순간까지, 내 안에 가득해.

고후 미사키초, 1939년 3월 10일
야마기시 가이시에게


편지 고마워.

진심으로 감동했어.

나, 열심히 해볼 생각이야.

스스로를 다잡고, 격려하며, 내가 할 수 있는 최선을 보여주고 싶어.

부디 그날까지 기다려줘.


다자이 오사무

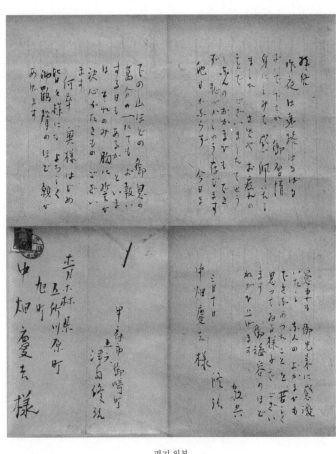

편지 원본.

고후 미사키초, 1939년 3월 10일
나카하타 케이키치에게


어젯밤에는 멀리서 와주셔서 고맙습니다. 그 두터운 우정에 가슴 깊은 곳에서 감사의 마음이 솟구쳤습니다. 아마도 무척 피곤하실 줄로 압니다.

아무 대접도 못해드려서 부끄러울 따름입니다.

이제까지 제게 베풀어주신 은혜를 만 분의 일만큼이라도 보답할 날이 오기를, 지금은 그날만을 바라며 가슴에 각오를 되새기고 있습니다.

부디 사모님을 비롯해 가족 모두에게 감사 인사와 안부를 전해주세요.

제 아내도 결혼식에 와주신 것에 감격하고 있습니다. 음식이니 답례니 아무런 준비도 하지 못한 걸 괴롭게 생각하고 있는 듯합니다. 넓은 아량으로 이해해주시기를 바랍니다.

슈지

고후 미사키초, 1939년 3월 21일
다케무라쇼보
다케무라 타이라에게

　드디어 완성했습니다. 원고지 251매입니다. 사소한 기쁨을 함
께 나누고자 급하게 소식 전합니다. 부디 좋은 책으로 만들어주
십시오. 지금 이부세 씨는 고후에 계십니다. 이삼일 안에 도쿄로
가실 텐데 저도 그때 원고를 가지고 같이 도쿄로 가겠습니다. 책
제목은 역시 《사랑과 미에 대하여》. 내용은

　+ 독자에게(1매)

　+ 추풍기(26매)

　+ 푸른 나무의 말(40매)

　+ 화촉(48매)

　+ 사랑과 미에 대하여(33매)

　+ 불새(103매)

순서입니다. 물론 모두 이번에 처음 공개하는 작품입니다. 괜
찮은 단편집이 될 것 같습니다.

　우선은 급한 대로 내용만 전합니다.　　　　　　　총총.

250

고후 미사키초, 1939년 4월 20일
가메이 가쓰이치로에게


오늘 보내주신 저서, 감사히 잘 받았습니다. 진심을 담아 감사 말씀 드립니다.

귀형의 우정, 뼈에 사무칠 만큼 잘 알고 있습니다. 저도 지금은 자중하여 스스로의 형편없는 재능과 학식의 부족함을 깨닫고, 다시금 처음부터 공부하고 있습니다.

이삼 년 정도 지나면 그럭저럭 괜찮은 글을 쓸 수 있으리라는 생각이 듭니다.

저는 지금 재출발을 위해 열심히 준비하는 중입니다.

무욕無慾,
예지叡智,
의지意志.


이 세 가지에 대해 조금 깨달은 바가 있습니다.

느긋하게 해나가겠습니다.

귀형의 다정하고 성실한 친구가 되겠습니다.

다자이 오사무

고후 미사키초, 1939년 5월 18일
다케무라쇼보
다케무라 타이라에게

　책이, 무척 아름답습니다. 감사 인사를 드립니다. 저도 사람 사귀기가 서툴고, 말주변이 없어, 여러 가지 실례되는 일을 멋대로 저질러왔다고 생각합니다. 부디 넓은 아량으로 이해해주십사 청합니다. 오늘, 이 책을 어루만지며, 얼마나 노고가 많으셨을지, 그 따뜻한 마음씨가 절절히 전해졌습니다. 정가 2엔 이상이 아니더라도, 저는, 아무 상관없습니다. 2엔 이상만큼의, 아름다운 책이 된다면, 저는, 그것만을 바라왔기 때문에, 실제 정가 따위, 조금도 개의치 않으니, 그 점 부디 안심하시기 바랍니다. 아울러 60부 정도를 저희 집에 기증하고 싶으니, 그 서명을 위해 19일, 오전 11시경에, 찾아뵙겠습니다. 바쁘시겠지만 혹시 가능하다면 부디 얼굴 뵙기를 바랍니다.

오랜만에 인사드립니다. 그간 별고 없으신지요. 저희는 무사히 지내고 있습니다. 어떻게든 해나갈 테니 안심하십시오.

아무래도 고후는 일을 하기에 너무 불편해서 이부세 씨와 상의한 끝에 6월 초에 아사카와, 하치오지, 고쿠분지, 그 주변에 적당한 집을 찾아 이사할 생각입니다. 그 근방은 도쿄에서 한 시간 정도 걸리니 방문객이 그리 많이 찾아오지도 않을 테고, 고후만큼 불편하지도 않을 거라 일하기에는 딱 좋다고 생각합니다. 오기쿠보 근처가 편리하긴 제일 편리하겠지만 요즘 셋방 매물이 전혀 나오지 않는다고 합니다. 이번에 《사랑과 미에 대하여》라는 책이 나와서 출판사로부터 이삼백 엔 받을 예정이니 그 돈으로 이사를 할 겁니다.

조금씩 평판이 올라가고 있습니다. 고향 사람들에게도 기회를 봐서 잘 이야기해주십시오.

얼마 전 《국민신문》에서 열린 중견, 신진 작가 서른 명의 단편소설 콩쿠르에서 의외로 제일 어린 제가 1등을 차지했습니다.(〈황금풍경〉이라는 소설) 그 신문 기사를 동봉합니다.

6월 중순에 또 한 권의 책이 나옵니다. 《여학생》이라는 귀여운 단편 소설집입니다. 스나고야쇼보에서 출판될 예정입니다.
책이 나오면 또 보내드리겠습니다.

　하루빨리 제 힘으로 살아갈 수 있도록 노력하고 있습니다.

　사모님께도 안부 전해주세요.

슈지 드림

고후 미사키초, 1939년 5월 31일
다케무라쇼보
다케무라 타이라에게

오늘은 전혀 예상치 못한 인세를, 그것도 속달로 보내주셔서, 말할 수 없이 감사한 마음입니다.

오늘 밤의 이 감격을, 죽을 때까지 잊지 않고 반드시 훌륭한 작가가 되어, 이 따뜻한 호의에 기필코 보답하겠노라고 생각합니다. 불운한 저에게 베풀어주신 정을, 꿈에도 잊지 않고, 그 마음 배신하는 일이 없도록 하겠습니다.

마음 깊이 새기겠습니다.

제멋대로 굴었던 온갖 일이 떠오르면서 다케무라 씨의 넓은 아량에 감격하고 있습니다.

누가 뭐래도 저는 알고 있습니다. 앞으로도 순수하고 고매한 애정으로 좋은 작가를 길러내실 수 있도록, 저도 반드시 좋은 작가가 되어 어떻게든 여러분의 힘이 되고 싶다고 다짐합니다.

위와 같이, 맹세하는 바입니다.

도호쿠에서 온 촌놈에 세련된 눈치라고는 없는 제가, 다케무라 씨가 보시기엔 우습고 서툴러 보이겠지만, 그래도 인간의 진정성에는 남들보다 한층 민감한 저이기에, 제 진정성으로 보답을 다짐하고 있다는 걸 믿어주세요.

벅차오르는 감정을 말로 다 설명할 수는 없지만, 조만간 도쿄 근교로 이사를 해서(이 모든 것이 다케무라 씨 덕분입니다) 가끔씩 찾아뵙고, 변함없는 경애의 만남을 이어가고 싶습니다.

오늘 밤은 우선 미흡한 글월로 인사를 올립니다.

다자이 오사무

고후 미사키초, 1939년 6월 4일
히레자키 준에게


그날 만나지 못해 아쉬웠습니다. 하지만 신축 중인 집을 찾았
으니 안심하세요. 안타깝게도 모든 집이 이미 계약 완료라 그 뒤
로 미타카, 기치조지, 니시오기쿠보를 지나 결국 오기쿠보의 이
부세 씨 집까지 와버렸습니다. 20킬로미터는 더 걸은 것 같습니
다. 셋방 내놓는다는 표시가 하나도 없어서 깜짝 놀랐습니다. 기
치조지에서 미타카 방향 이노카시라 공원 안쪽으로 마쓰모토 선
생*이 죽은 강을 건넌 곳, 그 근방을 뭐라고 부르나요, 아무튼 미
타카와 기치조지 사이 이노카시라 공원 뒤쪽 보리밭 가운데 셋
방 여섯 채가 있는 신축 건물이 있었습니다. 월세는 다 27엔이라
조금 비싼 감이 있어서 집주인과 얘길 해보니, 6월 말에 그 건물
앞에 월세 23, 24엔짜리 셋방 세 채가 들어서는 건물을 올릴 거
라는 얘길 듣고, 그럼 그게 다 지어질 즈음 다시 도쿄에 와서 계
약을 하기로 하고 고후로 돌아갔습니다. 6월 말 다시 그쪽으로
갈 계획인데 히레자키 씨도 시간이 있을 때, 그 근방을 산책할 일

* 다이쇼시대에 '사람 잡는 강'이라 불리던 다마 강 상수에 빠진 학생을 구하다 세상
  을 떠난 교사. 이노카시라 공원 내 다마 강 상수원 근처 잡목림에 그를 기리는 비석
  이 있으며, 훗날 다자이 오사무도 이 강에서 익사했다.

257

이 있다면 봐주시기 바랍니다. 다른 곳에도 좋은 매물이 있으면
알려주세요. 월세는 23, 24엔 안쪽입니다.

고후 미사키초, 1939년 6월 9일
스나고야쇼보
야마자키 고헤이에게


오늘 야마다 테이치 씨로부터 드디어 그림이 완성되었으니 스나고야쇼보에 속달로 보낸다는 소식이 있었습니다.

부디 잘 부탁드립니다.

야마다 씨는 대단히 열중하는 성격이라서 이제껏 매일 꽃을 그리며, 이것도 아니고, 저것도 아니라고 찢고는 또 찢다가, 드디어 조금 마음에 차는 그림이 완성되었다고 합니다. 아마추어다운 담백하고 솔직한 그림이 나왔을 줄 압니다. 부디 그 그림을 표지로 사용해주세요. 그리고 책 어딘가 구석에 '표지화 야마다 테이치'라고 인쇄해주십시오.

제목이 《여학생》이니 약간 화려한 장정으로 해주십시오.

진심을 담아 부탁드립니다.

고후 미사키초, 1939년 6월 27일
스나고야쇼보
야마자키 고헤이에게


장마가 시작되었네요.

여러분 모두 건강히 잘 지내고 계실 줄 압니다.

《여학생》은 아직 나오지 않았습니까?

매일 기다리다 지칠 지경입니다.

무슨 사정이 있으시겠지요.

이달 안에는 나올까요.

7월 초에 다시 집을 구하러 도쿄에 갈 생각입니다.

그때 다시 만나기를 기쁘게 기다리겠습니다.

고후 미사키초, 1939년 8월 10일
야마기시 가이시에게


　자네는 무사히 이사를 마쳤으니 올가을부터 작업이 크게 진척되겠지. 나도 올가을은 열심히 노력해야 해. 이사 가기로 한 미타카 집은 아직이야. 예정보다 늦어지는 것 같아. 집주인은 10일이면 완공된다고 했는데, 내일 중으로 확실한 안내가 오겠지. 내 예상을 벗어나니 안절부절 일도 손에 안 잡혀서 매일매일 책만 읽고 있어. 이사 가면 곧바로 연락할게.
　조만간 도쿄에서 만나세.

도쿄 미타카, 1939년 9월 6일
히라오카 토시오에게

언젠가 일부러 엽서를 보내주셔서 저야말로 그 마음 감사드립니다. 늘 폐만 끼치고 있습니다. 그때는 저도 상황이 안 좋아 어쩔 줄 모르고 신의 없는 행동을 하였습니다. 용서하세요. 가까운 시일 내로 반드시 책임을 지겠습니다. 우에다 군에게도 말씀 잘 전해주십시오.

드디어 어찌어찌 미타카에 집을 얻게 되었습니다. 이제부터라고 생각합니다.

부디 조만간 만나주세요.

(이즈 쪽으로 이전 통지를 보냈는데 돌아왔습니다. 도쿄로 돌아오신 모양입니다.)

도쿄 미타카, 1939년 12월 27일
다카다 에이노스케에게


에이노스케 군

요즘 어떻게 지내나요. 신혼 생활은 적응이 되었습니까. 여유가 있을 때, 이쪽으로 훌쩍, 놀러 오지 않겠습니까. 밤새 이야기를 나눕시다. 제가 먼저 찾아가도 좋겠지만, 신혼집에 쳐들어가는 것도 놀라실 것 같아 꺼려집니다. 저희 집은 기치조지 역 남쪽 출구(공원 방향)에서 내려, 거기서 녹색 버스를 아무거나 골라 탄 다음, 무사시노 유치원 앞에서 내리면, 거기서 비슷하게 생긴 신축 집들이 아홉 채 정도 있습니다. 거기 서남쪽 끝 집입니다. 만나서 이야기 나누고 싶습니다. 스미코 님에게도 부디 안부 전해주세요.

다자이 31세　　　　　　　도쿄 미타카, 1940년 4월 5일
　　　　　　　　　　　　야마기시 가이시에게


　오늘 아침 엽서를 받고 변함없는 형의 의심이 구차하게 여겨졌어. 나도 열심히 노력하고 있으니, 이젠 내 말을 단순하게 믿어줬음 해. 앞으로도 I can과 I cannot을 확실히 구별하며 살고 싶으니까.

　사토 선생 댁에는 어제 아침 일찍 다녀왔어. 일정대로야. 선생이 댁에 계셔서 용건을 말씀드리니, 선생은 "내가 발기인이 되는 건 상관없지만 야마기시가 싫어하지 않겠나?" 하고 말씀하셔서 내가 "아니요" 하고 대답하며 언젠가 밤에 쓴 글을 품에서 꺼내 읽어드렸어. 선생도 납득하시고 "발기인이 되겠지만 실은 10일부터 20일까지 시코쿠로 강연 여행을 떠나야 합니다. 모임 날을 더 빨리 들었더라면 여행 일정을 바꿀 수도 있었겠지만, 지금은 아쉽게도 참석하지 못할 것 같으니 야마기시 군에게도 그 점 서운하지 않게 일러주십시오" 하고 말씀하셨어. "야마기시 군의 《아쿠타가와론》은 아직 반밖에 읽지 못해서 제대로 된 비평을 할 수 없지만, 나도 가까운 시일 안에 3백 장가량 되는 《아쿠타가와론》을 출판할 예정이니 야마기시 군의 논문이 큰 참고가 될 것 같습니다" 하고 말씀하셨어.

무척 기분이 좋아 보이셔서 하루 종일 우에노와 긴자 일대를 함께 걸었다.

도쿄 미타카, 1940년 5월 6일
히라오카 토시오에게


지난번엔 저의 졸작*에 과분한 칭찬을 해주셔서 황송했습니다. 한 번 만나 뵙고 사과와 감사를 드릴 생각이었습니다. 마음은 그렇게 먹으면서도 이래저래 시간에 쫓겨 오늘까지 인사를 못 드렸어요. 부디 용서하십시오.

제가 5년 전에 아플 때, 우에다 시게히코 군한테서 빌린 돈을 아직 갚지 못하고 있습니다. 그게 매일 마음이 쓰이지만 어찌할 바를 모르고 오늘에 이르렀습니다. 가끔씩 돈이 들어와도 가까운 곳부터 지불하게 되니 쉽지가 않네요. 우에다 군뿐 아니라 그 사이에 들어온 히라오카 형에게도 면목이 없습니다. 이제는 더 이상 연약한 변명을 하지 않겠습니다. 제 잘못이니 부디 용서해주세요. 때때로 원고료니 인세가 들어와도 생활비로 쓰다 보면 다 사라졌는데, 얼마 전에 고향에서 조금씩 용돈이 들어오기 시작했습니다. 그래서 약소하지만 먼저 이만큼의 돈을 부치겠습니다. 귀찮으시겠지만 부디 형이 우에다 군에게 말을 잘 전해주세요.

* 〈피부와 마음〉.

266

이제 와 돈을 돌려주는 것도 참으로 실례되고 무례한 일인 줄 압니다. 저도 전부터 돈을 돌려주는 건 그만두고 대신 언제까지나 예전 은혜를 잊지 않으며 살까도 생각했습니다. 더 큰일로 돌려드릴까 싶었어요. 하지만 생각을 다잡았습니다. 저 혼자 그런 생각을 한다 한들 상대방이 그 마음을 알 리 없으니까요. 실례를 감수하고 우선 이 돈이라도 갚아서 내 진심을 전하자, 나중 일은 나중 일이다, 그런 마음도 들었습니다. 정말로 이제 와서 돌려드리는 괴이하고 무례한 행동을 이해해주시기 바랍니다. "돌려줬으니 됐잖아" 따위의 비정한 마음이 아닙니다. 그 부분도 우에다 군에게 잘 말씀해주십시오. (말하는 게 귀찮으시다면 우에다 군에게 이 편지를 보내주셔도 됩니다) 우에다 군도 이제 와서 돈을 받는 게 싫겠지만 눈을 질끈 감고 꾹 참으며 그건 받아주시길 바랍니다. 부디 잘 부탁드립니다. 정말이지 횡설수설하는 편지가 되었습니다. 거짓말이 아니라 지금도 뻘뻘 나는 땀을 닦아대며 편지를 쓰고 있습니다. 부디 제 마음을 잘 살펴주시길 빕니다. 저도 지금은 열심히 노력하며 정진하고 있어요. 인기 작가가 되고 싶은 마음은 없습니다. 소박하게 오래오래 노력할 생각입니다.

다자이 오사무 드림


아울러 우에다 군의 주소는 아시겠지만 나카노구 코이케초 3 히가시나카노 아파트 이시우에 겐이치로입니다.

도쿄 미타카, 1940년 5월 23일
야마기시 가이시에게


제비꽃 편지를 받았네.

자네의 고군분투를 존경하고 있어.

조금도 도움이 되지 못하고 그저 보고 있을 수밖에 없는 무력한 나 자신을 내심 늘 부끄러워하고 있다네. 도움이 되기 위해서는 나도 조금 더 좋은 작품을 써야만 해. 내년부터는 나의 진면목을 드러내 보일 수 있을 것 같다는 예감이 들어.

장미는 두 그루 모두 활짝 피었어.

잘라서 화병에 꽂아두었네.

매일 물을 주고 있어.

소중히 맡아두고 있으니 안심해.

도쿄 미타카, 1940년 6월 7일
추오코론샤《부인공론》편집부
노구치 시치노스케에게




여름이 왔습니다.

매일 바쁘실 줄 압니다.

지난번엔 저야말로 오래 붙들고 말을 시켜 죄송했습니다.

오늘은 또 깨끗한 편지를 보내주셔서 감사했습니다.

제 글이 잡지에 실리지 않았다는 말씀 잘 알았습니다.

정신이 멍합니다.

지금도 이 엽서를 보며 괜스레 생글생글 웃고 있으니 괜찮습니다. 정말로 심려 끼쳐드려 죄송합니다. 결코 거만해서가 아니라 세상일에 익숙하지 않고 서투른 탓이니, 그 점 편집부 여러분에게 오해 없도록 말씀 잘 전해주세요.

언제 다시 좋은 기회가 있으면 담소 나눕시다.

도쿄 미타카, 1940년 6월 7일
가와데쇼보 편집부
오가와 마사오에게

벌써 완연한 여름입니다.

저희 집에는 오늘 밤부터 모기장을 칠 생각입니다.

이번에 제 부족한 작품으로 이래저래 고생이 많으십니다.

상당히 바쁘시겠지요.

거듭 인사 올립니다.

장정도 상당히 아름다워서 벌써 기대가 됩니다.

제게 베풀어주신 갖가지 배려 감사하게 생각하고 있어요.

부디 책*이 많이 팔리기를 빕니다.

책을 기증할 분들의 성함을 적어서 오늘 동봉했습니다.

책이 완성되면 좋은 종이에 '저자 증정'이라도 인쇄해서 책 첫
장에 끼워 발송해주세요.

잘 부탁드립니다.

환절기 건강 조심하시고요.

수돗물은 마시지 마시길.

다자이 오사무

* 《여자의 결투》.

도쿄 미타카, 1940년 6월 10일
다카미 준에게


오늘은 정성스러운 서한을 받고 오히려 황송한 마음이었습니다. 다카미 씨는 뭐든 다 알고 계실 거라고, 한참 전부터 혼자 넘겨짚고 있었습니다. 저도 지금은 아직 잘난 체하길 좋아하고 성격이 비뚤어져서 문제이지만, 이렇게 하루하루 무서워 벌벌 떨며 10년을 살다 보면 조금은 좋은 작품을 쓸 수 있지 않을까 하고, 우직하게 바라고 있습니다.

저는 말주변이 없어서 난처합니다. 앞으로 잘 가르쳐주십시오. 13일에는 만날 수 있으리라 생각합니다. 직접 뵙더라도 저는 샐쭉해져 있을지도 모릅니다. 부끄럼을 많이 타서 그러니 용서해주세요.

도쿄 미타카, 1940년 8월 2일
기무라 쇼스케에게


오늘 아침 긴 편지를 받고 아주 간단한 답장을 띄웁니다. 용서하십시오. 당신에게 문학의 가능성이 있는지 없는지는 당신이 앞으로 5년 동안 어떤 생활을 하느냐를 보고 답변드리겠습니다. 분명히 약속합니다. 저도 그때까지는 살아 있겠습니다.

건강이 좋지 않다니 어서 회복하시기를 빕니다. 거짓 없는 일기*는 몸에 무리가 가지 않는 한도 내에서 쓰시는 게 좋겠습니다. 어머니를 소중히 여기십시오. 제가 드리는 부탁입니다.


* 〈판도라의 상자〉는 독자로 만난 기무라 쇼스케의 폐병 요양 일기를 소재로 집필되었다.

도쿄 미타카, 1940년 8월 20일
기무라 쇼스케에게


몸조리와 공부는 잘하고 계신지요. 저 같은 사람 일은 걱정하지 마시고, 당신 자신의 건강을 챙기며 묵묵히 노력하십시오. 《20세기 기수》는 구하기 어렵다고 합니다. 그 사이 새로운 창작집에 소설 몇 편을 넣으려고 합니다. 《20세기 기수》라는 소설 하나만큼은, 교토, 인문서원의 추억 속에 넣어두었습니다. 그리고 저희 집으로 선물을 보내서는 안 됩니다. 어쩐지 제 마음이 편치 않으니까요. 그리고 편지 봉투에 이름을 쓰지 않으셨는데, 성함을 제대로 써주셔야 합니다.

저는 독자 모두에게 답장을 쓰는 것은 아니니까요.

건강 잘 챙기시기 바랍니다.

도쿄 미타카, 1940년 11월 23일
《요미우리신문》출장소
고야마 키요시에게


　보내주신 원고는 여러모로 흥미롭게 읽었습니다. 생활을 정돈하고, 조용히 공부에 매진해주세요. 지금 당장 어마어마한 걸작을 쓰겠다고 생각하지 말고, 느긋하게 주변의 모든 것들을 사랑하며 생활하세요. 그것만이, 지금 제가 당신에게 할 수 있는 최대한의 바람입니다.

엽서 잘 받았어. 술을 마시면 나도 나중에, 내가 잘못했나? 해선 안 될 짓을 했나? 하고 매번 생각해. 술꾼들의 버릇이기도 하지. 그게 또 재밌는 부분인지도 모르겠어. 아무튼 내 걱정은 하지마. 내게 맘껏 쓸 수 있는 돈이 있다면 형하고 시원하게 놀고 싶다. 잘 놀고, 잘 배우고 싶어. 요즘 일은 어때? 나는 매일 쫓기고 있어. 12월 10일 이후에는 쉴 생각이야. 위로하는 모임은 당연히 생각하고 있지. 모든 걸 백지로 되돌리고 송년회를 하는 건 어때. 송년의 의미를 요즘 겨우 알아가는 듯해. 6일 오후 6시, 아사가야 역 북쪽 출구 피노키오에서 문학을 이야기하는 모임이 열려서 나도 나갈 생각이야. 형도 만날 수 있으면 좋겠어.

도쿄 미타카, 1940년 12월 12일
야마기시 가이시에게

간밤엔 난리였다. 닛포리에서 한 번 쉬고, 스가모에 내려 또 한 번 쉬고, 가메이는 토를 하고, 나는 졸고, 둘이 서로 힘을 내서, 겨우 신주쿠에서 전차를 탔는데, 이번엔 내가 전차 창문 밖으로 토를 하고, 가메이는 약간 정신이 돌아왔지만, 나는 제정신이 아니라, 결국엔 가메이의 등에 업혀 미타카 집까지 실려 왔지 뭔가. 네가 술이 제일 세. 식사는 당일 날 하자. 모두에게 안내장을 보냈어.

발신지, 날짜 불명(1940년 추정)
곤 칸이치에게

　지난번엔 우리끼리 오붓하게 만나서 툭 터놓고 이야기할 수 있어 든든했어. 앞으로 몇 년, 몇 십 년, 서로 오해 없이 문학에 정진해나가자. 괴로움은 이미, 충분히 각오하고 있다. 갈 길도 천 리, 돌아갈 길도 천 리야. 터벅터벅 앞으로 걸어갈 수밖에 없다.

　가사이 젠조의 비석을 세우는 문제는 잘 생각해보니, 아무래도 작가 데뷔 겨우 5년차인 내가 하기엔 적당하지 않아. 10년 뒤에 생각해보기로 하자. 안 그럼 젠조에게 미안할 것 같아. 겨우 5년 고생한 것 가지고 내가 젠조의 비석을 세우다니, 자격 미달 같다.

　이제 10년 후면 자네나 나나 마흔두 살이야. 젠조가 세상을 뜬 나이다. 나는 그때까지 조금도 출세는 하지 못하겠지만, 고생은 젠조에게 부끄럽지 않을 정도로 할 것 같아. 어떨까. 10년 후에 세우기로 하자.

다자이 32세 　　　　　　　　도쿄 미타카, 1941년 2월 1일
　　　　　　　　　　　　　　　야마기시 가이시에게


　지난밤에는 실례가 많았네.

　또 오늘은 응원의 엽서를 받고 무척 고마웠어.

　오늘부터는 오랫동안 묵혀둔 장편소설 《신햄릿》에 돌입할 생각이야. 3백 매 정도를 예상하네. 당분간 다른 일은 거절하고 몰두하려 해. 가메이 군에게 책을 돌려주러 갔다가 《미야토신문》을 읽었어. 형의 문장은 정말 따뜻했어. 나는 역시 동생이라는 생각이 꽤나 들더군. 안심하고 앞으로 계속 노력할 수 있겠다 싶었어. 느긋하게 기다려줘.

　가메이 군 응접실에 갑자기 무샤노코지 씨가 나타났어. 의외로 아주 산뜻한 아저씨더라.

　그럼 조만간, 또.

도쿄 미타카, 1941년 2월 16일
야마기시 가이시에게


오늘은 엽서를 받고 마음이 조금 설렜네.

하지만 침착하게 편지꽂이에 넣었어.

일은 잘 진척되고 있나.

나는 작업의 긴장감 때문에 오히려 요 며칠 집중이 안 됐네.

너무 흥분을 했나 봐.

이래서는 안 되겠기에 어제 《문예춘추》에 가불을 요청했어.

잘되면 고후 산장에 열흘 정도 틀어박혀 작업에 뛰어들 생각일세.

3월 말까지는 전쟁터에 뛰어든 기분.

형의 《소세키론》은 틈틈이 펼쳐 읽고 있음을 고백하네.

《아쿠타가와론》에서는 애정을, 《소세키론》에서는 견식을 느꼈어.

시즈오카 시미즈 미호엔
1941년 2월 19일
야마기시 가이시에게

《신햄릿》에 전념하기 위해 시즈오카로 왔네.

조용한 숙소여서 집중이 잘될 듯해.

한동안 이곳에서 맹렬히 정진할 생각이야.

다음번 만날 때는 여러 재미있는 이야기를 들려주지.

정말로.

후지산 아래 솔숲이 우거진 바닷가 근처, 흰 등대 아래 숙소라네.

우선은 여기까지.

도쿄 미타카, 1941년 3월 27일
야마기시 가이시에게

장미 새싹이 무척 아름다워.
우리 집에는 형이 준 보석이 많이 있다네.
모두 소중히 하고 있어.
여행이 기대되네.
조금만 더 참고 가자.

도쿄 미타카, 날짜 불명
스나고야쇼보
오자키 카즈오에게


그간 별고 없으십니까.

오늘 인세 180엔, 잘 받았습니다.

일부러 속달로 부쳐주신 따뜻한 마음에 감사드립니다.

야마자키 씨에게도 부디 안부 전해주세요.

(실은 아내 출산이 다가와서 외출이 어렵습니다)

도쿄 미타카, 1941년 6월 11일
야마기시 가이시에게


전보 고마워. 아기를 잘 키우라는 엄숙한 지시로 받아들이겠네.
나로서는 아직 아버지가 되었다는 실감이 안 나.
소중히 키울 생각이야.
이름은 소노코로 지었네.
마음이 내킬 때 보러 오게. 관상을 봐줘.
어머니와 아이 모두 건강하다네.

도쿄 미타카, 1941년 6월 30일
《요미우리신문》 출장소
고야마 키요시에게


잡무에 쫓겨 귀하의 원고를 읽을 시간이 없어서 오늘에야 겨우 읽었습니다. 용서하세요.

이번 작품은 전작에 비해 완성도가 매우 높았습니다. 이런저런 부분에 감탄을 했고 눈물을 훔친 곳도 한 군데 있었어요. 앞으로도 계속 정진해주세요. 다음 작품 백 매를 기대하고 있겠습니다. 저는 당신에게 거는 욕심이 커서 좀처럼 만족하지 않을 생각입니다. 일생에 단 한 번이라는 각오로 백 매에 매진해주십시오. 반드시 걸작이 나올 겁니다.

우선 용건부터.

《신햄릿》을 쓰면서 든 생각입니다.

'처음에는 외래종보다 뛰어난 국산 비행기를 만들자는 의지로 글을 썼습니다. 외국의 이류 삼류 작가보다도 요즘은 일본의 작가가 선전하고 있다는 사실을 직접 증명하고 싶었습니다.

그리고 제 과거의 생활 감정을 완전히 정리해서 남기고 싶었습니다. 그런 의미에서는 사소설인지도 모르겠습니다. 형식은 희곡을 취하고 있지만 연극이 아닌 새로운 형태의 소설로 쓰고 싶었습니다.

하지만 다 쓰고 나니, 지금 제 힘의 한계를 느낍니다. 이건 감사한 일이라고 생각합니다. 쓸쓸한 기분이 들기도 하지만 누가 추궁을 해도 "어쩌나!" 하는 당황스러운 맘도 생기지 않습니다. 미련 없이 단념한 면이 있습니다.'

이 정도로 어떻겠습니까. 정말로 쓰기 힘들었습니다. 이부세 씨가 비웃을 것 같아서 조금도 정리가 안 됩니다.

드디어 오늘 틀니가 완성되었습니다. 그것도 임시 틀니라고 합니다. 한 달 동안 정말로 우울하기 그지없습니다.

오늘 틀니를 하고 먼저 이부세 씨 댁에 찾아갈까 했지만 아무래도 너무 부끄럽습니다. 조만간 아무렇지 않은 척 들르겠습니다.

어제는 아내와 딸이 찾아가서 무척 환대를 받고 온 모양입니다. 감사하게 생각합니다.

지난번 수요일 모임은 이부세 씨가 안 오셔서 쓸쓸했습니다. 기야마 군 혼자 장기 백전백승이라 "오늘 모임은 정말 좋았다" 하고 좋아한 탓에 모두에게 놀림을 받았습니다. 다음 수요일에는 장기 모임으로 할까 봅니다. 되도록 참여하겠습니다. 가메이 군은 31일에 홋카이도로 갔습니다. 고향에 제사가 있다고 합니다. 5, 6일쯤 돌아온다고 합니다.

이가 좋아지면 저도 여행을 갈까 합니다.

고후에서 이와츠키 군은 매일 덴카차야에서 주인과 바둑을 둔다고 합니다. 그 고개는 언제나 깊은 안개에 잠겨 있는 모양입니다.

도쿄 미타카, 1941년 10월 23일
다케무라쇼보
다케무라 타이라에게

한동안 연락이 뜸했습니다. 용서하십시오. 오늘은 부탁이 있습니다만, 신초샤의 '쇼와 명작 선집'이라는 시리즈에 제 작품도 내기로 되어 있어서, 《사랑과 미에 대하여》에 실린 〈불새〉를 꼭 싣고 싶습니다. 부디 허락해주십시오. 부탁드리겠습니다.

며칠 전, 이부세 씨와 다마 강에 피라미를 잡으러 갔습니다. 다케무라 씨도 오실 줄 알고 기치조지 역에서 꽤 오래 기다렸는데 오시지 않아 아쉬웠습니다. 그날 성적은 이부세 씨가 30마리, 문예춘추의 시모지마 씨가 50마리, 하마노 씨가 40마리, 제가 3마리였습니다만, 그래도 모두 저를 칭찬해주셨습니다. 지금은 저도 딸자식을 하나 가져 온가족이 셋이니 한 사람에 한 마리씩 딱 좋았습니다.

언젠가 그쪽으로 놀러 가고 싶습니다.

이삼일 전부터 극심한 코감기에 걸려서 유쾌하지 못한 상태입니다. 다케무라 씨도 부디 감기 조심하십시오.

그럼 〈불새〉 건은 잘 부탁드립니다.

다자이 오사무

도쿄 미타카, 1941년 12월 2일
《요미우리신문》출장소
고야마 키요시에게


어떻게 지내십니까.

매일 조금씩이라도 쓰고 있나요.

자기 자신을 소중히 여기십시오.

믿고,

성공시켜야 합니다.

굳이 미타카까지 올 필요는 없으니, 조금씩이라도 글을 쓰세요.

(하루 한 줄이라도)

걱정스러운 편지 잘 받아보았습니다.
살아 있는 모든 이에게는 시를 쓸 권리가 있습니다.
천진난만하게 사시기를.


　하늘을 나는 새를 보라

　씨를 뿌리지도

　거두지도

　헛간에 모으지도 않는다

　들판의 백합이 어떻게

　자라는가 생각해보라

　수고도 아니하고

　길쌈도 아니하느니라


몸조심하시길 바랍니다.
그럼 이만.

오사무

다자이 33세                        고후 소토바무라 온천
                               1942년 2월 19일
                               《요미우리신문》 출장소
                               고야마 키요시에게


오늘 아침, 편지 고맙습니다.

제가 여행을 떠난 뒤 집에 왔다니 미안하게 됐어요.

건강도 괜찮은 것 같아 마음이 놓입니다. 당신 원고도 기대하
고 있어요.

난 이달 말까지 완성할 계획인데, 집에 가면 제일 먼저 보여줄
게요. 아침부터 밤까지 일만 하니 지긋지긋합니다.《정의와 미
소》라는 소설이에요. 다음에 어디 여행이라도 같이 갑시다. 조금
씩 새로운 작품을 써주기 바랍니다.

도쿄 미타카, 1942년 7월 4일
다케무라쇼보
다케무라 타이라에게


방금 《늙은 하이델베르크》 3천 부 인세 540엔 잘 받았습니다.
정신없이 바쁜 와중에 챙겨주신 점 감사드립니다. 아내가 오봉*
때 이것저것 살 것도 있었는지 무척 기뻐합니다. 역시 다케무라
씨가 제일 믿음직하다고 하네요.

저는 내일모레 소집이라 오늘은 군인의 마음가짐으로 공부를
했습니다. 올해 9월에는 징집이 있다고 합니다. 교련에 참가해
돌격 연습을 했는데 금세 열이 났어요. 비실비실한 군사입니다.
점호가 끝나면 열흘쯤 산속 온천이라도 가서 요양을 하고, 그 뒤
기회가 되면 요츠야에 놀러 갈까 합니다.

오늘은 정말 감사했습니다.

건강하십시오.


다자이 오사무


---

\* 매년 양력 8월 15일에 지내는 일본 명절.

고후 스이몬초 이시하라 씨 댁
1942년 7월 24일
다카나시 카즈오에게


  지난밤에는 즐거웠습니다.

  사오일 전부터 고후에 있는 처가에 와서 멍하니 지내고 있습
니다. 오늘은 휑하니 넓은 방에서 혼자 포도주를 마시며, 그대를
그리워하는 마음으로 이 엽서를 씁니다. 괜찮은 인생을 살고 싶
었습니다. 그대는 나의 애정과 신뢰를(기분 나쁘게 폭력적이고
노골적인 단어를 썼습니다. 못 본 척 넘어가주십시오) 믿어도 좋
습니다.

  그리고 언젠가 제가 쓴 수필집 원고, 그걸 책 한 권으로 잘 엮
어보고 싶습니다. 수필집은 조만간 다시 논의하지요. 이달 말에
는 도쿄로 돌아갈 예정입니다.

도쿄 미타카, 1942년 8월 7일
하쿠분칸 출판부
이시미쓰 시게루에게


오랜만에 인사드립니다.

별 탈 없이 잘 지내고 계시리라 믿습니다. 저는 점호인지 뭔지 때문에 올여름 몸이 안 좋아져서 산에 들어가 요양이라도 하고 올 생각입니다. 그래서 말입니다만, 말씀 드리기 어렵긴 해도 딱 3백 엔만, 인세에서 빌려주시면 안 될까요. 부탁드립니다. 10일 (월요일) 오후 2시쯤, 니혼바시 본사로 찾아뵙겠습니다. 그때 부디, 잘 부탁드리겠습니다.

도쿄 미타카, 1942년 8월 9일
고야마 키요시에게


마침 엽서가 다 떨어져서 이런 종이에 쓰는 걸 용서하세요.

일전엔 대접도 못하고 미안했습니다.

이번엔 여유 있게 머물다 가주길 바라요.

이번 작품도 훌륭했습니다. 잡지사 놈들은 우당탕탕 부산스러운 가운데서 일을 하니까 당신 작품을 조용히 감상하기 힘들기도 할 겁니다. 하지만 언젠가는 반드시 정정당당히 평가받을 거라고 생각해요. 지금처럼 공부를 계속해주길 바랍니다. 다음 작품도 기대하고 있겠습니다. 하긴 뭐, 당신도 다자이라는 독자를 확실히 얻은 셈이니까, 그것만으로도 작은 성공 하나를 거둔 거라고 생각해주세요.

저는 11일에 여행을 떠날 겁니다. 20일까지는 돌아올 거예요.

그럼, 또 엽서 하겠습니다.

도쿄 미타카, 1942년 10월 2일
하쿠분칸 출판부
이시미쓰 시게루에게

어제는 정말로 실례가 많았습니다. 집에 돌아가서 바로 찾아보니, 역시 지갑인 줄 알고 다른 걸 가지고 나갔더군요. 이 무슨 얼뜨기 같은 짓인지. 의기소침해졌습니다. 도시락인 줄 알고 베개를 들고 나갔다는 이야기보다 더한 추태였습니다. 조만간 전화로 약속을 잡고 통쾌하게 다시 마십시다. 부끄러워서 안 되겠어요. 창작집이 나온다고 하니 출판기념회는 꼭 합시다. 그럼.

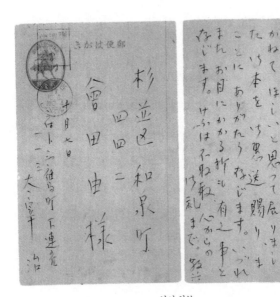

謹啓。先頃は、思ひがけなく
お目にかかる事が出来てうれ
しくぞんじました。また只今は
かねてほしいと思って居り
ました本を御送り賜りま
した事、ありがたう
ぞんじます。いづれ
またお目にかかる折も有之事と
存じます。けふは不取敢心からの
お礼まで。　敬具

杉並区　和泉町
四四二
會田　由　様

一二三　桃山　下連雀
太宰　治

郵便はがき

엽서 원본.

도쿄 미타카, 1942년 10월 7일
아이다 유우*에게

　지난밤에는 생각지도 못하게 뵙게 되어 기뻤습니다. 빌려주신 책**을 동봉합니다. 정말 감사했습니다. 언젠가 다시 만나 뵐 것으로 생각합니다. 오늘은 이만 줄입니다. 진심 어린 감사를 담아.

---

* 　스페인 문학연구가. 일본에서 가장 먼저 《돈키호테 데 라만차》(1962년, 치쿠마쇼보)를 완역했다.
** 아이다 유우 번역의 《라사리요 데 토르메스의 생애》(1941년, 이와나미문고). 16세기 작자 미상의 스페인 최초 사실주의 소설. 이 엽서는 2009년, 아이다 유우의 유족이 발견하여 고쇼가와라시에 기증했다.

도쿄 미타카, 1942년 10월 17일
다카나시 가즈오에게

　지난밤에는 실례가 많았습니다. 정말이지 부끄럽습니다. 아무
래도 거긴 아닌 것 같더군요. 거긴 정말로 갈 데가 못 됩니다. 앞
으로는 피하도록 합시다. 그래도 몇 년 만에 거기서 다시 만난 것
인지, 그래도 이젠 가지 맙시다.

　〈불꽃놀이〉는 전쟁 중에 불미스러운 일을 썼다는 이유로 삭
제되었다고 합니다. 물론 그 한 작품에 한한 일이고, 앞으로의 작
가 활동에는 전혀 문제가 없다고 하니, 뭐, 저도 평소대로 일을
해나갈 생각입니다.

　〈불꽃놀이〉는 다음번에 한 번 보여드리지요. 지금 당장은 창
작집에도 넣을 수 없겠지만, 어쨌든 때를 기다리겠습니다. 구키
씨의 작품도 찾아서 읽어볼 생각입니다. 제가 읽은 두 편 중에서
는 소년에 관해 쓴 작품이 더 좋았습니다. 천천히 다시 써보시는
건 어떤가요?

　앞으로 아무하고나 어울려 놀지 않도록 주의할 생각입니다.
다카나시 군을 포함해 두어 명 정도만 있다면 저는 그걸로 충분
합니다. 여행은 부담스럽기는커녕 아주 기대가 됩니다. 수필집이
라도 출간되면 함께 바람이나 쐬러 갑시다. 함께 놀고픈 친구도

적지만 함께 여행을 떠나고픈 친구는 더 적으니, 모쪼록 잘 부탁
드립니다.

이달 20일 전에 단편 작업을 다 끝내고 드디어 《사네토모》에
착수할 생각. 울면서 피를 토하는 두견새가 된 심정입니다.

내년이면 저도 서른다섯이니 중기 결작을 하나 남기고 싶습
니다(빨리 죽고 싶어 미치겠군).

다자이 오사무

도쿄 미타카, 1942년 11월 15일
오누마 탄에게


편지가 점점 차분해져서 기쁘게 생각합니다. 일을 시작한 건 잘한 거라고 생각합니다. 괴로운 일도 있겠지만, 문학에서 떨어져 생활하는 건 문학의 비료가 되는 일이라고 생각합니다. 이런 시대에 마음을 느긋하게 먹는 것, 그게 중요하다고 생각합니다. 이부세 선생도 올해 안에는 돌아오실 거라고 합니다.* 또 연락합시다.

---

*   당시 군종 기자로 남쪽 섬에 파견되었다.

갑자기 여행지로 '어머니 위독'이라는 전보가 와서, 곧장 고향으로 가서 2주일 정도 지내며 어머니를 저세상으로 보내드렸습니다. 이제 겨우 도쿄로 와서 안정이 되었습니다.

당신이 얼마나 고생이 많을지는 안 봐도 다 알 것 같은 마음입니다. 조금씩 노트에 작품을 써두세요. 이 시기를 견뎌주세요. 조만간 만나서 천천히 이야기 나눕시다.

다자이 34세

도쿄 미타카, 1943년 1월 9일
하쿠분칸 출판부
이시미쓰 시게루 앞

보내주신 편지, 그리운 마음으로 읽었습니다.

저는 작년 12월에 어머니가 돌아가셔서 고향에 갔다가 연말에 돌아왔는데, 이달 13일 제사가 있어서 아내와 아이들을 데리고 내일 다시 출발해야 합니다. 일주일 정도 있다가 올 수 있을 것 같아요. 그때 전화로 술 약속을 잡도록 합니다. 이번에는 지갑을 제대로 챙길 테니 부디 안심하시길. 그럼, 그때 봅시다.

도쿄 미타카, 1943년 2월 10일
고야마 키요시에게


이런저런 어려운 일도 있겠지만, 부디 희망을 잃지 말고 느긋하게 마음을 먹었으면 합니다. 저는 여행 또 여행인 상황이라 어젯밤 집에 왔다가 또 이삼일 안에 떠날 거예요. 저도 요즘 쓰고 있는 《사네토모》가 너무 안 풀려서 이만저만 괴로운 게 아닌데, 그래도 느긋하게 써나갈 생각입니다. 당신도 좋은 글, 잘 부탁합니다.

도쿄 미타카, 1943년 7월 11일
기무라 주타로에게


　이번에 불행한 일을 전해 듣고 저도 뭐라 말이 나오지 않는 심정입니다. 가족 여러분이 무탈하게 이 어려움을 뚫고 나오시기를 비는 마음뿐입니다. 쇼스케 군의 문학적 재능에는 저도 남몰래 큰 기대를 하고 있었습니다. 아직 나이도 어릴뿐더러 앞으로 오륙 년만 지나면 좋은 문인이 될 수 있다고 믿었던 터라 저도 아연한 마음입니다.

　일기*는 제가 소중하게 간직하겠습니다. 천천히 읽으며 고인의 유지를 이어나가자고 생각하고 있습니다.

　진심으로 삼가 고인의 명복을 빕니다.

오사무

---

\* 　훗날《판도라의 상자》의 소재가 된 죽은 기무라 쇼스케의 일기.

도쿄 미타카, 1943년 8월 17일
나카타니 타카오에게


일전에는 심려를 끼쳐 죄송했습니다. 10일경 오봉을 맞아 고후의 장인 댁에 잠시 다녀오려 했는데 위장병이 생겨 쭉 누워 있다가 오늘 겨우 집으로 돌아왔습니다. 와 보니 형님에게 편지가 와 있어서 읽어보고 그 담백한 심경에 감동받아 답장을 드립니다.

생각한 일은 뭐든 즉시 말해야 직성이 풀리는 태도가 참으로 상쾌하여 저 같은 사람도 그렇게 행동하자고 마음먹었습니다.

보내주신 편지를 읽고, 뭐든 깨끗이 흘려보내자고 생각했습니다. 저는 단순한 남자입니다. 지난 일을 언제까지나 가슴에 담고 있지는 않겠습니다.

하가 군은 취해서 헛소리를 하고 주정뱅이가 늘 그렇듯 잊어버렸는지도 모르겠습니다. 그래도 하가 군으로부터 진심을 담은 긴 편지를 받았으니 더 이상 사람을 의심하지는 않을 생각입니다.

정말로 걱정하게 해드려 죄송합니다. 《사네토모》가 완성되면 보내드리겠습니다. 이래저래 고심한 작품입니다. 지난달인가 이부세 씨를 만났을 때 나카타니 씨의 소설은 성실한 작품이라고 칭찬하셨습니다. 저는 아직 읽지 못했습니다. 이번에 단편집이 나오면 부디 한 부 보내주세요. 서로의 작품 교환이 선후배 사이에 가장 든든한 애정과 신뢰를 쌓는 일이라고 요즘 절실히 느끼고 있습니다.

술을 마시고 괴성을 지르며 악수를 하는 건 별 도움이 안 된다고 생각합니다. 요즘 저는 정말로 작업밖에 없다고 생각합니다.

서른다섯, 서른여섯 살은 아무튼 살아남는 것부터가 괴로운 나이가 아닐까요. 나카타니 씨의 경험으로는 어떻습니까. 가을부터는 다시 다음 장편*에 돌입해야만 합니다. 무사시노 한구석에 조용히 살면서 길 가다 만나는 사람도 돌아보지 않고, 그렇게 내심 생활비 걱정만 하며 책방에서 돈을 미리 당겨와서 살고 있어요. 한평생 이렇게 살 거라고 각오는 했지만, 작업이 난항을 거듭하니 저도 모르게 한숨만 납니다. 그래도 이건 저만의 어려움이 아니겠지요. 저도 모르게 넋두리가 쏟아졌는데 가끔은 이런 이야기도 들어주십시오. 여유 있을 때 이노카시라 공원이라도 놀러 오지 않으시겠습니까.

우선 오늘은 여행에서 돌아와 곧바로 답장을 드립니다.

정말로 마음이 상쾌해졌습니다. 담백한 심경을 들려주신 덕분입니다.

앞으로도 잘 부탁드립니다.

다자이 오사무

* 《판도라의 상자》.

도쿄 미타카, 1943년 10월 17일
야마기시 가이시에게


엽서 고마웠어. 오랜만이네. 요즘 다시 조금 긴 소설을 시작했어. 이달 말까지 완결지어야 해서 매일 아침 일어나 쓰고 있는데, 일주일쯤 전부터 감기에 걸려서 일도 하기 어렵게 되었어. 하지만 이달 말까지는 어떻게든 마무리할 생각이야. 너도 몸이 아픈 것 같구나. 마음이 심란하겠다. 나는 요즘 일에 조금씩 재미가 붙었어. 혼자 소주 두세 잔 홀짝이는 게 소소한 즐거움이고. 그뿐이라네. 감기로 몸이 너무 힘들어서 요즘엔 일이 끝나면 곧장 잠을 자. 가끔씩 젊은 친구들과 이야기 나누는 데도 주의를 기울이고 있어. 좀처럼 괜찮은 친구가 없어.

나의 별 볼 일 없는 글이 인기를 끄는 것 같은데, 그건 내가 쓴 글 중에서도 가장 완성도가 떨어져. 정말이야. 《사네토모》도 견본이 나왔는데 너한테 보낼까 말까 고민 중이다.

도쿄 미타카, 1943년 11월 17일
미야가와 켄이치에게

요전에는 실례가 많았습니다. 오늘 아침 편지도 감사했어요.

편지를 주시지 않았더라도 제가 먼저 소식을 전할 참이었습니다. 그제 당신의 소설 〈전염병원〉을 읽었습니다.

14일, 이부세 씨와 술을 마시는 자리에 가메이, 가와카미, 나카지마, 오다 타케오 등등이 있었는데, 이부세 씨가 갑자기 제게,

"미야가와 군의 소설을 읽었나?" 하고 물으셨습니다. 저는 그날 여행에서 막 돌아왔을 때라, "아직 안 읽었습니다" 하고 대답하니 이부세 씨가 말씀하시길, "아주 좋은 작품이야. 나는 읽으면서 세 번 울었네. 눈물이 줄줄 흘렀어"라고 하셨고, 가와카미, 나카지마, 가메이도 다들 "그래요, 그렇게 좋습니까, 그럼 꼭 읽어야지" 하고 약속했습니다. 오다 씨도 반쯤 읽었는데 꽤 좋았다고 하시며 곧바로 후반부를 읽겠다고 하셨습니다.

이튿날, 저는 신주쿠 쪽에 일이 있어서 나갔다가 그 잡지를 사서 품에 넣고는 전차 안에서 읽었습니다. 이부세 씨가 너무 칭찬을 많이 하시니까, 저는 점수를 조금 짜게 주자 싶었는데 저도 울었습니다. 제가 운 것은 한 장면뿐이었지만, 눈물이 뺨을 타고 흘러서, 손수건을 꺼내 눈을 덮고 말았습니다. 요즘 들어 소설을 읽

으며 눈물을 흘린 건 한 번도 없었건만. 하지만 이렇게 사람을 울게 만든다는 건 어째서일까, 그에 대한 의문도 들긴 하는데, (그 밖에도 한두 가지 불만스러운 부분이 있었지만) 그래도 다 읽고 나서 좋은 작품이구나, 이건 좋은 작품이야, 싶었습니다. 역시나 이부세 씨의 눈은 틀림이 없구나 싶어서 거듭거듭 기뻤습니다.

"정말 잘 썼구나."

그렇게 말하며 미야가와 군의 어깨를 두드려주고 싶은 기분입니다.

아쿠타가와 상 따위야 아무래도 상관없지만, 이부세 씨도 한 표를 던진다고 하고, 나도 물론 그럴 생각입니다. 하지만 그런 상 같은 건 기대하지 않는 게 좋을지도 모릅니다. 상보다는 우리의 지지, 혹은 당신 주변 좋은 친구들의 지지를 기쁘게 생각해주십시오.

아무렇게나 추켜세우려고 칭찬하는 사람들이 아니니까.

언제 같이 친구들과 술을 마시며 천천히 이야기하고 싶습니다.

부디 몸을 잘 살피시기 바랍니다. 어제 가메이 군을 만나서,

"미야가와 군의 소설은 확실히 좋더군" 하고 제가 말하니, 가메이 군도 "그래? 그럼 나도 읽어봐야지" 하고 말했습니다.

나는 그 잡지를 어린 지인에게 꼭 읽어보라고 권하며 빌려주었습니다.

저는 무척 기쁩니다. 그럼.

다자이 오사무

도쿄 미타카, 1943년 12월 31일
아오모리 남쓰가루
다자와 요코에게

보내주신 편지, 몇 번이나 반복해서 읽었습니다. 그리고 잘 이해했습니다. 제가 웃을 거라니, 그렇지 않아요. 저도 이 나이를 먹었지만, 아직 요코와 거의 같은 기분으로 매일 살고 있으니까요. 오히려 제가 웃음거리가 될지도 모르겠습니다.

하지만 요코가 외로워하면 우리도 외로워질 테고, 요코가 기뻐하면 우리도 즐거울 겁니다.

그것만큼은 믿어주세요.

요코陽子의 이름은 아버지께서 '이 아이는 평생 태양처럼 밝은 기운으로 살기를' 바라는 마음을 담아 붙여주신 것이 아닐까요. 그러니 요코는 아버지를 생각하는 의리로라도 평생 활짝 웃고 다녀야 합니다. 그것이야말로 지극한 효도라고 저는 생각합니다.

그리고 또 한 가지. 요코의 어머니가 가나기 마을의 쓰시마 가문에 오셔서 일하신 것은 열아홉 살 때라고 기억하고 있습니다. 요코와 같은 나이였습니다. 요코의 어머니는 열아홉이었지만 무척 훌륭하셨습니다. 저는 그 무렵 열두 살이었는데, 그때 제게는 요코의 어머니가 그 집안 어느 누구보다도 어른스러워 보였습니다.

　이상, 두 가지입니다. 멍청한 아저씨의, 조금은 진지한, 결혼 선
물입니다.

　기쁜 날이 많기를 진심으로 빕니다.

　마음, 평안하기를.

슈지

다자이 35세

도쿄 미타카, 1944년 7월 3일
야마시타 료조에게


지난번엔 실례. 이쪽은 가난하고 바쁨. 지금 쓰는 《쓰가루》를 끝내기 전에는 어디 놀러 갈 수도 없습니다. 이달 말까지는 완성할 계획. 예정은 20일 전후. 아무튼 끝날 무렵 이쪽에서 편지하겠습니다.

이삼일 전부터 아내가 고후에 가서 혼자 밥을 해 먹고 있습니다. 술집 무명암에는 그 뒤로 한 번도 안 갔습니다. 술이 풍부한 다른 곳을 개척할 생각입니다.

편지 잘 읽었어. 뭐, 이리저리 어떻게든 하자고. 난 별 일 없이 지내. 남자아이가 태어났어. 이름은 쓰시마 마사키라고 해. 집이 동물원이나 마찬가지야. 오늘은 부부 싸움을 했어. 일을 하고 있는데 배가 고파서 견딜 수가 있어야지. 아내에게 "밥은 아직입니까?"라고 했는데 그게 기분을 거스른 모양이야. "당신도 일할 때 누가 재촉하면 기분 나쁘잖아요"라고 하는 거야. "아니, 기분 아주 좋아. 화를 내는 네가 나쁘지. 나중에 알게 될 거야"라고 큰소리로 받아쳐서 아내를 울게 만들었어. 시시한 싸움이었지. 오늘은 메구로에 있는 중화 요릿집에 갈 거야. 물론 혼자서. 가와카미 테츠오 씨가 밥을 산다더군. 교토도 가고 싶지만 아무래도 너무 멀어. 뭐, 조만간 가게 되겠지. 《길일》이라는 단편집이 나왔어. 시시한 책이야. 이삼 개월 안에 《쓰가루》와 《종달새의 목소리》*가 오야마쇼텐에서, 《나의 사이카쿠》가 세이카쓰샤에서 나온다네. 슬슬 루쉰을 소재로 한 소설을 시작할까 해. 지금은 연습 삼아 중국 괴담으로 습작을 하고 있어. 〈푸른 대나무〉라는 작품이야. 이건 중국어로도 번역될 거야. 아무튼 매일 글을 쓰고, 매일 기분이 나쁘네. 가족들에게 안부 전해줘.

---

\* 　훗날 《판도라의 상자》로 제목을 바꾸었다.

도쿄 미타카, 1944년 11월 20일
오다 타케오에게


일부러 먼 밤길을 와줬는데 집에 없어서 정말로 미안하고, 또 아쉬웠네. 시대가 시대이니 만큼, 다음에 꼭, 같은 말을 꺼내긴 어렵겠지만, 다음번에는 우리 집에 묵고 갈 생각으로 와주기 바라네. 얼마 전 고후에 있는 장모가 위독해서 달려갔다가, 간 김에 고후 포도주를 찾아봤는데 한 방울도 남아 있지 않다고 해서 놀랐어. 요즘은 중국 신선 이야기를 읽고 있네.

도쿄 미타카, 1944년 12월 13일
고야마 키요시에게


　번번이 공습이 터져서 신경쇠약에 걸렸나? 내 신경은 문제없
는데 술을 마시러 나갈 수가 없어서 힘드네. 공습이 있을 때마
다 아이들을 봐야 해서 집에서 나갈 수가 없어. 요전에 있었던 공
습으로 간다의 인쇄소가 불에 타서 곧 나올 예정이던 《종달새
의 목소리》가 전소했다더군. 조금 낙담을 했다네. 하지만 출판사
에서는 다시 인쇄를 한다고 해. 담배, 그쪽엔 얼마나 남았나? 남
았다면 조금이라도 내게 보내주지 않겠나. 뻔뻔스러운 부탁이
네만.

다자이 36세                    도쿄 미타카, 1945년 2월 11일
                               쓰쓰미 시게히사에게


아이가 태어난 걸 축하하네. 쿠니히사, 좋은 이름이군. 히사ヒ사
는 좋은 한자야. 나도 이다음에 아들을 낳는다면 쓰시마 히사키
久樹라고 짓고 싶은데, 뭐 당분간은 아이를 낳지 않을 생각이야.
나는 변함없이, 그야말로 변함없이, 정말이지 변한 것 하나 없이
지내고 있어. 예전과 똑같이 그 책상에 앉아 글을 쓰고 있다네.
그리고 아주머니 집에 가서 술을 마시며, 비싸! 어쩌고 하며 공격
하는 것도 전부 다 똑같아. 지금 루쉰이 센다이에서 살던 시절을
다룬 장편을 쓰고 있다네. 이제 열흘만 있으면 완성될 거야. 그다
음엔 《옛날이야기》라는 독특한 작업에 들어갈 걸세.
    음, 그다음에, 그다음 뭐 달리 재밌는 일도 없고, 그냥 일만 한
다네. 그래도 돈은 한 푼도 안 모여. 이상한 일이야. 왜 그런 걸까.
하지만 내 걱정은 말고, 너는 너대로 열심히 공부하길 부탁할게.
폭탄이 떨어진다면 나도 죽겠지만, 뭐, 지금 상황으로선 전과 다
를 게 없어. 되도록 교토에 더 있는 게 좋지 않겠나. 거기서 매일
한 권 정도씩, 동서양의 고전이라도 읽고 있게. 내 책도 벌써 한
참 전에 세 권이 나올 예정이었는데, 공습으로 불타 없어지고 어
쩌고 하느라 늦어지고 있어. 나오면 보내줄게. 아무튼 느긋하게

지내길 바라. 나는 언제나 자넬 믿고 기다린다네.

고후 스이몬초, 1945년 4월 17일
고야마 키요시에게


　지난번에는 여러 가지로 고마웠습니다. 이번에 다나카가 돈을 받아 오면 둘이서 놀러 오세요. 저는 슬슬 일을 시작하고 있습니다. 작품 하나가 완성되면 도쿄로 갈 생각이에요. 무슨 일이 생기든 우선은 일을 하는 수밖에 없습니다. 제가 집에 없으면 당신이 알아서 뭐든 적당히 중재해주세요. 부디 몸 건강하길. 그럼.

고후 스이몬초, 1945년 4월 22일
고야마 키요시에게


짐을 보내줘서 고맙습니다. 힘들었지요.

가족들에게도 부디 안부 전해주세요.

어딜 가든 술꾼은 체면 구기는 짓만 하니 우울합니다. 금주할
생각이에요. 어제도 배급 받은 술을 마셔서 부부 싸움을 했어요.

가만히 살아 있어주십시오.

그럼.

고후 스이몬초, 1945년 5월 9일
고야마 키요시에게


다나카 누나네 다녀와줘서 고맙습니다. 그 누나는 우리 남매 중에 제일 좋은 사람이었어요. 생각나면 또 보러 가주세요. 재미 있는 책이라도 빌려주면 좋아할 겁니다. 일전에는 일부러 여기 까지 놀러 와줬는데 제대로 대접도 못 하고 부끄러웠어요. 부디 앞으로도 한 달에 한 번 정도는 놀러 오세요. 고후 근방에도 훌륭 한 명소가 많습니다. (올 때는 담배도 부탁합니다, 요즘 내 삶에서 가장 큰 기쁨) 아무래도 담배가 없으니 작업 능률이 안 올라요. 하지만 어제부터 《옛날이야기》에 들어갈 〈우라시마〉를 쓰기 시 작했습니다. 역시 글을 쓰는 길밖에는 없습니다. 그저 생각만 하 고 있어서는 불안이니 후회니 온갖 게 밀려드니까. 당신도 부디 조용히 글을 쓰고 있기를. (시계는 다다미 네 장 반짜리 방 서랍 위에 있었지요? 그걸 기치조지에 있는 아주머니 지인에게 수리해 달라고 하면 어떨까요.)

(기치조지 아주머니에게도 부디 안부 전해주길.)

고후 스이몬초, 1945년 5월 18일
쓰쓰미 시게히사에게


잘 지내나. 여긴 공습으로 난리일세. 하지만 가족 모두 건강하
니 안심해. 고후에는 아직 포도주가 많다네. 많이 마시고 있어.
지금 《옛날이야기》라는 단편집을 쓰고 있어. 어젯밤에는 너와
온천 호텔에서 과자를 먹는 꿈을 꾸었어. 좀처럼 만날 수가 없네.
몸 건강하기를.

고후 스이몬초, 1945년 6월 13일
고야마 키요시에게


집에 잘 들어갔으리라 생각합니다. 방금 듣고 깜짝 놀랐는데, 당신 쌀이고 뭐고 아무것도 없다면서요. 그래선 안 됩니다. 이런 시대에 그건 폭동이나 마찬가지예요. 그 얘길 듣고 보니 오륙일 동안 당신이 보인 행동들이 떠올라 뭔가 생활에 작은 위기가 닥친 게 아닌가 하는 생각이 듭니다. 이 엽서를 읽고 곧바로 극복해야만 합니다. 이를 위해서,

하나, 고후에 오는 건 당분간 단념할 것. 다음엔 내가 쌀을 들고 놀러 가겠습니다. 담배도 걱정하지 말 것.

하나, 어머니나 친구들에게 돈을 마구 쓰지 말 것. 알뜰해질 것. 거절하는 용기를 가질 것. (올바른, 작은 고독 생활을 영위하라!)

하나, 회사의 일과, 집에 와서 하는 독서와 집필, 이 세 가지 외에는 아무것도 구하지 말 것.

이상, 부탁입니다! 이 엽서에 답장은 필요 없음.

폭포수처럼 결백해져라!

폭포수도 도약하기 때문에 하얗습니다.

연약함에서 도약하라!

당신도 이제 서른다섯이니.

고후 스이몬초, 1945년 6월 26일
기쿠타 요시타카에게

편지 고맙다. 이윽고 농부가 될 각오를 다졌다니 대찬성이다. 나도 지금 고심 중인 작업이 일단락되면 매일 밭에 나가 농사에 정진할 계획이다. 농작물을 스스로 재배하지 않으면 먹고살 수 없는 세상이 됐다. 다시 만날 수 있을지 없을지 모르겠지만, 아무튼 부인도 시골에서 안심하고 아이를 낳을 수 있을 테고, 그것만으로도 행복이라고 생각해야 하겠지.

고후도 점차 도쿄와 비슷하게 폐허가 되어가고 있다. 어떻게든 견뎌내자.

루쉰을 다룬 소설 《석별》은 아사히신문사에서 출판이 정해졌다. 동시에 중국어 번역본도. 《옛날이야기》는 이제 이삼십 장이면 완성, 중편 하나를 더 쓰고 7월 중순에는 도쿄로 올라갈 계획.

6월 4일에 보내신 엽서를 지금 입수했습니다. 6일 밤 다시 집
이 불탔기 때문입니다. 우선 사과드려야 할 것은, 당신의 원고도
불에 타서 재가 되어버렸다는 사실입니다. 원고가 얼마나 소중
한지는 저도 충분히 알고 있습니다만, 갑작스러운 공습에 딸아
이(5세)도 지금 눈이 안 보이는 상황이라, 그 녀석을 들쳐 업고
나오느라 제 원고도 다 불에 탔습니다. 뭐라고 사과의 말씀을 드
려야 할지 모르겠습니다.

그 원고는 읽었습니다. 당신에게는 귀중한 기록이겠지만, 지
금 당장 발표하기에는 조금 고민스러운 점이 있었습니다.

고후 신야나기초, 1945년 7월 20일
쓰쓰미 시게히사에게

편지 고맙다. 이쪽은 완전히 불에 탔다. 미타카에서는 폭탄이, 고후에서는 소이탄이었어. 다음번에는 포탄일까. 아무래도 올해는 운세가 좋지 않은 듯. 지금은 입고 나온 옷밖에 아무것도 없다. 고후에도 있을 수가 없고, 처제와도 헤어져, 나와 아내와 아이들은 이윽고 쓰가루로 간다. 오륙일 후에 출발할 예정. 머나먼 3천 리 길, 죽음을 불사하고 간다. 가나기 마을로 가서 오전엔 공부하고, 오후엔 농사짓는 생활을 할 걸세. 톨스토이 백작에게 칭찬을 받겠지. 하지만 그래도 우울해, 이삼일 전에 살짝 도쿄에 들렀다가 어젯밤 돌아왔다. 도쿄에서 술을 마셨는데 나중에 확인해보니 4백 엔이나 쓴 걸 보고 깜짝 놀랐다. 다음 달부터 우편물은 아오모리현 북쓰가루군 가나기 마을 쓰시마 분지 앞으로 부탁해. 루쉰을 다룬《석별》은 지금 아사히신문사에서 인쇄 중. 그쪽도 부디 몸 건강히 잘 있게.

아오모리 가나기, 1945년 8월 12일
야마시타 료조에게

드디어 쓰가루에 도착했습니다. 하지만 쓰가루도 일 년 사이
급변해서 도쿄와 별다른 차이가 없어졌습니다. 뭐 어쨌든 여기
서 열심히 살아야만 합니다. 그쪽도 부디 몸 건강하시기를.

아오모리 가나기, 1945년 8월 28일
기쿠타 요시타카에게


건강하게 농사일을 하고 있다니 정말 다행입니다. 저도 이달 처음으로 여기 와서, 오전 독서, 오후 농사, 느긋한 생활을 하고 있습니다. 앞으로 세상이 어떻게 돌아갈지를 너무 골똘히 생각하지 말고, 아무튼 농사, 그리고 옛 명문을 가까이, 그것만 명심한다면 분명 위인이 될 거라고 생각합니다. 이제 죽을 일은 없을 테니 마음 편히 먹기를.

아오모리 가나기, 날짜 불명
이부세 마스지에게

　오늘 아침 밭에서 잡초를 뽑고 있는데 조카딸이 "이부세 선생님한테서 편지가 왔어요"라고 하며 그림엽서를 가지고 왔습니다. 밭에서 읽고는 곧장 괭이를 어깨에 걸치고 집으로 돌아와 각반을 찬 채로 이 편지를 쓰고 있습니다. 요즘 하루에 두세 시간씩 밭에 나가 일하는 척을 하며 요상한 귀농인처럼 살고 있습니다. 조언해주신 대로 애써 침묵하고, 다른 사람들이 하는 말을 그저 빙긋이 웃으며 듣고 있습니다. 마음이 차분할 것도 복잡할 것도 없고, 애초에 그런 심경 자체가 생기지 않는 상태입니다. 뭐 지금으로서는 한 일 년쯤 멀거니 지낼 생각입니다. 인쇄소를 하는 친척에게 원고지를 부탁해뒀는데, 그게 오면 천천히 장편소설을 쓸 생각입니다. 어쨌거나 제게 고향이 있어서 다행이라는 생각이 듭니다. 도쿄에서 우왕좌왕하고 있었다면, 후세에까지 불명예스러운 일을 억지로 떠맡아야 했을지도 모르니까요.

　후쿠야마도 공습을 당했다는 기사를 신문에서 보고 걱정했는데, 댁네는 별 탈 없으시다니 정말 다행입니다. 아이들의 건강만이 행복입니다.

　술, 담배, 그쪽은 어떻습니까. 이쪽은 사케 한 홉에 50엔, 위스키, 산토리 한 병에 백 엔이면 어떻게든 손에 넣을 수 있는 상황입니다. 담배도 그럭저럭 구할 수가 있습니다. 최근 한 달은 매일 밤 형의 술친구가 되어주고 있습니다. 형도 조금 늙었습니다.

제가 고향으로 오고 나서 아오모리가 공격을 당했고, 가나기 마을에도 폭격기가 폭탄 너덧 발을 떨어뜨리고 갔어요. 그 바람에 불탄 집도 있고 사상자도 나왔습니다. 저희 집 지붕이 표적이 되었다며 원망하는 사람도 있었다고 합니다. 얼마 전, 나카무라 테이지로 군이 사는 가니타 집을 찾아갔는데, 그곳도 폭탄이 떨어져 나카무라 군 집의 장지문이 거의 다 부서진 상황이었습니다. 가나기 마을이나 가니타 마을도 다들 산과 들에 오두막을 짓고 피난을 하는 상황인데, 나중에는 그 오두막을 처리하느라 고생을 좀 하겠습니다. 연극배우인 마루야마 사다오 씨가 히로시마에서 원자폭탄에 희생되었다고 하는군요. 정말로 우리를 대신해서 죽은 거나 마찬가지입니다. 원자폭탄이 떨어지기 일주일쯤 전에 제게 보낸 편지가, 바로 며칠 전 가나기로 왔습니다. 불길한 예언이었을까요. 묘하게 유서 분위기를 풍기는 편지였어요. 줄무늬 기모노를 제게 주겠다고 쓰여 있었습니다. 아까운 친구를 잃었습니다.

인사가 늦었습니다만, 고후에서 재난을 당했을 때 사모님께서 갖가지 물자를 보내주셔서 아내가 감격했습니다. 부디 사모님께도 감사 인사와 함께 안부 전해주시기를 부탁드립니다. 지난번에는 흰 바지까지 보내주셔서, 전 그걸 입고 가니타의 나카무라 군을 방문했습니다.

전하고 싶은 말이 많습니다만, 이제 죽을 일도 당분간 없을 것 같으니, 서두르지 말고 천천히 편지를 전하고 싶습니다.

　끝으로, 저희 동네 우스갯소리 하나를 소개해드리겠습니다.

　"전쟁에서도 졌고, 배상금도 많이 지불해야겠지."

　"아니, 그런 걱정은 없어. 무조건항복 아닌가. 잘도 아무 조건 없이 항복이라는 데까지 합의를 했구먼."

　진지하게 그리 대답한 사람은 이웃 마을 농업회장인가 뭔가 하는 훌륭한 자리에 앉은 분이었습니다. 신이 보우하사 어떻게든 되겠지요.

　이제 가을이 되면 우리의 시골도 풍요로워지지 않겠습니까. 쓰가루는 흉작 위기였지만, 지난 열흘 동안 맑게 갠 날씨 덕분에 어떻게든 평년치는 거둘 것 같습니다.

　그럼 부디 몸조심하시고 다시 편지하겠습니다.

아오모리 가나기, 1945년 9월 23일
다나카 히데미쓰에게




일전에는 나야말로 미안했어. 일부러 여기까지 와줬는데 그렇게 시끌벅적했으니. 내가 이 집에서 식객 신세라는 걸 고려해주게. 선배인 나도 비통한 심경이었어. 나중에 도쿄에서 다시 만나 술 한잔하지.

회사가 위험하다지만 너무 조바심내지 말고 조금 쉬면서 독서도 하고 집필을 계속하기 바란다. 문운이 크게 트일 터이니.

사나흘 전에 고야마쇼텐 카노 군이 가나기에 왔었네. 군대에 다녀왔다고 해. 아주 건강해졌더군. 9월에 제대해서 문운이 크게 트일 조짐을 느끼고 도쿄로 간다고 해. 고야마쇼텐에 연락하면 만날 수 있을 걸세. 오늘까지 내게 원고를 달라고 연락을 한 주요 출판사는,

신기원사, 경국사, 가마쿠라문고 창립사무소,

다들 꽤 의지에 넘쳐 있더군. 한번 들러보는 것도 좋을 거야. 아무튼 좋은 소설을 써줘. 생활비 정도는 벌 수 있을걸세.

나는, 그런 가운데, 게으름만 피우고 있어서, 참으로 면목이 없는 상황이야. 하지만 내일부터 힘을 내서 일을 해야지. 우선은 센다이 〈가호쿠신보〉에 연재소설을 쓸 계획이야. 고료는 원고지

한 장에 10엔 정도인데, 뭐 신문소설 치고는 괜찮은 조건이라고 생각해. 제목은 《판도라의 상자》라고 지었어. 잘될지 어떨지 너무 걱정이 돼서 우울하다네.

그럼 또 편지할 테니 건강히 잘 지내게. 아이들을 소중히 하길. 부인께도 부디 안부 전해주고.

추신. 우리 집에서는 다나카 씨가 좋은 분이라고 다들 난리라네.

아오모리 가나기, 1945년 10월 7일
이부세 마스지에게


편지 감사합니다. 얼마 전부터 편지를 쓰고 싶어서 근질근질했는데, 이런저런 일로 바빠서 실례를 범했습니다. 편지를 보니 날짜가 9월 26일인데, 오늘이 10월 7일입니다. 열흘이나 걸리는군요. 제 편지도 그쪽에 닿는 게 10월 말이 되겠습니다. 답답할 뿐입니다. 수해가 있었다고 하는데 걱정이 많으시겠습니다. 여기도 일부 수해가 있었지만 별다른 일은 없었던 것 같습니다. 이쪽도 역시 미국에서 온 주둔군으로 소란스럽습니다. 12킬로미터쯤 떨어진 고쇼가와라 마을에 백 명 정도 왔다고 합니다. 저희 마을도 미군을 실은 트럭 두 대가 지나갔습니다. 그저 지나가기만 했어요. 하지만 조만간 이 마을에도 숙박을 하러 올 거라고 하고, 그럼 제가 통역으로 끌려 나갈지도 모르는 일이라 우울하기만 합니다. 저는 통역이고 뭐고 할 수 있을 리가 없으니까 말이지요. 크게 창피를 당할 게 불을 보듯 뻔하니 폭탄 이상으로 걱정이 됩니다. 어떻게든 구실을 만들어 거절할 생각입니다.

요즘 이 마을 주변에서는 소나 말을 죽여서 먹는 일이 유행하고 있습니다. 미군이 먹느니 우리가 먹자는 심경인 것 같은데, 설마 미군도 말을 먹지는 않겠지요.

며칠 전 조카를 따라 은어 낚시를 갔는데, 조카는 이삼십 마리, 저는 두 마리 잡았습니다. 너무 소소해서 아는 사람 집에 들러 은어를 사 갖고 돌아갔습니다. 말고기도 있다고 해서 말고기도 사 갔습니다. 집에 가지고 갔는데 말고기는 다들 꺼려서 저하고 딸 소노코만 먹었습니다. 하지만 고기가 너무 딱딱해서 소노코는 고기를 씹으면서 울음을 터뜨렸습니다. 다들 크게 웃었습니다.

형 분지는 정국이 어수선해져서 긴장하는 듯합니다. 국회로 갈지 말지 저도 모르겠지만 신문에서는 이번에야말로 나설 것이라는 보도가 나왔습니다. 몸이 약해서 우리 눈에는 입후보가 무리라고 생각합니다만. 아오모리현 지사가 될 거라는 설도 있습니다.

아이들은 어떻게 지내는지요. 부인께서는 생소한 지역에서 고생이 많으실 테지요. 저희 집도 아내는 멀거니 지내고 있습니다. 아이들은 무척 건강하지만요.

술은 사과주 정도는 사람들에게 부탁하면 얼마든지 구할 수 있습니다. 이 지역 사람들은 사과주를 무시해서 별로 마시지 않는 것 같습니다. 그렇게 다들 꺼리는 사과주를 저 혼자 벌컥벌컥 들이켜는 것도 민망하고 해서 참고 있습니다. 고슈의 포도주보다 상태가 좋습니다만.

시골은 시골 나름대로 잔걱정이 많습니다. 빨리 도쿄 오기쿠보 근방 꼬치구이 술집에서 큰소리치며 마시고 큰 목소리로 문학 이야기 따위를 떠들어대고 싶습니다. 저의 바람은 그것뿐입니다.

이쪽은 벌써 추워져서 밭에 나가기도 싫고 매일 집 안에서 오락가락하고 있습니다.

　10월 16일부터 〈가호쿠신보〉에 연재소설을 쓰게 되었습니다. 한 장에 10엔이라고 합니다. 즐겁게 써나가려고 합니다. 무얼 쓰든 상관없다고 하니까 마음이 편합니다.

　도쿄 사람들한테서는 소식이 뚝 끊겼습니다. 식재료가 다 떨어진 것은 아닌지 모르겠습니다. 우리는 그래도 굶어 죽지는 않을 테니, 그것만으로도 행복하다고 생각하고 있습니다.

　그럼 또 편지하겠습니다.

　댁네 부디 평안하시기를 빕니다.

아오모리 가나기, 1945년 11월 28일
이부세 마스지에게

　편지 감사합니다. 가와카미 씨를 만나 술을 마시고 밥을 드셨다니 좋으셨겠습니다. 저는 상대가 없어 혼자 구석진 방에 갇혀 기침만 해대고 있습니다. 분지 형은 선거도 다가오고 해서 이렇게 추운데도 어딘가로 나가서 한참 안 들어옵니다. 이제 지주 생활도 끝장이 난 것 같고 선거로 이리저리 돌고 있으니 죽고 싶다는 생각도 들겠지요. 아슬아슬합니다.

　우리는 언제 도쿄로 돌아갈 수 있을까요. 하지만 아직 오지 않은 내일에 대한 생각은 하지 않기로 했습니다. 전망이 보이지 않으니까요. 딸아이 소노코는 사투리 반 표준어 반을 섞은 기묘한 언어를 구사하고 있습니다.

　나카지마 씨가 도쿄에 있는 저희 집을 쓰신다면 그러시라고 전해주십시오. (주소-미타카초 시모렌자쿠 113, 쓰시마 슈지) 지금은 고야마 키요시가 혼자 자취를 하고 있습니다. 고야마도 나카지마 선생에게 문학 이야기를 들으면 즐거워할 겁니다. (어쩌면 고야마가 아내를 얻었을지도 모르는데, 아무튼 고야마도 환영일 거라고 생각합니다. 아마 아직 혼자서 풀이 죽어 있을 것 같습니다만) 제 책상이나 이불도 아직 그대로 있을 테니 그것도 쓰시라고 전해주세요. 하지만 책장에 여성에게 온 편지 따위가 있을 테니 그건 펴 보지 마시기를. 부디 부탁드립니다. 농담이고요, 아무튼 그런 짐도 괜찮으시다면 저는 전혀 상관없습니다.

　출판이 호황이라고는 해도, 경기에는 늘 속아왔기에 저는 아무튼 비관론자입니다.

　그저 술을 마시고 속물들에게 퍼붓고 싶은 기분으로 가득합니다. 부디 몸 건강하시고 또 편지하겠습니다.

아오모리 가나기, 1945년 11월 모일
다케무라쇼보
다케무라 타이라에게

가족 모두 무사하다니 기쁩니다. 다들 고생이 많습니다. 만나서 서로 얼굴을 마주 보고 웃고 싶습니다. 내년엔 도쿄에서 마십시다. 배낭에 위스키 두세 병 넣어가겠습니다.

여긴 술이 많이 있습니다. 1.5리터 청주 한 되에 백 엔 정도, 산토리 같은 위스키 한 병은 2백 엔 정도입니다. 저는 거의 매일 술을 마십니다. 그래도 술 상대가 그립습니다. 다케무라 씨와 쓰가루에서 한잔하고 싶네요. 가나기 형 집에도 여러 사람이 놀러 옵니다. 요전에는 바둑기사 우칭위안이 놀러 와서 이틀 밤 머물다 돌아갔습니다. 형은 우칭위안 수필의 팬입니다. 형은 이번에 국회의원 선거에 출마한다는 소문이 있는데, 술꾼 동생은 모른 척 별채 구석에서 매일 글만 쓰고 있는 형국입니다. 여러 불편한 일이 많지만 도쿄에서 고생도 많이 했고, 뭐, 지금은 여기서 참고 있습니다. 아이들은 잘 지냅니다.

《사랑과 미에 대하여》 재출간 건은 잘 부탁드립니다. 그 안에 들어간 작품은 다른 선집에 넣지 않도록 신경 쓰겠습니다. 많이 인쇄해주십시오. 날인도 그쪽에서 다자이 도장을 하나 파서 찍어주십시오. 그런 일은 서로를 믿고 책임감만 갖고 있다면 하나 하나 작가가 찍지 않아도 된다고 생각합니다. 우선 너무 귀찮은 일이니까요.

그리고 인세, 만약 곧바로 보낼 수 있다면, 그렇게 해주시기 바랍니다. 시골의 욕심쟁이들을 상대로 술을 사고 담배를 들이다 보니, 정말이지 돈이 많이 들어갑니다. 오히려 기분이 좋을 정도예요.

술술 돈이 나갑니다. 적금은 없습니다.

아무튼 상황이 좋아지길 빕니다.

그럼 또 연락하지요.


추신. 검인은 그쪽에서 맡아서 해주시기 바랍니다.

아오모리 가나기, 1945년 12월 14일
고야마 키요시에게


　잘 지내고 있습니까. 요즘 너무 추운 데다가, 식객 생활도 살얼음을 밟는 것처럼 조심스러워 지내기 여간 어려운 게 아닙니다. 그 바람에 도쿄에 있는 모두에게 연락이 뜸했습니다. 가메이 군을 만나거든 제가 안부를 전하더라고 해주십시오. 이번에 처남이 도쿄로 가서 신세를 많이 졌습니다. 사람은 좋은데, 너무 게을러서 실패만 하고 있습니다. 처남 이야기를 들어보니 당신 생활도 편하지만은 않은 듯합니다. 그러니까 제가 빨리 어딘가에 취직을 하라고 권하지 않았습니까. 지금이라도 늦지 않았으니 치쿠마에 가서 상담을 해보세요. 당신이 멀거니 있으면 나도 우울해집니다. 그리고 당신이 쓴 《그녀》라는 장편, 치쿠마에 가져가길 권합니다. 아무튼 일을 해야 해요. 다나카 히데미쓰도 지금 매우 곤란한 상황인 것 같은데, 여기저기 원고를 보내고 있습니다. 신초샤에도 당신 원고가 가 있을 겁니다.
　담배와 딸아이의 목걸이, 정말로 고마워요.

다자이 37세

아오모리 가나기, 1946년 1월 11일
오오타 시즈코*에게


늘 생각하고 있습니다.

이렇게 말하면 좀 이상하지만, 그래도 늘 생각했습니다.

솔직히 다 말하려 합니다.

어머니가 돌아가셔서 많이 괴로우시지요.

지금 일본에 행복한 이는 아무도 없다지만,

그래도 좀 더 반가운 일은 없을까.

저는 재해를 두 번 겪었습니다.

미타카에서는 폭탄이 떨어져 등골이 오싹했습니다.

그래서 고후로 갔더니 이번에는 다 불타버렸지요.

아오모리는 날도 추운 데다

왠지 모르게 기분 나쁜 답답함까지 느껴져 괴롭습니다.

연애라도 해볼까 싶어 남몰래 누군가를 지켜봤는데,

열흘도 안 돼서 사랑하는 마음이 싹 식어 난처했습니다.

여행을 갈 수 없다는 게 제일 힘듭니다.

저는 담배를 만 엔어치 사는 바람에 빈털터리가 되었습니다.

\* 내연의 연인. 《사양》은 그녀의 일기를 소재로 한 작품이다. 둘 사이에 낳은 딸 오오타 하루코는 훗날 작가가 되었다.

오늘 가장 맛이 좋은 담배 열 갑을 벽장 선반에 숨겼습니다.

세상 가장 좋은 사람으로서,

조용히 목숨 걸고 살아주시길.


그립습니다.

아오모리 가나기, 1946년 1월 11일
벳쇼 나오키에게

　건강하십니까. 우리의 세계관은 앞으로 새로이 만들어나가야만 합니다. 새로이 닥칠 현실은 쉽지 않을 겁니다. 경박한 시류에 휘둘리지 말고 씩씩하고 시원스레 살아나갈 방법을 찾아주십시오. 나도 그럴 생각입니다. 어차피 한차례 버린 목숨 아닙니까. 우리 둘 다 말이죠.

아오모리 가나기, 1946년 1월 12일
오자키 카즈오에게


　편지 감사했습니다. 건강하신 듯해 다행입니다. 저는 도쿄에
서 우물쭈물하다가 미타카 집은 폭탄으로 무너지고 도망친 고후
의 처가는 소이탄으로 불바다가 되어, 하는 수 없이 제 고향 아오
모리로 오니 곧바로 전쟁이 끝나더군요. 지금은 동장군의 습격
으로 우울하기 짝이 없습니다. 5월 무렵에는 오다와라의 시모소
가 부근에라도 정착하고 싶은데, 집은 없네요. 요즘 문단은 시류
에 편승해서 아주 꼴불견입니다. 이 악질적인 경향에 맞서 싸울
생각입니다. 저는 요즘 이때다 싶어 의기양양한 자들에게 반대
하는 입장입니다. 원고는 도무지 마감을 맞출 수 없을 것 같으니,
봄까지 기다려주십시오. 편집부에도 사과의 엽서를 띄웠습니다.
부디 몸 건강하시기를.

아오모리 가나기, 1946년 1월 15일
이부세 마스지에게

　새해 복 많이 받으십시오. 올해도 속절없이 나이만 한 살 더 먹었습니다. 요즘 잡지는 시류에 편승하는 글로 도배가 되었더군요. 괴로운 일입니다. 대략 이렇게 될 거라고 알고는 있었지만 정도가 너무 심하니 홧술이라도 마시고 싶어집니다. 저는 어차피 무뢰파이니 차라리 이런 기풍에 반기를 들고 보수당에 가담해 젤 먼저 단두대에 올라설까 생각 중입니다. 프랑스혁명에서도 이유야 어찌 됐든 단두대를 끌고 온 놈이 악인이고, 목이 걸린 아름다운 귀족은 선한 사람이라고, 후세의 시인들이 노래해줍니다. 아오모리 가나기에 있는 제 생가도 지금은 '벚꽃 정원'입니다. 몹시도 슬픈 일상입니다. 저는 여기에 한 표를 행사할 생각입니다. 이부세 씨도 그렇게 하세요. 공산당 같은 데와는 정면으로 싸워나갈 겁니다. 지금이야말로 진심으로 일본 만세를 외치고 싶어요. 저는 단순한 협객입니다. 약한 쪽에 편을 들어줍니다.
　또 문학은, 15년 전으로 돌아가서, 이데올로기 운운하며, 시끄러운 평론만 펼쳐놓겠지요. 지긋지긋합니다. 저는 고향에 와서 《판도라의 상자》라는 장편 하나와 여자들의 흥 같은 걸 보는 콩트 서너 편, 올해는 또 그런 콩트를 두세 편 더 써서, 6월에는 원

345

고지 오륙십 매 정도 되는 책을 두 권 낼 생각입니다. 저널리즘에 선동당해서 민주주의 춤 따위를 출 생각은 없습니다.

가메이 군을 욕하는 잡지가 두세 권 보이더군요. 하지만 분명 가메이 군도 보상을 받을 겁니다. 《신초》 11월호에 가메이가 시마키를 애도하는 글을 발표했는데 좋은 작품이었습니다. 비약이라고 하기엔 과장이지만 매너리즘은 아니었습니다. 전쟁 중에 일본 편을 드는 건 일본인으로서 당연한 일이었습니다. 멍청한 부모라도 타인과 시시한 싸움을 하다 실컷 얻어터지면 아무래도 부모 편을 들게 됩니다. 아무 말 없이 보고만 있는 사람과는 사귀기 싫습니다.

보수파를 권합니다. 지금 일본에서는 보수의 태도가 가장 아름답습니다.

일본인은 모두 전쟁에 협력했습니다. 전쟁 사령부를 벌하는 건 일억 국민의 마음을 모두 감옥에 집어넣길 희망하는 것인지도 모릅니다.

그쪽은 따뜻하겠지요. 제가 있는 이곳은 너무 추워서 머리가 다 아플 지경입니다. 3월쯤 한 번 도쿄에 가서 도쿄의 주거와 음식 상황을 보고 올 생각입니다. 하지만 저는 지금 오다와라나 미시마 인근 시골에 작은 집을 빌려 정착할까 생각합니다. 7월이나 8월쯤으로 보고 있는데 어떨까요.

이마 하루베 군 소식은 없습니까. 전쟁에서 아직 돌아오지 않은 친구가 걱정이 됩니다.

댁네는 모두 평안하십니까. 저희 쪽도 덕분에 술도 있고 담배도 있습니다만. 연애 흉내라도 낼 수 있는 여성이 한 명도 없어요. 그저 답답할 따름입니다. 저도 벌써 서른여덟이 되었습니다.

그럼 모두 몸 건강하시고 사모님께도 안부 전해주십시오.


다자이 오사무

아오모리 가나기, 1946년 1월 19일
신초샤《신초》편집부
가와모리 요시조에게


　정성 어린 편지에 몸 둘 바를 모르겠습니다. 만나 뵙고 한잔하고 싶었지만 공습으로 서로 어려운 상황이니 어쩌겠습니까. 이렇게 살아서 일을 할 수 있다는 것만으로도 다행이라 할까요, 최근 경박한 모습들은 또 어떤지요. 저는 차라리 보수파에 가담해 가장 먼저 교수형에 처해질까도 생각했습니다. 문화도 뭣도 아닙니다. 바보들뿐이에요. 청소년들에게 외칠 메시지는 "공부해라" 하나뿐입니다. 요즘 글 쓰는 작업에 매진하는 상황이라, 5월쯤이 아니면 다른 일에는 손을 쓰지 못할 듯합니다. 부디 용서해주십시오. 저의 erehwon*을 쓰고자 합니다. 부디 언짢게 생각지 마세요. 그럼, 몸조심하시길.


*　영국 작가 새뮤얼 버틀러의 소설《에레혼*erehwon*》에 나온다. 버틀러는 에레혼이라는 가상의 나라로 세계를 풍자했다. 'erehwon'은 '없는 곳no where'을 뒤집은 말이다

아무튼 무사하다니 다행이다. 나도 이리저리 방황하다 결국
고향으로 왔는데, 올여름 오다와라나 미시마, 아니면 교토 쪽으
로 갈 생각이야. 도쿄에는 집이 없을 테니까. 도쿄에서 기차로 두
세 시간 거리에 정착할 것 같아.

천황이 교토로 간다고 한다면 나도 가겠어. 요즘 내 심경이야.
마음이 불안한 것 같아. 나란 사람은 괴로워지면 기댈 데가 필요
하니까.

요즘 일본은 정말 어리석은 느낌, 방향키를 잃고 그저 우왕좌
왕, 그러다 갑자기 안색이 돌변해서 붉은 깃발 따위를 흔들지. 어
처구니가 없어.

아래에 내가 명확한 지침을 내릴 테니, 당분간 이걸 믿고 나아
갈 것.

하나, 10년을 하루같이 변치 않는 정치사상은 어리석기 짝이
없다. 20년 되는 해 바깥세상으로 나와서 신현실 어쩌고 호령해
봤자 무리다. 고문들에게 부탁하자, 명예회원이나 해.

자네, 이제 와서 붉은 깃발 흔들며 '우리 젊은 병사 프롤레타
리아' 어쩌고 노래할 수 있겠나. 헛소리야. 자기 감각에 반하는

무리한(뻔뻔하기 짝이 없는) 행동은 일절 피할 것, 이는 반드시 커다란 파탄을 낳는다.

하나, 요즘 저널리즘은 시류에 편승하는 추태를 보이고 있다. 문화국가를 세우니 어쩌니 다 헛소리다. 전쟁 중에 신문 잡지에서 하던 소리와 다를 바가 없지 않나. 낡은 생각이야. 아무튼 죄다 낡았어.

하나, 전쟁 중 고난을 모조리 부정하지 마라.

하나, 지금 시끄러운 모모주의, 모모주의는 다 지나갈 것이니 다음에 올 새로운 사조를 기다려라.

하나, 교양이 없는 곳에 행복도 없다. 교양이란 먼저, 부끄러움을 아는 일이다.

하나, 보수파가 돼라. 보수는 어떤 현상에 대한 반작용이 아닌 현실파다. 체호프를 기억하라. 〈벚꽃 동산〉을 떠올려라.

하나, 만약 문헌이 있다면 아나키즘 연구를 시작해라. 윤리를 기본 단위로 하는 아나키즘적 사조가, 어쩌면 새로운 일본의 활력이 될지도 모른다. (크로포트킨의 책이든 뭐든, 자네가 읽고 나도 빌려주게. 아오모리로 보내줘.)

하나, 천황은 윤리의 상징으로서 지지하자. 사랑할 대상이 없으면, 윤리는 우주를 떠돌 위험이 있다.

아직 할 말이 많지만 천천히 알려주겠네. 아무튼 서둘러서는 안 돼.

나는 지금, 매일 주문이 쇄도하고 있어. 사소한 작업들은 거절, 거절 엽서와 전보를 치는 것도 일일세. 뭐, 올여름 무렵부터는 일본인 중에도 조금씩 심사숙고해서 행동하는 인물들이 어렴풋이 나타나겠지.

의리로 거절하기 힘든 곳에서 들어오는 의뢰는 두세 작품 발표할 생각인데, 4월 정도부터는 《전망》에 희곡을 쓸 거야. 그리고 한 계간지에 장편 《인간 실격》을 연재할 예정이네. 이 계간지는 내가 그 장편을 집필하는 동안 다른 곳에서 글을 쓰지 않아도 먹고살 수 있도록 내 생활비를 지원해주는 모양이야. 나도 서른여덟이니 말일세, (자네도 이제 나이 꽤 먹었겠군) 마흔 전까지는 걸작을 한 편 써두고 싶어. 하지만 그건 내 욕심이고, 과연 어떻게 될지.

서두르지 않고 차근차근해나갈 계획.

그러려면 돈이 들겠지. 나는 벌써 암시장에서 담배 만 엔어치를 사다 피웠네.

부인과 주위 분들에게도 안부 전해주게.

아이도 건강하기를.


추신. 분지 형이 중의원선거에 출마할 모양이야. 아둔한 동생도 연설을 해야 할지 모른다네.

아오모리 가나기, 1946년 1월 29일
사라시나 겐조에게


　엽서가 작아졌군요. 일본을 닮았습니다. 요전에 《감자》라는 책을 보내주신 분이죠? 그건 무척 좋은 책이었습니다. 요즘 도쿄의 신문 잡지는 한숨만 나옵니다. 부디 확신을 굽히지 마시고 이런 작업을 오래오래 계속해주십시오. 분명 훌륭한 일이니까요. 그나저나 2월 20일까지는 다른 일이 있어서 의뢰하신 글을 쓸 수 없을 것 같습니다. 뭐, 앞으로 시간이 많으니, 언제 좋은 기회가 있으면 함께 작업합시다. 부디 건강하시기를.

아오모리 가나기, 1946년 3월 2일
이마 하루베에게

　편지 읽었어. 무사하다니 정말 다행이다. 악수, 악수, 큰 악수를 보낸다. 진짜 걱정했다. 살아 있다니, 그걸로 됐다 싶어. 편지에 대한 답장을 이런 약소한 엽서로 해서 미안하지만, 오늘이 신권 교환 날인가 뭔가 우표 사기가 어려워서 그러니 화내지 말게. 미타카 집은 폭탄으로 반쯤 날아가서 생매장될 뻔했어. 고후 처가는 홀랑 다 타고 하는 수 없이 고향 쓰가루에 틀어박히게 됐는데, 여긴 추워서 견딜 수가 없네. 지금 〈겨울의 불꽃놀이〉라는 삼막짜리 비극을 쓰고 있어. 연극으로 올릴 만한 작품은 아니지만, 《전망》이라고 치쿠마에서 나오는 문예지에 발표할 생각이야. 마루야마 사다오가 죽은 건 너무 안타깝네. 전쟁은 우리한테서 우자에몬과 사다오*를 빼앗아갔어. 민주주의가 됐다고 해서, 나의 사상에 큰 변화는 없다네. 모모주의니 모모주의니, 서로 눈에 쌍심지를 켜고 소란을 피우는데, 바보 같기 짝이 없다고 생각해. 잘못하면 일본이 더 엉망진창이 될 것 같다는 생각이 들어. 도쿄행은 상당히 신중을 기해야 할 것 같아. 4월쯤엔 도쿄 상황을 둘

* 　당대 큰 인기를 누렸던 가부키 배우와 현대 연극 배우.

러보러 한 번 갈 계획이지만. 분지 형은 이번에 중의원에 입후보한대.

  그럼 조만간 여유 있게 이야기하세.

자네 작품을 다 읽고 우울한 기분이 드네. 아무래도 시원찮아. 내가 그만큼 긴 시간 좋은 책을 읽히고 암시를 줬는데도, 여전히 '예술'이 뭔지 감을 통 못 잡고 있지 않나. 안타까운 일이야. 단편소설은 좀 더 생기 있고 선명한 감각을 명확하게 그어주는 게 중요해.

자네 표현을 빌리자면, 그거야말로 독자를 향한 '봉사'야. 이웃을 위한 투신이고.

자네는 조금도 봉사하지 않았고, 조금도 자기 걸 버리지 못했어. '아름다움'이란 것이 무엇인지 생각해줘. 자네가 오래된 예술품을 대할 때 어떤 부분에 가장 마음이 끌렸는지, 그걸 떠올려주게.

세 작품 가운데 〈미신〉은 약간 재밌는 테마이지만, 작가의 기분이 조금도 담겨 있지 않았어. 담지 않을 생각이라면, 담기지 않았단 걸 좀 더 분명히 강하게 드러내야 해. 기분이 담기지도 않았는데, 어설프게 결론을 지으려고 하니까, 결국 무슨 말을 하고 싶은지 알 수 없는 작품이 되었어. 이건 나중에 마음을 다잡고 새로 고치면 좋은 작품이 될 수 있을 거야. '마음을 다잡는다'는 건

품행을 말하는 게 아니네. 뭐 결국, 도덕 비슷한 얘기도 되겠지만, '아름다움'에 대한 결벽증이라고도 할 수 있을까, 그런 의미에서 다시 시작한다는 뜻이야.

〈떡〉은 뭘 노리고 쓴 건지는 알겠지만 너무 허술하다. 대화체를 쓸 거면 그 대화를 하는 주인의 육체가 느껴져야만 해.

지금으로서는 말하는 사람이 여자인지 남자인지도 아리송하군. 세 편 중에 이게 제일 안 좋아.

〈윤활유〉는 전반부에 나오는 극명한 진실을 높이 사네. 하지만 뒤에 나오는 작자의 감상은 너무 평범해. 평범한 건 또 평범한 대로 느낌 있는 평범함도 있지만, 이건 약간 저 혼자 너무 우쭐해진 평범함이야. 케케묵었어. 어째서 자네한텐 이런 구닥다리 같은 교훈병이 있는 건가. 오히려 혼탁함이 느껴지네. 이건 가호쿠신보사에서 나오는 《도호쿠 문학》에 보내겠네. 채용될지 안 될지는 모르겠지만, 거긴 고료도 원고지 한 매에 10엔 정도고, 창간호 내용도 지방지치고는 흔치 않게 아주 충실했으니, 데뷔 무대로 부끄럽지 않을 걸세. 도쿄의 고료가 있는 문학잡지에 나오기엔 약간 무리가 있어.

더 심혈을 기울여서 다음 작품에 정진하길 바라네. 〈미신〉과 〈떡〉은 자네 앞으로 반송하겠네.

다자이 오사무

아오모리 가나기, 1946년 4월 1일
이마 하루베에게


　도쿄에 다녀온 뒤로 안절부절못하고 있어. 어서 그쪽으로 가고 싶군. 하지만 술은 없지? 나는 매일 밤, 질릴 만큼 술을 마시고 있네. 루쉰 책은 잘 받았어. 읽자마자 당장 도쿄 긴자의 여관 앞으로 상세한 감상을 써서 보냈는데 아직 안 갔을까?

　조만간 루쉰 평전을 쓴 오다 타케오를 만나서 얘기해볼 생각. 난 요즘 장편 희곡을 쓰고 있어. 희극계의 원자폭탄.

　안심해, 안심해.

　오리구치 시노부 선생께도 안부 전해줘.

아오모리 가나기, 1946년 4월 19일
이부세 마스지에게


《전망》에 실린 선생의 작품 〈두 가지 이야기〉를 읽었습니다.
슬슬 이야기가 재밌어지려는데, 원고지가 부족해서 못 쓰셨다
니, 정말 안타까웠습니다. 지금은 원고지 갖고 계십니까. 종이 질
이 나빠도 괜찮으시다면 저한테 조금 있으니 보내드리겠습니다.
만약 원고지가 없어 난처한 상황이시라면 전보로 알려주세요.
치쿠마에도 분명 괜찮은 원고지가 있을 텐데요.

오래 인사 못 드렸습니다. 시골 생활도 괴롭네요. 무탈하시기
를 빌겠습니다.

아오모리 가나기, 1946년 4월 19일
사라시나 겐조에게


늘 정성스러운 편지 보며, 한숨을 쉬고 있습니다. 집에 아픈 분
이 있으니 얼마나 심려가 크십니까.

당장이라도 뭔가 써서 보내드리고 싶지만, 지금으로선 선약이
잡힌 일이 많아 도저히 방법이 없습니다. 저도 정말로 마음이 괴
롭고 아픕니다만, 부디 제 사정을 이해해주시고 용서해주시기
바랍니다. 잡지 편집자 본위로 살 것인가, 자기 글을 본위로 살
것인가, to be or not to be의 고통, 언제까지나 계속될 것입니다.

아오모리 가나기, 1946년 4월 22일
쓰쓰미 시게히사에게


또 타락한 모양이군. 어차피 인생, 그야말로 태어나지 말았어
야 하는 것, 애초에 지옥이고, 즐거울 리가 없지만 말이지.

요즘엔 지성인들이 멍청하기 그지없어. 다들 머리가 어떻게
된 게 아닐까? 눈이 벌게서 싸움질이야.

가메이한테는 내가 말해뒀어. 매수 관계로 내가 부탁한《리버
럴》은 무리가 있고 실을 만한 다른 잡지가 있다는 것 같아. 조만
간 자네도 한 번 물어보게. 무슨 일이든 일곱 번을 일흔 번까지라
도 해야 하는 법. 근성과 끈질김이 이긴다고 해. 선거는 한 번도
돕지 않고 그저 혼란한 틈에 섞여 술만 마신다고 모두에게 크게
빈축을 사고 있어. 매일 방구석에 틀어박혀 원고를 한 장이나 두
장씩 쓰고는 바쁘다, 바빠, 하고 있네. 서두를 건 없지. 느긋하게
써나갈 생각이야.

지금 〈아직 돌아오지 않는 친구에게〉라는 30장 분량의 단편
을 쓰고 있어. 이게 끝나면 〈갈까마귀〉라는 제목으로 가짜 문화
인의 활약(《아Q정전》 같은)을 약간 길게 써볼까 해. 그게 마무
리되면 드디어 《인간 실격》이라는 대망의 장편에 돌입할 생각.
이것만으로도 이미 30대의 작업은 꽉 찼어.

전에 쓴 〈겨울의 불꽃놀이〉라는 삼부작 비극, 이건 진짜 대단한 비극이지(웃지 말게). 연극계, 문학계에 원자폭탄을 던지겠다는 패기로 썼지. 치쿠마쇼보에서 나오는 《전망》에 보냈는데, 6월호에 게재될 거야. 요즘은 제일 괜찮은 잡지가 《전망》이지. 하지만 요즘 잡지 나오는 속도가 정말이지 너무 늦어. 원고를 전송하고 대략 삼사 개월은 지나야 인쇄되고 서점에 깔리니까 말이야. 맥이 빠지지. 따로 동봉한 앙드레 지드의 글은 받았나? 역시 지드는 멋을 알아.

프랑스가 독일에 패했을 때, 우리처럼 패전 책임론을 묻는 일로 소동이 일었는데, 그때 훌륭한 풍자를 썼더군.

콩고 지방 흑인의 우화인데, 어느 거대한 강을 건너려고 많은 사람이 배에 우르르 올랐다지. 배가 인원 초과라 얕은 여울에 좌초하고 말았어. 누군가 배에서 내려야만 했는데 누굴 지목해야 할지 몰랐지. 먼저 뚱뚱한 상인과 엉터리 변호사와 못된 고리대금업자와 창녀촌의 포주를 밀어냈어. 그래도 배가 진흙탕에 박혀 움직이지 않자 그다음엔 노름판 우두머리와 노예상과 건전한 사람들도 몇 명인가 내렸지만 꿈쩍도 하지 않았어. 그런데 꼬챙이처럼 바짝 마른 선교사 하나가 배에서 내리는 순간, 배가 둥실 물에 떴지. 그러자 흑인들은 큰 소리로, "저 녀석이다! 저놈이 젤로 무거운 놈이다, 해치우자!".(《세계문학》 창간호 수록)

나는 언제쯤 이곳 쓰가루에서 철수하게 될까. 지금은 짐작이 안 가지만 언젠가는 떠나야겠지. 교토로 이주할까도 생각 중이야. 하지만 살 집이 없겠지. 앞으로 어찌 되려나.

아오모리 가나기, 1946년 4월 30일
가와모리 요시조에게


　늘 보내주신 편지에 제가 쓸 빈 엽서를 동봉해주시니, 그렇게
긴 편지를 받으면서, 그것도 대선배님께 편지로 답장을 해야지
하면서도, 보내주신 엽서를 이용하지 않으면 실례가 될지도 몰
라서, 눈물을 머금고(약간 과장) 그 엽서에 답장을 쓰고 있습니
다. 오늘도 마찬가지로 엽서에 써야 할까 고민에 고민을 거듭했
는데, 마침 친척 하나가 와서 낮부터 술을 마시고, 그자가 지금
기차로 도쿄로 간다기에(이 기차는 재미있습니다. 제 아버지가
오우센으로 고쇼가와라에서 가나기, 그리고 쓰가루반도의 북단까
지 철도 까는 일을 계획했지만 이득보다는 손실이 많은 선로였습
니다. 하지만 낙엽송이 늘어선 가로수 사이를 작은 기차가 달리는
광경은, 꽤 러블리하지요. 돌연 숲속에서 기차가 달려 나오는 광
경, 나쁘지 않지요?) 지금 그자가 그 기차(정오에)를 타고 도쿄로
간다기에, 저는 배웅을 하러 갔다가 잠깐 집에 돌아와, 이번에는
제가 가와모리 씨에게 지지 않을 긴 편지를 써보자고 결심한 것
입니다. 저는 정떨어질 만큼 지독한 겁쟁이라, 잡지사에서 반송
료로 10전짜리 우표가 동봉되어 오면, 그걸 돌려주지 않다가는
죄를 묻지 않을까 두려운 나머지 번민 끝에 답장을 하는 멍청한

짓을 매일 같이 하고 있습니다. 부디 앞으로는 새 엽서를 동봉하지 말아주십시오.

가와모리 씨의 《프랑스 수첩》이었나요, 그, '나쁘지 않은 이야기' 말이죠, (술에 취한 상태입니다. 무례한 말투를 참아주세요) 아주 좋았어요. 그런 작품이라면 몇 편이라도 쓰고 싶지만, 일본 독자는 이상하게 너무 진지해서, 그런 걸 쓰면 만담이라는 둥 콩트라는 둥 하면서 극단적으로 경멸합니다. 타락했다는 둥 어쩌고 하니까 말이죠, 너무합니다.

문화文化라고 쓰고 거기에 '부끄러움'이라는 독음을 다는 일, 대찬성입니다. 저는 넉넉할 우優 자를 생각합니다. 우승優勝이나 우량優良 따위처럼 훌륭하다優れる는 표현을 할 때 쓰는 한자이지만, 또 한 가지 뜻이 더 있지요? 상냥하다優しい는 말에도 이 한자를 씁니다. 이 글자를 잘 들여다보면, 사람 인人 변에 근심할 우憂 자를 씁니다. 인간을 걱정하고, 인간의 쓸쓸함과 외로움과 괴로움에 민감한 일, 이것이 상냥함이며, 또한 인간으로서 가장 뛰어난 일이 아닐까, 그리고, 그런, 상냥한 사람의 표정은, 언제나 부끄러움을 품고 있습니다. 저는 저의 부끄러움으로, 저와 제 몸을 갉아먹고 있습니다. 술이라도 마시지 않으면, 말도 꺼낼 수가 없습니다. 그런 부분에 '문화'의 본질이 있다고 저는 생각합니다. '문화'가 만약 그런 것이라면, 그것은 연약하며, 늘 지는 것입니다. 그걸로 됐다고 생각합니다. 저는 제 자신을 '멸망의 백성'이라고 생각하고 있습니다. 언제나 지고 멸망하면서, 거기에서 나오는 중얼거림이 우리의 문학이 아니겠습니까.

어째서 인간은 스스로를 '멸망'이라고 딱 잘라 말하지 못하는 것일까요.

　문학은 언제 어느 때고 '헤이케모노가타리*'라고 생각합니다. 자기 앞가림에만 급급한 사람은 바보가 아닙니다. 조악하게 시들어갈 뿐입니다.

　간사이 지역에서 나오는 《세계문학》이었나요? (그 잡지를 누가 가져가서요) 그 책 권두에 실린 지드의 세계대전 이후의 감회가 통쾌했습니다. 읽으셨는지요?

　거기 있던, 콩고 지방 흑인의 나룻배 이야기, 혼자서 폭소를 했습니다. 전범자라니, 대략 난센스.

　요즘 다시 체호프의 희곡 전집을 읽고 있습니다. 조만간 다시 희곡을 쓸 겁니다.

　마음에 드는 작품이 써지면 보내드리겠습니다.

　6월 말까지는 못 보낼지도 모르지만, 9월 말 원고지 50매는 기한에 맞춰 보내고 싶습니다. 저를 믿어주십시오. 그리고 신뢰받는 작가는 십자가를 집니다. 그런 각오로 임하겠습니다.


　추신. 적게 용서받은 사람은 적게 사랑한다. 루카복음 7장 47절. 그리스도가 술을 좋아하고, 그런 까닭에 유학자로부터 비난받는다는 내용이 성서에 나와 있는데 알고 계십니까? 분명히 나와 있습니다.

---

*　헤이안시대를 풍미한 무사 가문 헤이케의 흥망성쇠를 그린 대작으로 수정을 거쳐 14세기에 총 12권으로 완결되었다.

아오모리 가나기, 1946년 5월 1일
이부세 마스지에게



'도쿄 사람은 친절하다'는 말씀, 깊이 와 닿았습니다. 우리 같은 시골내기가 아니면 이해하지 못할 의미심장한 말입니다. 하지만 도쿄도 요즘 갑자기 식량 위기니 뭐니 우울해서 상경할 마음을 접었습니다.

중의원에 당선된 제 형은 상경했다가 이삼일 전에 돌아왔습니다. 빈대 물린 자국투성이더군요.

선거 동안 저는 혼잡한 틈바구니에 섞여 술만 마시고 도움이 될 만한 짓은 하지 않아서 빈축을 샀습니다. 정치는 우울해서 견딜 수가 없습니다. 가와모리 요시조 선생에게서 온 편지에는 《전망》에 실린 이부세 씨의 소설이 '전쟁 속의 분노와 번민을 이부세 씨답게 표출한 작품으로 매우 귀중하다'라고 쓰여 있었습니다.

저도 얼마 전 《전망》에 〈겨울의 불꽃놀이〉라는 삼부작 비극을 보냈습니다. 6월호에 게재된다고 합니다. 전후의 절망을 써보았습니다. 저는 '일본 문화'가 전쟁 때보다도 한층 더 후퇴했다고 생각합니다. 요즘 나오는 시시껄렁하고 재미없는 잡지들에 비하면 《전망》이 제일 낫습니다. 여러 잡지가 나오고 있지만 종이가 아까워 미칠 지경이에요.

요즘 매일같이 죽을 만큼 우울합니다. 하지만 당분간은 움직일 수가 없어요. 식객으로 사는 것도 모양새가 나쁩니다.

오늘부터 다시, 희곡을 쓰려고 합니다. 현실에 펼쳐진 옴짝달싹할 수 없는 우울을 쓰고자 합니다.

술을 마시고 싶지만, 마셔도 즐겁지가 않습니다. 취해 있을 뿐입니다. 우리가 살아 있는 동안 쭉 이럴지도 모르겠네요. 저는 아오모리 지역에서 일어난 소위 '문화운동'에는 한 발자국도 관여하고 있지 않습니다. 누구와도 친구가 될 수 없습니다. 매일, 아침부터 밤까지, 별채에 달린 안방에서 우왕좌왕하고 있습니다. 먹지 않고는 살 수 없다는 말은 대단히 불명예스러운 이야기지만, 먹는 것만큼은 꾸준합니다. 참 우습지요.

(제 원고지는 이겁니다. 제 것보다는 이부세 씨 것이 조금 더 낫지 않을까 싶네요. 펜이 자꾸 종이에 걸려서 쓸 수가 없습니다.)

부디 여러분 몸 건강하시기를. 몹시 뵙고 싶습니다. 쓰가루에는 지금 매화가 피었습니다. 벚꽃은 이삼일 더 기다려야 합니다.

다자이 오사무

아오모리 가나기, 1946년 5월 21일
《토자이》편집부
기시 야마지에게

선배인 당신께 종종 정성스러운 편지를 받았습니다. 송구합니다. 이제껏 제가 만나온 선배님들은 많건 적건 선배라는 분위기를 풍기며 절 대하셨지만, 당신의 편지에서는 조금도 그런 기색이 없어서 참으로 흔치 않은 덕성을 가진 분이라고 느꼈습니다. 정말 감사합니다.

주고받은 편지*는 이제 더이상 잡지에 싣지 않기로 합시다. 아무래도 너무 부끄럽습니다. 부디 편집 방침을 변경해주십시오.

현실은 점점 더 최악의 상황으로 치닫는 듯하지만, 편지 톤은 침착하시니 마음이 놓입니다. 이 세상에 휩쓸리지 않는 당신의 태도에 감복할 따름입니다.

저는 지금 희곡을 쓰고 있습니다. 《전망》 6월호에 〈겨울의 불꽃놀이〉라는 제3막 비극이 발표될 테고, 곧이어 다음 작품인 〈봄의 낙엽〉이라는 3막짜리 희곡을 집필 중에 있습니다. 희곡계를 깜짝 놀라게 해주자고 마음먹고 있는데, 어떻게 될는지요.

어젯밤 체호프의 《시베리아 여행기》를 읽으며, 나오는 인물

---

* 문예지 《토자이東西》 편집자인 기시는 다자이와의 주고받은 편지를 5월호에 1회 게재했다.

들이 쓰가루 지방 주민들과 너무 닮아서 한숨이 나왔습니다. 5월 초에 이 마을에서 벚꽃 축제가 열렸는데, 저는 안 갔지만 나중에 사람들에게 전해 들으니, 싸움이 마흔 몇 건에 강간이니 뭐니 끔찍했다고 합니다. 이 지방 농민들 싸움은 주로 상대를 물어뜯는 것으로, 귀를 반쯤 물어 뜯겼다거나, 가슴팍 살이 두 뼘쯤 뜯겨 나갔다는 이야기를 들었습니다. 막걸리에 뭐가 들었는지 사람들이 끔찍하게 취해서는 미치광이로 변해버립니다.

올해 가을 말까지는 여길 떠날 생각입니다. 교토에 친구들이 있어서 어쩌면 도쿄를 지나쳐 교토로 이주할지도 모릅니다. 그때는 잘 부탁드립니다.

다시 도호쿠에 오실 때는 부디 쓰가루를 들러주세요. 몰락 직전의 〈벚꽃 정원〉을 보실 수 있습니다.

의뢰해주신 원고는, 지금 쓰고 있는 희곡이 완성되기 전까지는 어려울 것 같습니다. 부디 조금 더 기다려주시기를 바랍니다. 그럼, 건강하시기를.

다자이 오사무

아오모리 가나기, 1946년 6월 6일
고야마 키요시에게


편지 잘 읽었습니다. 저는 지금 감기에 걸려 자리에 누워 있어요. 식객으로 산다는 건 여간 신경 쓰이는 일이 아닙니다. 난폭하기로 유명한 저도 이렇게 쇠약해졌습니다.

원고는 치쿠마보다도 새로 창간하는 문예지 쪽이 더 빨리 채용되지 않을까요. 토노무라 씨와 상의해보세요.

마침 오늘 수표가 들어왔으니 당신에게 보내겠습니다. 부디 몸 건강히 잘 지내기를.

우리 집 뜰에 지금 은방울꽃이 피었어요. 딸아이 소노코가 꺾어 내 머리맡에 놓아주고 갔습니다. 편지에 함께 동봉합니다.

아오모리 가나기, 1946년 6월 14일
기쿠타 요시타카에게

원고 읽었네. 지금까지 중에 제일 좋았어. 하지만 형식을 좀 더 궁리했으면 해. 후반은 너무 허술해. 차라리 일기체나 그 비슷한 걸로 쓰면 어떨까. 형식에 무언가 새로운 장치가 필요하다고 생각하네.《도호쿠 문학》에 보낸 소설은 호평을 받은 듯해. 이번에 보내준 소설은 다시 돌려보낼 테니, 번거롭겠지만 가메이 군에게 들고 가봐.《순수》라는 계간지에 싣도록 소개해달라고 부탁해보게.

당신 작품은 읽어보았지만 별다른 감흥을 받지 못했습니다. 하지만 우선은 어딘가에 보내봅시다. 요즘은 어디나 인쇄가 늦어서 채용이 되더라도 반년 정도는 놔두는 경우가 많습니다. 그러니 원고는 원고대로 두고 우선은 급한 대로 취직하기를 권합니다. 반드시 그렇게 해야만 합니다. 지난번 당신 편지엔 당분간 쓸 수 없는 동결수표라도 좋으니 보내달라고 되어 있기에, 마침 그 정도 금액의 동결수표가 있어서 보낸 것입니다. 동결수표를 쓰는 법 정도는 당신도 알고 있을 거라고 생각했어요. 은행에 가져간다고 해서 돈을 찾아 쓸 수 있는 게 아닙니다. 그건 그대로 거래처에 넘겨주거나 아니면 예금통장으로 바꿔서 매달 백 엔씩 현금을 찾아 쓰는 방법이 있어요. 그 수표는 아직 저한테 안 넘어왔는데 혹시 당신 손에 있다면 가메이 군에게라도 사용법을 물어보고 쓰도록 하세요. 우리 아들이 어제부터 급성폐렴에 걸려서 생사의 갈림길에 서 있는 듯합니다. 이래저래 요즘엔 우울한 일뿐이네요.

아오모리 가나기, 1946년 7월 13일
가사이 큐지에게


　고기가 없다고 엉엉 울고 엉뚱한 데 화풀이를 하다니 창피하
군. 눈물을 닦고 코를 풀게.
　《전망》 6월호에 실린 〈겨울의 불꽃놀이〉는 읽었는가. 오늘
한 극단 매니저로부터 상연하고 싶으니 저작권을 달라는 문의를
받았는데, 그 연극은 좀 더 작고 아담한 극단이 좋을 것 같아 답
변을 보류했네. 어제부터 다음 희곡도 조금씩 윤곽이 잡혀서 고
군분투하고 있어. 호평이든 악평이든, 작가의 뼈를 깎는 정진을
따라잡을 순 없다네. 열심히 공부하게.

아오모리 가나기, 1946년 7월 18일
이마 하루베에게


　충고 고맙네. (여전히 관대하고) 앞으로도 나의 귀중한 친구가 되어줘. 부탁이야. 희곡도 작가로 나아가기 위한 하나의 수업이라 여기고 고심해서 쓰고 있어. 지금은 〈봄의 낙엽〉이라는 작품을 쓰고 있네. 다만 사흘에 한 장밖에 속도가 안 나서 지긋지긋해. 세간의 비평들은 날 이해하는 게 하나도 없어. 다 그 반댈세. 지금 쓰는 걸 완성하면 다시 소설을 쓸 걸세. 피난 생활도 우울해. 9월에 도쿄에 가서 상황을 보고 10월에는 처자식을 데리고 도쿄로 이주할 예정이야. 지금은 아무하고도 사귀지 않고 혼자 술을 마시고 있어.


　휘둘러보면　꽃 한 잎 낙엽 한 장　보이지 않네

373

아오모리 가나기, 1946년 8월 10일
고다테 레이코에게


보내주신 편지, 거듭 읽었습니다. 뭔가 대단히 깊은 고뇌에 빠진 듯했던 얼굴이 잊히지 않아 걱정이 되었습니다. 저는 멀리 있는 사람의 고뇌에도 금세 전염이 되는 사람이라, 레이코에게 옮아서 저도 비슷한 크기로 괴로움에 시달리고 있어요. 원망합니다. 그 고통의 크기는 아마도 거의 비슷할 거예요.

살아간다는 것은 원래 시시한 일입니다. 저는 지금도 남몰래 계속 그리 생각하고 있어요. 정말이지 시시합니다. 역시 이 세상은 자신의 자부심도, 동경심도, 주장도 모두 버리고, 시시한 주변 사람들에게 서비스한다는 생각으로, 그렇게 끝마쳐야 하는 것인지도 모르겠어요.

그건 아니야! 라고 예전부터 수만 명의 성인과 현자 들이 수천 권의 책으로 이상을 설파해왔지만, 현실은 어떤가요. 조금도 변함없지 않은가요. 조금도 좋아진 것이 없습니다.

참으로 시시합니다.

레이코에게도 용기가 없었죠, 한때는.

저를 경계하지 마십시오.

무슨 이야기를 해도 좋아요. 놀라거나 경멸하는 일은 없습니다.

또 편지 주세요.

둘이서만 이야기를 한다는 것은 좀처럼 쉽지 않은 일이니, 편지가 나을 거라고 생각합니다. 우리 집에는 매일 같이 수많은 우편물이 오니까, 레이코가 아무리 자주 편지를 보낸다 해도 크게 눈에 띄지 않습니다. 읽고 나면 찢겠습니다. 조금도 걱정할 필요 없어요.

들자 하니 오빠 젠시로 군이 부인과 헤어졌다더군요. 거짓말이지요? 왜 그런 뜬소문이 도는 걸까요?

　이 원고지는 전에도 말씀드렸는지 모르지만 이 마을 절의 스님 원고지입니다. 바칸암이라는 필명으로 하이쿠를 쓰는 분이죠. 아오모리현에도 여러 작가며 시인들이 무슨무슨 문화회라는 연구 모임을 만들고 회원이 되어서 크게 강의도 하고 좌담회도 만들어 출석하는 모양인데, 저는 쓰가루 구석에 틀어박혀 그런 데서 들어오는 제의는 일절 거절해 이 지방에서 평가가 아주 나쁜 모양입니다. 하지만 제게는 '지방문화'라는 것이 무엇을 말하는 것인지 전혀 이해되지 않아요. 매일 집에서 책을 읽거나 글을 쓰고 있습니다. 하고 싶은 말이 아주 많습니다. 아직 아무도 다루지 않은 문제나 새로운 사상의 발아에 대해서도, 저는 뭔가 약간 발견을 했다는 자만에 차 있는데, 기염을 토할 상대가 없어서 영 재미가 없습니다. 가끔씩 도쿄에서 편집자가 옵니다. 그럴 때 크게 기염을 토해내자 싶지만, 편집자는 "그나저나 원고는 언제쯤……" 하고 자기 용건을 꺼내기에 흥이 식어버리지요. 두세 달 전에 아쿠타가와 선생의 아들 히로시 군이 놀러 왔습니다. 호수로 데려가 술을 마시고 즐거운 시간을 보냈습니다. 바둑기사 우칭위안도 놀러 왔는데 그자는 술을 못해서 재미가 없었습니다.

가와모리 씨가 놀러 와준다면 얼마나 기쁠까요. 하지만 무리겠지요. 그래도 문화 강연이니 뭐니에 편승해서 기회를 만들어주세요. 저도 9월 말쯤 도쿄 주택 상황을 보러 상경할 생각입니다. 올해 안에는 도쿄로 이주할 생각이에요. 작업은 지금 겨우 세 달 걸려서 희곡 두 편을 써냈고, 지금부터 단편 하나를 쓴 다음, 《신초》일을 시작할 계획입니다. 처음에 신초 기념호에는 〈신판 타르튀프〉라는 작품을 쓸 생각이었는데, 이건 너무 길어질 것 같아서, 다른 걸 쓸 생각입니다. 〈겨울의 불꽃놀이〉는 아주 악평을 쏟아내는 사람도 있는 것 같아 가슴이 아픕니다. 말씀하신 대로 여자 주인공에게 매력을 느꼈다면 그걸로 저는 만족합니다. 그리고 그 작품의 사상은 루카복음 7장 47절에 나오는 '적게 용서받은 사람은 적게 사랑한다'입니다. 스스로에게 죄의식이 없는 놈은 인정도 없다, 스스로 죄가 깊다고 생각하는 사람은 애정도 깊다, 라는 것이 테마입니다. 그래서 아사에겐 그런 과거가 필요했습니다. 한 번 실수를 범한 적이 있는 여자는 상냥하다, 라는 것을 저는 확신합니다. 다들 공부를 하지 않으니 알 턱이 없죠.

이 마을에도 올여름엔 사람들로 북적이는 축제가 열렸습니다. 네부타 마쓰리라고 작은 마을이지만 호화로운 등롱 속에 몇 만 엔어치나 되는 촛불을 넣고 거리를 도는 축제였습니다. 그걸 보고 저는 마음이 든든해졌습니다. 아이들에게 그런 낭비를 보여주고 싶다고 생각했습니다. 드릴 말씀은 많지만 편지는 비밀로 해주시기 바랍니다. 다른 사람에게 오해를 받았다간 어이없는 꼴을 당하니까요.

보내주신 편지는 언제나 반복해서 읽고 있습니다. 카뮈라는 작가의 기분, 잘 알 것도 같더군요. 폭염 속에 부디 몸 건강하시기를.

오사무 드림

편지 잘 읽었습니다. 이번엔 그리 괴로워 보이지 않아서 조금 마음이 놓입니다.

당신 오빠에게 그렇게 심한 말을 하는 사람도 있군요. 질렸습니다. 속 좁은 질투에서 그러겠지만 정말로 멍청하군요.

저는 오빠 젠시로의 가정에 행복이 깃들기를 남몰래 빌고 있습니다. 가을 무렵에는 젠시로의 안내로 도와다 호수라도 가보고 싶습니다.

제《판도라의 상자》는 그리 대단한 작품이 아닙니다. 출판되긴 했지만 보내드릴 수 없습니다.

올해 안에 도쿄로 돌아갈 생각을 하고 있습니다만, 집안 사정이니 뭐니 고민이 많습니다.

일가족 동반 자살을 생각한 적도 있습니다. 물론 공상이지만.

매일 책을 읽거나 글을 쓰고 있습니다. 하지만 너무 지루해서 미칠 지경이에요.

쓰가루 지방에는 비열한 소문을 만들어내고 다니는 치들이 많아 견딜 수가 없습니다. 사람의 약점을 끝까지 파고듭니다.

차라리 저도 악당이 돼버릴까 하는 생각마저 듭니다. 다들 너무 강해요. 그럼 또 편지 주십시오.

난처하네. 온갖 아저씨들이 날 찾아와. 여자라면 또 모르겠는데. 아저씨들이 좋아하는 놈들은 반드시 여자한테 인기가 없지. 아니, 여자한테 인기가 없어서 아저씨들이 좋아하나? 내게도 짚이는 데는 있는데.

미안, 농담이야. 아무튼 조금씩이라도 원고가 써질 것 같다면, 그래도 절망할 단계는 아닐세. 이번에 후지사와 씨 쪽으로 아무 용건이나 가지고 찾아가봐. 그리고 《토자이》의 편집 방침에 대해 지혜를 얻어오게. 후지사와 씨는 총명한 아저씨인 것 같으니, 괜찮은 지혜가 있을 거라고 생각하네. 큰 울림을 느끼고 받아들일 건 받아들인다면 좋지 않겠나.

교토행은 포기하고 당장 도쿄로 갔다가 미시마 부근에 영원히 살까 고민 중일세.

매일 밤, 번민하고, 독서하고, 한 장씩 소설을 쓰고, 쓰가루 지방의 그 누구와도 사귀지 않고(아무도 나와 놀아주지를 않아), 밤에는 악몽에 시달리고, 오늘은 대청소를 한답시고 아침부터 거미집을 헐고 있어.

너무 피곤해. 이쪽은 아침저녁으로 완연히 선선한 바람이 불어서 오늘 같은 날은, 낮에도 셔츠 한 장으로는 추울 것 같아 상의를 입었네. 나도 이제 슬슬 양장을 할까 해. 여기저기 전쟁 재해자 배급이라는 것이 있어서, 이상한 옷 같은 걸 걸치고 활개 치고 다니고 있지.

《토자이》 신년호에는 원고지 20장짜리 단편을 보내겠네. 요즘 책임이 막중하다는 걸 느끼고 있어. 엉터리 책은 만들지 않을 생각이야. 한 해 한 해 괴로워질 뿐.

정말 어리석은 일이야.

다자이

아오모리 가나기, 1946년 9월 모일
오오타 시즈코에게

편지 잘 읽었습니다. 어스름한 별채 다다미방에 홀로 앉아 담배를 피우며 비 내리는 뜰을 멍하니 바라보다 펜을 들었습니다.

비 내리는 뜰.

당신도 비가 내리는 풍경을 바라보며 편지를 쓰신 것 같은데, 어느 비 오는 날, 하루 종일 당신과 이야기를 나누고 싶습니다.

그나저나 편지에 보내는 사람 이름을 바꾸는 게 좋겠습니다.

오다 시즈오 군이 어떻습니까. 미소년 같은 분위기가 나지요.

저는 나카무라 테이코가 될 생각입니다. 중학교 친구 중에 나카무라 테이지로라는 아주 순수하고 성격이 좋은 녀석이 있는데, 그 친구의 훌륭한 성품을 닮고 싶네요.

앞으로는 쭉 그렇게 합시다. 바보 같은 짓이라며 싫어하겠지만 방심은 금물이니까.

지금까지와는 조금 다를 겁니다.

그럼 다시 편지 주십시오. 건강하시기를.

아오모리 가나기, 1946년 10월 24일
이마 하루베에게

　편지를 읽고 흥분해서 담배를 피우다 손끝이 떨려왔습니다. 신용할 수 있는 각본가에게 기탄없는 비평을 듣고 싶어 안절부절못하고 있었습니다. 아무래도 합격을 한 것 같아 참으로 마음이 놓이는군요. 그 정도의 희곡이지만 다시 쓰고 다시 쓰기를 반복하며 고생을 했습니다. 요즘 극본은 관두고 단편소설 두세 편을 썼습니다. 12월 무렵부터 《전망》에 〈비용의 아내〉라는 역작을 연재할 계획입니다. 시골에 있으니 사위가 음울해서 어두운 작품만 쓰게 되요. 《판도라의 상자》는 오늘 당신에게 책을 두 권 보내라고 해두었습니다. 한 권은 오리구치 시노부 선생에게 전해주십시오. 《판도라의 상자》는 또 너무 밝고 희망에 넘쳐서 작자인 저도 부끄러워지는 풋내기 소설입니다. 오리구치 선생도 이 작품은 조금 더 어두워도 좋을 것 같다고 말씀하실지 모르겠습니다.

아오모리 가나기, 1946년 10월 모일
오오타 시즈코에게

　시즈오 군도 슬슬 괴로워지기 시작한 모양이네요. 그래서는
안 됩니다. 그냥 끝낼까요, 정말로.
　오히려 마음이 차분해지는 사랑.
　휴식 같은 마음.
　잘난 체하지 않고, 수줍어하지 않고, 두려워하지 않는 사이.
　그런 게 아니라면 의미 없다고 생각해요.
　이토록 끔찍한 현실 속에서, 작은 휴식과도 같은 초원.
　서로를 위해, 그런 관계가 된다면 얼마나 좋을까요.
　저는 지금도 만족합니다.
　저는 우리 집 식구들을 아주 좋아하지만, 그래도 그것과는 또
다른 감정입니다.
　역시 이 이야기는 만나서 해야 할 것 같아요.
　잘 생각해주십시오.
　저는 당신이 하라는 대로 하겠습니다. (아기에 관한 것도)
　당신의 마음이 그 길을 비추는 거울입니다.
　　　　　무지개 혹은 안개 속 그림자로부터.
　(당신의 행복을 빌지 않는 사람이 어디 있을까요)

가장 자신 있어야 할 '글'을 쓰는 일이, 사실은 가장 하기 어려운 이 비극, 제가 바로 그러합니다.

저는 어느 틈엔가 제 '마음'을 상실했는지도 모릅니다. 그래서 거울이라고 한 것인가 봅니다. 거울이 불쾌하셨다면 열을 금세 전달하는 양도체는 어떤가요. 하지만 기분 나쁜 녀석의 열은 조금도 느끼지 못합니다. 느끼기는커녕 차가워지기만 하지요.

상대방이 식으면, 저도 금세 식어버립니다.

이번에 받은 편지를 보니, 약간 화가 나셨더군요. 죄송합니다. 답장을 어떻게 써야 할지 몰랐습니다. 당신도 지난번에 보내준 편지가 무척 쓰기 힘들었겠지요. 그와 꼭 같은 기분입니다. 그래서 저도 도무지 쓰기가 어려웠어요.

하지만 늘 생각하고 있습니다.

제 일을 도와주셔서(비서 역할일까요?), 매달 사례금을 보내드릴 수 있을 것 같습니다. 매일 당신이 있는 곳으로 열심히 가겠습니다. 분명 좋은 작업이 될 거라고 생각합니다. 당신의 자존심을 해칠 일은 없을 겁니다.

그리고 거기에는 부록이 있습니다. 어릴 때 읽은 잡지에서, 신년호 같은 데서 오는 부록이 잡지보다 더 반가웠습니다.

　11월 중순에 도쿄로 이사를 갑니다. 정착하면 연락드리겠어요. 더는 이쪽(아오모리 가나기)으로 편지 보내지 마시기를.

드디어 도쿄로 이사를 왔습니다. 도쿄는 좋지도 않고, 나쁘지도 않고, 늘 그렇듯 변함없는 '도쿄 생활'입니다. 이부세 씨가 안 오셔서 맥이 빠진 상태입니다.

어젯밤 신초샤 사토 테츠오 씨와 가와모리 씨와 함께 가구라자카의 장어구이 집에서 술을 마시면서, 저는 이부세 씨만을 칭찬했습니다. 다른 작가들은 전부 다 별 볼 일 없는 수준이라고 깎아내리고는 혼자서 흥이 깨졌습니다.

몸 건강히 잘 지내시기를.

도쿄 미타카, 1946년 11월 24일
쓰쓰미 시게히사에게


14일에 이사 왔어. 그 뒤론 손님, 술, 손님, 술. 내일부턴 잠적하고 작업실로 가서 일을 할 걸세.

인세는 2쇄니까 10퍼센트가 맞을 거야. 그리고 인세 중에 3천엔은 신권으로 받는 게 도쿄 출판사의 상식이니까, 그렇게 진행해줘.

이사를 많이 다니면 빈털터리가 된다더니, 정말로 돈이 많이 드는군. 집 안 세간도 전부 새로 사야 해서 조금 난처한 상황이니 입금은 빠를수록 좋겠어. 나머지 인세는 물론 출판 후에 줘도 좋아. 《겨울의 불꽃놀이》는 12월 도게키 극장에서 무대에 오를 모양이야.

도쿄 미타카, 1946년 12월 21일
이부세 마스지에게


오신다는 소식을 듣고 정말이지 목을 쭉 빼고 매일매일 기다
렸습니다.

어제는 교토에 큰 지진이 났다는 소식에 식은땀이 흘렀습니
다. 분명 아무 일 없으시겠지만, 혹시 몰라서 안부 엽서를 띄웁니
다. 저는 요즘 글 쓰는 게 귀찮아서 매일 술만 마시고 있습니다.

도쿄 미타카, 1946년 12월 24일
마에다출판사
마시오 마사히로에게




지난번에는 실례가 많았습니다. 《쓰가루》는 부디 잘 부탁드립니다. 오늘은 한 가지 부탁이 있습니다. 평소 저의 방랑 생활이 화근이 되어 연말만 되면 주머니 사정이 대단히 곤궁해집니다. 《쓰가루》의 계약금 명목으로(명목은 어찌 되어도 상관없지만) 우선 인세에서 2천 엔 정도를 먼저 받을 수 있으면, 이 긴급한 상황을 벗어날 수 있으리라 여겨집니다. 어쩐 일인지 미타카로 돌아오고 나서 집을 수리하고 어쩌고 하는 데 의외로 돈이 많이 들어요. 무리한 부탁인 줄 알지만 어떻게 도움을 주시지 않겠습니까. 부끄럽기 짝이 없습니다만 이렇게 애원합니다. 물론 이 돈은 올해 단 한 번의 부탁이 될 것이며, 이후로는 책이 나올 때까지 절대로 이런 뻔뻔한 말씀을 드리지 않을 것이니, 부디 이번 한 번만 귀 기울여주시기 바랍니다.

아울러 이 학생은 제가 잘 아는 가와쿠보 군입니다. 조금도 걱정할 필요가 없는 친구이니 저를 믿고 돈을 전해주시기 바랍니다. 제가 직접 찾아가 부탁을 드려야 하지만, 큰돈을 들고 집에 오다가 술집이라도 슬쩍 들른다면 모처럼의 자금이 모조리 사라질 위험이 있어, 제가 잘 아는 학생에게 다녀오라고 부탁했습니다.

　그럼, 부디 제 사정을 살펴주시어 넓은 아량 베풀어주시기를 빕니다.

다자이 오사무

도쿄 미타카, 1946년 12월 모일
오오타 시즈코에게

늘 마음 쓰고 있으면서도(정말로) 편지가 늦어져 죄송합니다. 하루빨리 만나고 싶다고 생각하면서도, 산더미처럼 쌓인 잡무에 밀려 연락이 늦었습니다. 죄송합니다.

별고 없으신지요. 이쪽도 여전하니 아무 걱정 마세요.

매일 너무 지칩니다. 손님도 꽤 많이 찾아와서 오다와라 방문도 자꾸만 연기되네요.

어제부터 〈비용의 아내〉라는 백 매 분량의 소설을 쓰기 시작했습니다.

1월 15일까지는 써야 해서(《전망》이라는 잡지) 지금 집 근처에 작업실을 빌려 글을 쓰고 있어요. 혹시라도 도쿄에 오실 일이 있으면 들르시지 않겠습니까.

미타카 우체국에서 작은 강 하나 건너면 보이는 일층 집입니다. 서양풍 현관이 보일 거예요.

때에 따라 작업실에 나가지 않는 날도 있지만, 오시기 전날이라도 전보로, 예를 들어, '내일 부탁합니다' 같은 내용을 보내시면 반드시 가 있겠습니다. 1월 5일까지는 학생들이며 손님들이 있을 것 같으니 6일 이후가 좋겠지요. 6일부터 15일까지는 그 작업실에 출근할 예정입니다. 대략 오전 10시경부터 오후 3시경까지, 거기서 혼자 작업할 계획입니다.

다자이 38세　　　　　　　　도쿄 미타카, 1947년 1월 15일
　　　　　　　　　　　　　　이마 하루베에게


　지금, 오늘 아침 원고 작업을 일단락 짓고, (오후 3시) 그 장어
구이 집에서 한잔한 뒤 이 엽서를 쓰고 있습니다. 온천장에서 찍
어주신 제 나체사진(이런 장난을 치는 것도 아무튼 나쁘지 않은
일이겠지요)도 오늘 아침 도착했어요. 오다가 검열에 걸렸던 모
양입니다. 사진을 보고는 저도 모르게 시선을 돌렸습니다. 장어
구이 집은 흥분의 도가니였지요. 라디오 관련한 내용은 전부 이
마 씨에게 맡기겠습니다. 저는 (정말로) 요전에 집에 갔다가 너
무 웃겨서 (이마 씨의 풀죽은 모습이) 누워서도 혼자 쿡쿡대며
웃었습니다.
　언제든 오후 3시에, 장어구이 집에 들러주세요. 반드시 거기
있습니다.

도쿄 미타카, 1947년 1월 모일
오오타 시즈코에게


저도 같은 생각입니다.

2월 20일경 그쪽에 들르겠습니다. 거기서 이삼일 있다가 이즈의 나가오카 온천에 가서 이삼 주 체류하며 당신의 일기에서 힌트를 얻은 장편*을 쓰기 시작할 계획입니다.

가장 슬픈 소설을 쓸 생각이에요.


* 《사양》.

도쿄 미타카, 1947년 2월 18일
가사이 큐지*에게

　조금 전 전보를 받고 지금 다시 엽서를 읽었습니다. 아버님이 돌아가신 줄도 모르고 인사가 늦었네요. 고인의 명복을 빕니다. 어머님께서도 얼마나 상심이 크실까요. 대신 인사를 전해주세요. 저는 도쿄로 오고 나서 뭐가 어떻게 된 일인지, 살았는지 죽었는지도 모를 나날을 보내고 있습니다. 내일부터 3월 중순까지 이즈의 한 여관에 갇혀서 글을 써야만 합니다. 그 후에는 집에 있을 예정입니다. 그때쯤 도쿄에 들러주세요. 부인께도 안부를.

* 　소설 〈어머니〉에 등장하는 오가와의 모델.

시즈오카 야스다야 료칸
1947년 2월 26일
오오타 시즈코에게


　지난번엔 신세 많이 졌습니다. 다케시 씨에게도 부디 안부 전해주세요. 묵을 곳이 정해졌습니다. 하코네 철도 이즈나가오카 역에서 하차해 버스로 30분 정도 거리입니다. 언제까지 여기 있을지 아직 모르겠습니다. 하지만 어쨌든 여기서 원고 작업을 시작할 계획입니다. 그럼 다시 소식 전하겠습니다. 몸 건강하시길.

도쿄 미타카, 1947년 3월 11일
오오타 시즈코에게


　6일에 원고 작업이 겨우 일단락되어 그날 출판사 젊은 친구가
와서, 7일 같이 출발하다가 도중에 가나가와 시모소가에 있는 당
신 댁에 들렀습니다. 하지만 부재중이라 그날 밤은 여관에서 묵
고 8일에는 다시 요코하마에 내려 놀다가, 8일 밤 완전히 지쳐 귀
가한 뒤 이틀 내내 잠만 잤습니다. 오늘 겨우 정신을 차렸습니다.
　기회가 되면 다시 느긋하게 만나 뵙기를 청합니다.
　내달 초에 작업 때문에 또 여행을 떠날 것 같습니다. 그때라면
어떨까요.
　도쿄에 오실 때는 일시와 장소를 전보로 알려주시면 그리로
가겠습니다. 보내는 이는 치쿠마 출판사로.

도쿄 미타카, 1947년 3월 23일
오오타 시즈코에게


　어제는 고마웠습니다. 어제 집에 오니 아내는 묘하게 감이 왔는지 모든 사실을 다 알고, (편지에 대한 것이나 시즈코 씨의 본명, 별명 모두) 울며 추궁하기에 난처했어요. 어젠 잠을 못 잤는지 오늘 아침밥을 먹고 난 후 또 방에 누워 있습니다. 출산을 앞두고 있어서 더 화가 났을 겁니다. 한동안 잠시 조용히 지냅시다. 편지나 전보도 당분간 보내지 않는 게 좋겠습니다. 이렇게 흥분을 할 줄은. 그럼 그쪽도 몸 건강히…….

도쿄 미타카, 1947년 4월 2일
다나카 히데미쓰에게

편지 잘 읽었어. 아무래도 자네에겐 도쿄가 안 맞나 보군. 하긴 나도 요즘 죽고 싶을 만큼 괴로워서, (어쩌다 심각한 관계에 빠진 여자도 생겨서 어쩔 줄을 모르겠고) 누굴 도와줄 입장은 아니지만, 아무튼 신초에 부탁해보겠네. 하지만 내 생각에는 원고를 들고 가서 바로 원고료를 달라고 하면 흔쾌히 응할 잡지사가 많진 않을 걸세. 그런 구조야. 자네에게 요즘 사회 세태를 설명하는 건 석가모니에게 불법을 들려주는 것만큼이나 부끄러운 짓이겠지만, 아무튼 그런 실정이야.

신초샤보다는 실업의일본사라는 출판사의 쿠라사키 씨가 더 접근하기 좋을 것 같은데, 어떤가. 《전망》에서는 아직 아무런 소식이 없지만 조만간 다른 용무로 치쿠마 출판사에 갈 예정이니 그때 물어보겠네. 《전망》은 매월 한 편씩 소설을 싣는 방침이라 4월호는 누구, 5월호는 누구, 이런 식으로 한참 먼저 준비가 돼 있는 게 아닐까 해. 그 사이를 비집고 들어가는 거니 작품이 좋고 나쁘고를 떠나 그런 편집 상황 때문에라도 곧바로 발표를 결정하는 게 가능할지 어떨지 모르겠지만, 우선 나도 한 번 부탁해볼게.

사방팔방이 다 막혔을 때는, (사실 나도 그런 경험이 무척 많고, 지금도 늘 그런 위기에 노출된 채 살고 있지만) 조급하게 광분하기보다는, 아내에게 미안하다고 하고 그냥 드러누워 잠이나 자는 게 제일이야. 《인간》 원고료로 한동안 휴전하는 게 어떤가. 10월쯤 도쿄에 온다는 것 같은데, 힘만 들고 얻는 건 크게 없지 않나 싶어. 나도 문단에서는 고립된 존재고, 무리 지어 연대하는 친구들도 없는 데다, 인간으로서 신용도 크게 없는 편이라, 누구 취직 자리를 알아보는 일은 내 힘으론 엄두도 낼 수 없다는 기분이 들어. 하지만 가능한 한 염두에 두고 있겠네. (취직은 가와바타 야스나리 씨와 상담해보는 게 낫지 않을까?) 돌려받은 소설 원고는 센다이의 가호쿠신보사 《도호쿠 문학》 편집부, 미야자키 타이지로 씨 앞으로 보내는 게 어떨까 싶은데, (억지로 권하는 건 결코 아니지만) 고야마 키요시의 백 매짜리 원고도 채용 확정됐다는 것 같아. 원고료도 최저 30엔이라고 들었네. 의외로 순조롭게 결정될지도 몰라. 내가 추천했다고 하면서 그쪽으로 직접 원고를 보내는 게 좋을 거야.

　　나도 금전적으로 궁지에 몰려서 어제오늘 SOS 전보를 부치고 있어. 어제부터 긴급 전보료가 비싸져서 40엔이 넘었다기에 깜짝 놀랐네.

　　아이는 3월 30일에 태어났어. 여자아이라네. 이름은 아직 정하지 않았어. 큰딸하고 아들이 동시에 홍역에 걸렸는데 아들 상태가 좋지 않아서 걱정이야. 다들 몸져누워서 유모 할멈 한 명을 고용했다네. 오늘은 바람이 강해서 나는 얌전히 책이나 읽고 있어. 하지만 내 앞길에 해결해야 할 문제가 산재해 있어서 그걸 생각하면 가슴이 벌렁벌렁 뛰고, 서른아홉 살도 울고 싶어져.

위태로운 시국을 어서 돌파하길 빌게.

조급해선 안 돼. 우선 조용히 드러누워 있는 게 최고.

도쿄 미타카, 1947년 4월 30일
이마 하루베에게


〈아버지〉는 그렇게 칭찬할 만한 작품이 아닙니다. 〈아버지〉를 읽으셨다면 〈비용의 아내〉도 꼭 읽으셔야만 합니다. 〈비용의 아내〉는 《전망》 3월호에 실렸습니다. 〈아버지〉와 일맥상통하는 면도 있지만, 제대로 소설을 써보자고 각오하고 쓴 것입니다. 전쟁 후에 발표한 소설 가운데 가장 긴 것입니다. 《전망》은 이미 나와 있으니 어떻게든 입수해 읽어주세요. 사진 고맙습니다. 요전에 보내준 사진을 보고 너무 큰 제 얼굴에 질려버려서 그 이후 얼굴에 자신감을 잃고, 그렇게 주눅 든 얼굴이 되었습니다. 그날 밤, 너무 취해서 괴로운 나머지 서둘러 헤어진 겁니다. 다른 뜻은 없습니다. 라디오, 역시 〈봄의 낙엽〉이 좋지 않을까요? 움직임을 더 많이 넣어서. 아무튼 만나서 얘기합시다. 미타카에 오세요. 기다리겠습니다.

도쿄 미타카, 1947년 5월 1일
후타에이쇼보
이와쓰키 히데오에게

　방금 전보를 띄웠지만 혹시 몰라 엽서를 보냅니다. 실은 형의
주소를 잊어버려서 무척 곤란했는데, 출판 모임에 물어봐서 겨
우 알아냈답니다. 《판도라의 상자》는 이번에 다이에이에서 영
화화하기로 결정됐습니다. 그래서 출판 부수를 조금 더 늘리는
게 좋을 것 같습니다. 또 제가 지금 급하게 만 엔에서 5천 엔 정
도 돈이 필요한데, 수고롭겠지만 부탁 좀 드리겠습니다.

도쿄 미타카, 1947년 5월 13일
다나카 히데미쓰에게


방금 《도호쿠 문학》편집부의 미야자키 씨에게서 연락이 왔습니다. 귀하의 작품 〈마을의 애욕〉은 7월호에 싣기로 했고, 〈도쿄괴담〉도 재미있으니 별책 창작 특집(지금 가호쿠신보사에서 기획 중)에 싣고 싶으니 원고를 받아두겠다고 합니다. 〈마을의 애욕〉에는 다자이를 닮은 인물도 등장한다는 미야자키 씨의 밀고가 있어서 간담이 서늘합니다. 《전망》은 가망이 없는 듯합니다. 도쿄의 문예지들은 향후 2개월 동안 힘들어 보입니다. 내 장편소설 《사양》도 당분간 발표 연기. 그래도 매일 조금씩 쓰고 있어요. 미야자키 씨에게 원고료는 곧장 보내라고 부탁해두겠습니다.

도쿄 미타카, 1947년 5월 21일
쓰쓰미 시게히사에게

편지 잘 받았다.

건강한 듯하여 다행이야.

얼마 전에 네 동생이* 놀러와서 함께 술을 마셨어.

최근 미타카에는 카바레니 영화관이니 마켓이니 하는 것들이 생겨나 아주 하이칼라 하고 번화해져서, 일만 끝나면 술과 여자로 바쁜 나날을 보내고 있다.

쓰쓰미 군도 끈질기게 잘 견디길 빌겠네.

견디는 게 가장 중요해.

쓰쓰미 군은 끈질긴 성격인 것 같아 든든한 마음이야.

'다자이 씨의 얼굴을 보아하니 올 6월에 죽을 상이다. 나는 관상을 봐서 틀린 적이 단 한 번도 없다. 만약 틀린다면 내 목을 내놓겠다' 라고 어느 젊은 여성이 단언하더군.

---

* 쓰쓰미 야스히사. 형의 소개로 그가 15세에 쓴 일곱 권의 일기가 다자이 오사무의 〈정의와 미소〉 소재가 되었다. 훗날 조연배우로 활동했으며 은퇴 후 서점을 운영했다.

다자이 6월 사망설,

과연 맞을지 틀릴지 요즘 화제의 중심.

하지만 아무래도 죽을 것 같지는 않아.

《전망》 3월호에 실린 〈비용의 아내〉, 한 번 읽어보길.

셋째 아이가 태어났어.

여자아이, 이름은 사토코라고 지었다.

도쿄 미타카, 1947년 6월 3일
다나카 히데미쓰에게

아무래도 나는 다나카 출판사의 모금 위원이 된 것 같군. 요전에 미야자키 씨에게 고료를 빨리 보내달라고 얘기했는데, 그럼한 번 더 이야기해두겠네.

술꾼들이 살기 어려운 시대가 되었어. 요전에 우연히 가와카미 테츠 씨를 만나 가볍게 한잔하고 시원스레 헤어졌어. 테츠 씨도 늙었더라고. 또 얼마 전엔 《인민신문》(알고 있지?) 기자가 사진기자를 데리고 찾아와 인터뷰했지. 내가 코뮤니스트들의 공감을 불러일으키는 작가라더군. "인간은 사랑과 혁명을 위해 태어난 것입니다" 하고 나는 제법 그럴싸한 얼굴로 말해줬지.

도쿄 미타카, 1947년 6월 15일
오오타 시즈코에게

    편지 고맙습니다. 남동생분과 함께 놀러 오신다니, 저는 오후 3시 이후라면 항상 시간이 납니다. 미타카 역에 내려서 남쪽으로 상점가를 50미터 정도 걸어오면 다리가 있습니다. 그 다리 옆에 자줏빛 포렴이 펄럭이는 장어구이 집이 보일 거예요. 그 가게 주인장, 아니면 안주인에게 물어보면, 제가 있는 곳을 알 수 있습니다. 주인장이 자전거로 절 데리러 와줍니다. 저는 매일 오후 3시까지 원고 작업을 하고, 3시 이후에는 늘 장어구이 집에서 술을 마시며 피곤에 절어 녹초가 되어 있습니다.

도쿄 미타카, 1947년 7월 9일
다나카 히데미쓰에게


아이가 아프다니 걱정이네. 우리 집 아들놈도 몸이 안 좋아 큰일이야. 아무래도 난 부모 자격이 없는 것 같아. 《도호쿠 문학》 건은 담당자가 간사이 출장 중인데 이달 안에 우리 집에 들른다니 그때 부탁해보지. 《풍자 문학》에서도 원고 의뢰가 들어왔을 텐데, 곧바로 작업에 들어가는 게 좋을 거야. 원고료도 꽤 잘 쳐줄 테니. 《전망》은 얼마 전에 편집자에게 물어보니 아직 결정된 게 없다더군. 그럼 건강하시기를.

도쿄 미타카, 1947년 10월 30일
미야가와 쓰요시*에게


　편지 잘 읽었습니다.

　좋은 인간은 학식 있는 사람보다, 재능 있는 사람보다, 고귀한 존재입니다. 늘 언행을 조심하세요. 저는 제 소설의 완성을 위해서라도, 당신에게 의지하는 부분이 있습니다. 오쿠나도 당신의 뜻을 알고 어쩐지 감격한 표정이었습니다. 새해에는 다 같이 술을 마십시다. 그때까지 잘 견디길.


---

*　도쿄제대 불문과 학생으로 다자이의 먼 후배이며 문예지 《풍자 문학》의 편집자.

도쿄 미타카, 1947년 11월 7일
쓰쓰미 시게히사에게

잘 지낸다니 마음이 든든하다. 요즘은 내가 죽었는지 살았는지도 알 수 없을 만큼 정신없이 작업에 열중하고 있어. 조만간 만나서 자세한 일정을 논의하자. 만나고 싶어서 견딜 수가 없구나. 며칠이고 여기서 숙박해도 좋으니 도쿄에 오지 않겠나. 《정의와 미소》에 대한 건, 이미 만 엔 인세를 앞당겨 받아 써서 이제 와 어쩔 수가 없어. 부디 잘 배려해주기를.

도쿄 미타카, 1947년 11월 22일
야쿠모쇼텐 편집부
가메지마 사다오에게


　요전에는 실례했습니다. 나중에 보니 목차에 《신햄릿》이 빠져 있었습니다. 거기다가 두세 곳 고칠 곳이 있으니 25일(화) 오전 중에 출판사로 찾아가겠습니다. 부디 사무실에 계시기를. 그리고 전집 인세 가운데 2만 엔을 먼저 지급해주시면 큰 도움이 될 텐데 배려해주실 수 있을까요. 믿었던 곳에서 돈이 나오지 않아 곤란한 처지입니다. 이번 한 번만 도와주십시오.

도쿄 미타카, 1947년 12월 2일
쓰쓰미 시게히사에게



편지 고마워. 사실은 말이야, 이리저리 상황이 위험해. 한 번 만나고 싶다. 여러 사람 욕도 하고 싶어. 안심하고 그런 걸 말할 수 있는 상대는 너 말고 없다. 모두 천박해. 비렁뱅이 같은 표정을 짓고 있어. 무리를 해서라도 교토에서 와줄 수 없겠나. 밤에 너의 꿈을 꾸기도 해.

도쿄 미타카, 1947년 12월 9일
고야마 키요시에게


편지와 엽서 잘 받았습니다. 그쪽도 문제가 많은 듯하네요. 회
복을 빕니다. 저도 죄다 문제입니다. 나는 병에 걸린 데다 여자
문제까지 얽혀서 문자 그대로 반사반생 상태. 가도카와쇼텐에
당장 원고료를 보내라고 했는데, 당신도 이시이 군에게 상황을
말하고 재촉해보세요. 정말이지 하루하루가 지옥 같습니다.

도쿄 미타카, 1947년 12월 11일
다나카 히데미쓰에게


　실례, 실례. 자네가 올 때마다 내가 집에 없었군. 미안하네. (하지만 그건 이쪽 죄가 아니라 갑자기 찾아온 손님 책임일세) 18일이나, 19일, 만나자고, 알았네. 다만 그즈음엔 돈 들어갈 때가 많아서 코가 삐뚤어지게 마실 수 있을지 없을지 의문이군. 뭐, 어떻게든 되겠지. 그럼.

도쿄 미타카, 1947년 12월 11일
가나기 우체국장
쓰시마 겐스케에게

　건강히 잘 지내시리라 믿습니다. 저는 변함없습니다. 아이가 셋이 됐다는 것만 달라진 정도입니다. 이번에 다자이 오사무 전집(열대여섯 권 예정)이 나오는데, 그 전집 권권마다 사진이 들어갑니다. 도쿄의 제 사진만 있는 건 재미가 없어서 가나기 생가의 사진이나 유년시절 사진 같은 걸 넣고 싶다는 출판사의 의견이 있어요. 출판사에서 촬영을 하러 가나기에 가도 된다고 하는데, 그것도 일일 테니 우선 당신에게 다음과 같은 사진을 부탁하고 싶습니다. 사진을 복사하고 다시 곧바로 돌려드릴 것이니, 그 점은 걱정 마시기 바랍니다.

　하나, 아버지의 사진. 분명 260년 기념인가 뭔가 때 발간한 《가나기 향토사》라는 책에 사진이 실려 있을 겁니다.

　하나, 어머니의 사진.

　하나, 그리고 형의 사진. (형들 사진은 히로사키 사진관에서 찍은 게 있을 겁니다)

　하나, 가나기 생가 사진.

　하나, 정원 사진. (괜찮은 게 없으면 당신이 사진관에 부탁해서 촬영해 보내주십시오. 그때 든 비용은 반드시 알려주십시오. 곧 보

내드리겠습니다)

하나, 아시노 호수나 쓰가루 평야 사진.

하나, 그리고 오래전 쓰시마 친족 전부, 큰형을 중심으로 정원에서 찍은 큰 사진이 있는데, 가나기 집에 있으면 그것도 빌려서 보내주십시오. 사용하고 바로 보내드릴 테니까.

하나, 그리고 저의 어릴 적 사진.

하나, 그리고 중고등학교 때 사진이나 대학 때 사진이 있으면 일단 보내주시겠습니까. 그럼 잘 부탁드리겠습니다.

책은 한 권에 2백 엔 정도의 호화판일 텐데 겐스케 씨에게 감사의 마음을 담아 매권 출판될 때마다 전부 보내드릴 테니, 부디 팔을 걷어붙이고 도와주십시오. 토시 누나와 부인께도 안부 전해주시기를.

다자이 오사무

다자이 39세

도쿄 미타카, 1948년 1월 14일
미야기 류이치로에게

　맛있는 술과 담배를 가져왔는데 공교롭게도 제가 집에 없어
죄송했습니다. 저는 지금 죽을 만큼 괴로운 작업을 하고 있습니
다. 이달 말쯤 그 일이 끝나면 매일 집에서 조금 게으름을 피울
생각이니 부디 그때 놀러 오십시오. 감사 인사를 하고 싶습니다.
댁내 두루 편안하시기를 빕니다.

도쿄 미타카, 1948년 3월 4일
가나기 우체국장
쓰시마 겐스케에게


　지난번에는 사진을 많이 보내주셔서 감사했습니다. 이와키 산 사진도 잘 받았습니다. 출판사에 모두 보냈는데 아무래도 예술적인 사진이 적어서 출판사가 난처한 것 같습니다.

　에이지 형한테 들었는데 고향집이 매각된다더군요. 우리 집안이 소유하는 동안 기념사진이라도 찍어두면 좋지 않을까 하는데, 어떻게 생각하세요. 아마추어가 찍는 사진이 오히려 재미있을 것 같습니다. 주변에 누구 사진이 취미인 사람이 없겠습니까. 그 집은 뜰에 있는 연못에서 창고가 나오게 가로로 찍으면 괜찮은 사진이 나올 겁니다. 사진 비용은 출판사에서 지불할 테니 걱정 마시고요. 급한 건 아니니 궁리해보시고 연락주세요. 당분간은 여기 도쿄에서 찍은 사진으로도 충분하니까요. 1차 배본은 조만간 시작될 겁니다. 나오면 보내드리겠습니다. 여기서 찍은 사진들은 꽤 미남으로 나왔다고 평이 좋아요. 그럼, 급한 건 아니니 한번 고려해주십시오.

　누님과 사모님께도 안부 전해주시고요.

다자이 오사무

　우체국 시인 분들께도 안부를 전합니다.

도쿄 미타카, 1948년 3월 5일
미토 히로시에게

　제 얘길 듣고 집으로 돌아갔다니 정말 기쁩니다. 우선은 공부를 하세요. 옆에서 보기에 조마조마한 인물은 되지 마시기를 부탁드립니다. 소설을 쓴다는 건 어려운 일이니 부디 잘 살피시기를.

시즈오카 키운카쿠 별관
1948년 3월 15일
신초샤 노히라 켄이치에게


사모님께서 제가 집에 없는 동안 도와주러 오셨다니 고맙습니다. 감사 인사를 전해주세요.

아래는 일 관련 내용.

하나, 19일 오후 2시경, 출판사로 가겠습니다. 그때 3쇄 5천부(전에 2만 엔 받았습니다)의 남은 인세를 받겠습니다. 노하라 카즈오 편집자에게 그리 전해주십시오.

하나, 그때 《사양》 세 부를 받고 싶으니 그것도 노하라 군에게 부탁합니다.

하나, 그리고 또 하나, 《사양》 영화화 건으로 쇼치쿠, 토호, 다이에이 모두 일이 흐지부지되었으니 예전에 노하라 군에게 제가 맡긴 위임장, 제게 반환하거나, (노히라 군에게 돌려줘도 됨) 아무튼 백지상태로 되돌리고 싶으니(이미 노하라 군이 찢어 버렸다면 그걸로 됨) 그렇게 전해주세요.

하나, 제가 28일에서 29일에 여길 뜰 예정이니(19일부터 이틀간 잠시 도쿄에 일이 있어서 그게 끝나는 대로 다시 여기 아타미로 돌아와 작업할 예정) 30일 아침에 저희 집으로 오셔서 〈여시아문〉을 받아 적어주시기 바랍니다.* 다시 둘이서 같이 작업

423

합시다.

　편집장 사이토 선생에게도 안부 전해주세요. 이상.


　저는 여기 와서 술도 끊고, 대단히 품위 있는 사람이 되었습니다. 그럼, 이후의 일을 잘 부탁합니다.

다자이 오사무


　(이 편지는 위임장 내용도 있고 하니 보존을 요함)


---

\*　만년의 다자이는 몸이 많이 쇠약해 편집자를 작업실로 불러서 구술필기를 시키는 경우가 종종 있었다.

오오미야 다이몬초, 1948년 5월 4일
쓰시마 미치코*에게


나는 무사하오. 밥도 잘 먹고, 작업도 순조로워.

대략 10일에는 돌아갈 예정이오. 내가 없는 동안 잘 부탁해.

이 주소는 누구에게도 알려주지 말고 "치쿠마에 물어보라"고
해줘.

* 다자이 오사무의 아내.

《인간 실격》 육필 원고.

오오미야 다이몬초, 1948년 5월 7일
쓰시마 미치코에게


다들 무사하다니 안심이야.
만사 잘 부탁해.


사과는 더 보낼 필요 없소.
이곳 환경이 상당히 좋아.
일이 진척을 보이고 있어.
몸 상태가 너무 좋아 매일매일 살이 찌는 기분.


15일에 도쿄로 돌아갈 계획이오.
15일까지는 《인간 실격》을 전부 완성할 예정.
15일 저녁부터 신초샤 노히라가 작업실에서 기다리다 밤새워
구술필기,
그러니 집에 들어가는 건 16일 저녁이 되겠지.
그다음은 드디어 《아사히신문》 연재다.


건강이 좋아지니 기분이 좋소.

용건이 있으면 치쿠마로 전화주길.*

---

# 다자이 오사무 자필 노트

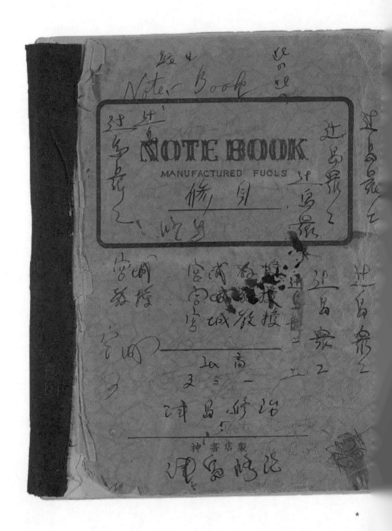

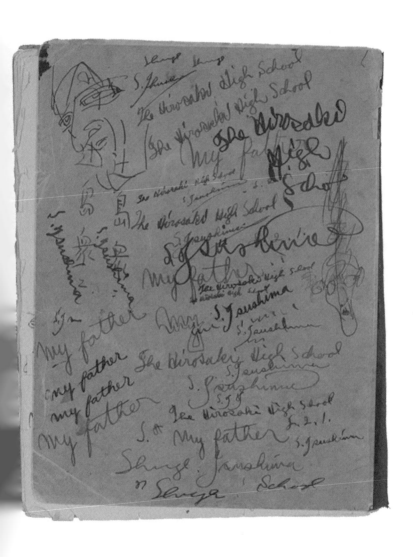

Shinji Shinji
S. Tsushima
The Hirosaki High School
The Hirosaki High School
The Hirosaki High School
The Hirosaki
My father High
School
The Hirosaki High School
S. Tsushima  S.
The Hirosaki High School
S. Tsushima
S. Tsushima
My father The Hirosaki High School
The Hirosaki High School
My father  S. Tsushima
My father  S. Tsushima
My father
My father The Hirosaki High School
my father  S. Tsushima
my father  S. Tsushima
My father  S. T. S.
S.  The Hirosaki High School  S. T. S.
S.  My father  S. Tsushima
Shinji  Tsushima
Shinji  School

431

吾人ノ国家観

及ビ吾国体

ハ、国民道德ヲ研究スルニ當ツテ根本的ニ
スベキモノハ国家感デアル吾日本ノ国民道
德ニ於テニアタフテ言ウ、了解スベキハ吾国体也
ル。古来学者ノ研究一致フテ種々ノ国体案
成立シテヰルガ今日一定ニ解釈セラ
ニハ、ソレヲ統治スル主權ヲ要ス
ハ体デアルトセラレ居ル。コノ一点ノ
ナリ、主權トハ国家ヲ統治スルカデアル。

カ国家且月ヲ加入ニ本国家ノカナリ。
ハ国家団体ノカデアツテ国家ノ外ニ
ヲイデハナイ、国家ハ自己ノカヲコル他
ヲ支配セラルルニチユルサス。ソレデ
ハ民主デアリ獨立デアリ最高ナル、
一般的最高的国家感吾人ミ
スヘトノ分ガ続レコレラケデハ
エノ意義ハ充分明ラカ
ナトモノガ、吾人ハ今コノ国家同
明ラカニセン層ニ近世ドイツ

的ニハ的ニアル現実ノ国家ノ持ツ的的
ソノ国家的行動ヲニヅラセルカモシレヌ
カラナスコトガ国民ノ意志デアリ、ソガ
本質的国家ノ意志デアルカラハ、カラ
コトガ本質的国家ソノモノノ為ナラ
カラテツ国家ガ現存的存在トシテ
意キアルヘノデヤフヶ国家ハ国家ノ
利益トシテノ国家ノ偏見ニ盲目的
服従セシムルヲリテ自由ニ独立
批的判ヲ国家制度ニ加へヘル
国民ノ持ツ方ガ国家ソノモノノ
発達ノ為ニ必要ナコトデアル。合
的批判ニ依フテ国家制度
ラウカヲスコトハ盲目的服ヲジラ
シイラ国家制度ヲ固定セシムル
ハンカニ国家ノ良固ニシ安全
ナスノ道デアリ。カラナスコトガ真
学リ的ナラデアル。要ハ、コノ主
重理研究ニ対シ自由ヲ絶対
要ナルモノデアルト考ヘラル。但

理ハ畢ノ為ニ於シテ真目的ル信仰ニ
レ実際理象ヲ起コルカセリ人ハ吾人学生
ニハ大ニ一ツフレムベキコトデ
ツ夫ヲ理非真理ノアルソレ思窒
ルニ依ルノ他全ク解決ナキヲ
ネバナラス。イヤレラモ強力ニ
ツテ真理非真理ヲ逆ビセントス
スハ他人ニ配信スル所ノ
力ニ徒フランメニマントスハ
ハ学生トレテナスベキコトデハ
恐フ。数学ヤ物理ノ問題ニ
解考ヲ車迫ヤ剣道ニ徒フ
シヤウト何ニモ考ヘザル所デ
。研究ガ一チデ物層科学ノ
死ニ迫シバタマタノ他回ノ生ベ
ニハ人性ノ止ムヲ得ザル所デアルガ、
ヲヘナケレバナラメ。吾人ハ
権理者ナレト或ハ労御者浮生
同ハズ労ニ徒ツテ真理ヲ決定
ニ恩リ極力排斥スルモノ、
ヲシテ採用スルモノガソノ

436

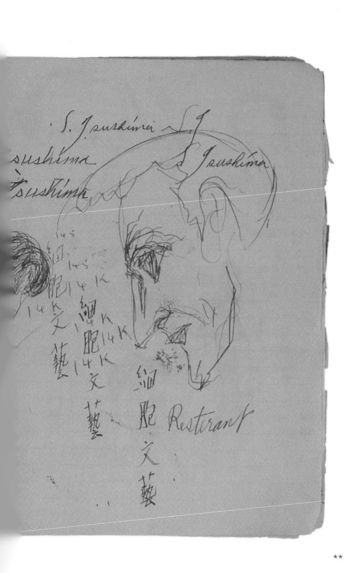

S. Tsushima
sushima
Tsushima

Tsushima

細胞文藝

細胞文藝

細胞文藝

Restirant

437

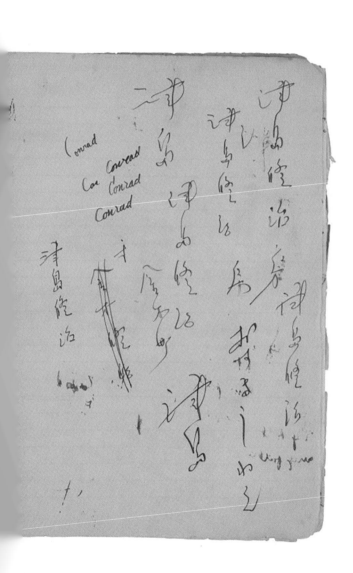

津島修治

津島修治

Conrad
Con Conrad
Conrad
Conrad

441

442

Pagan and Christian

my father
my father
Conrad
my father
my father
father
father

The The
The strosski
high seoul
The three

Conrad
feit Conrad feit
Conrad
feit
Conrad feit
feit Conrad
Conrad
feit
feit
Conrad
feit feit feit
feit

* (430쪽) 고교 시절 '수신修身'이라는 과목 노트로 미야시로 교수, 히로사키고교, 쓰시마 슈지라는 자필 글씨가 쓰여 있다. 특히 본명의 한자는 '津島修治'이지만 '辻島樂二'라는 동음의 한자 조합으로 만든 고교 시절 필명 낙서가 눈에 띈다.

** (437쪽) 《세포문예》는 고교 시절 창간한 문예지로 당시 프롤레타리아 문예 흐름을 좇아 공산주의 조직의 말단을 이르는 '세포'라는 단어를 썼다. 그러나 학내 본격적인 운동권 학생들로부터 제목에 어울리지 않는 내용을 담고 있다는 조롱 섞인 지적을 들었다.

옮긴이의 말

다자이 오사무 에세이에 '서한집'이라는 제목의 짤막한 글이
있다.

　'저런? 당신은 창작집보다 서한집에 신경을 더 쓰시는군.
──── 작가는 쓸쓸히 고개를 숙이며 대답했다. 그러게요, 그동
안 한심하기 짝이 없는 편지를 오만 데 뿌리며 살았거든요. (깊
은 한숨을 내쉬며,) 그러니 대작가가 되기는 글렀습니다.
　지어낸 이야기가 아니다. 나는 이런 행태를 이해할 수가 없다.
일본에서는 훌륭한 작가가 죽고 추모 전집을 내면 반드시 서한
집 한두 권이 들어간다. 작품보다 편지 분량이 더 많은 전집도
본 것 같은데 거기에도 분명 사정은 있으리라.
　서한, 수첩 파편, 작가가 열 살 때 쓴 글, 어린 시절 그린 그림.
그런 게 내게는 죄다 시시하다. 생전에 죽은 작가와 친분이 있어
서 작가를 마음 깊이 애도하는 의미에서 취미 화집 한 권을 가까
운 친구나 친척과 나누어 갖는 거라면 또 모르겠다. 생판 모르는
남이 이러쿵저러쿵할 것이 못 된다.
　나는 한 사람의 독자로서, 예를 들면 체호프 서한집을 읽어도

무엇 하나 발견할 수 없었다. 《갈매기》에 나오는 트리고린의 독백을 서한집 구석구석에서 어렴풋이 찾았을 뿐이다.

어쩌면 독자는 작가의 서한집을 읽고, 허술하기 짝이 없는 작가의 민낯을 발견했다며 득의만만할지도 모르겠다. 그러나 그들이 그나마 서한집에서 제대로 얻을 수 있는 건, 이 작가도 하루 세끼 밥을 먹었다, 저 작가도 사생활이 문란했다, 따위의 세속적인 생활 기록에 불과하다.

정말이지 뻔하다. 그야말로 입에 담기에도 구질구질하다. 그럼에도 독자는 한 번 쥔 귀신의 목을 놓으려 들지 않는다. 괴테는 매독이었다더라, 프루스트도 출판사에게는 굽실댔다더라, 오자키 고요와 히구치 이치요는 대체 무슨 사이였나. 작가가 목숨 걸고 만든 작품집은 문학의 초보적인 단계로 가볍게 치부하고, 일기나 서한집을 들이판다. 장수를 쏘려거든 먼저 말을 쏘랬다고 주변부부터 공략하는 것이다. 문학론은 없고 인물평만 낭자하다.

작가 또한 이런 경향을 묵시하지 못해서, 작품은 둘째고 우선은 자기 서한집부터 쓰기 바쁘다. 오랜 친구에게 편지를 쓸 때도 정복 차림에 부채 하나 들고 한 자 한 자 공들여, 이게 책으로 출판되었을 때의 효과까지 고려하여 남이 읽어도 쉽게 이해할 수 있도록 일일이 필요 없는 주석까지 달면서 번거롭게 살다 보니, 제대로 된 작품 하나 쓰지 못한다. 그러니 쓸데없이 편지의 달인이라는 작자까지 나오는 거다.

서한집에 쓸 돈이 있다면 작품집 장정을 아름답게 만들 일이다. 발표 예정인, 혹은 아직 발표할지 어쩔지도 모를 서한과 일기는 개구리를 움켜쥔 마냥 께름칙하다. 차라리 어느 한쪽이 정해진 게 그나마 낫다.

나는 일찍이 시 열 편과 번역시 열 편 정도가 실린 시인의 아름다운 유작집을 아껴가며 읽은 적이 있다. 편지나 일기는 없었다. 도미나가 타로가 남긴 시 두 편과 번역시 한 편은 지금까지 나의 어두운 마음을 밝혀준다. 유일무이한 것. 불멸의 것. 서한집에는 결코 없는 것.'

아직 신인이었던 다자이 오사무가 문단에 대한 염증과 이런저런 분노를 털어놓으며 연재했던 《생각하는 갈대》에 실린 글인데, 이걸 읽으며 생각한다. 그런데 나는 당신의 서한집을 번역씩이나 하고 있네요. 쓴웃음이 나온다. 서한집에 쓸 돈이 있다면……, (아니, 내 돈을 쓰는 건 아니니까,) 이럴 시간이 있다면……, 그래도 이젠 딱히 당신의 글을 만질 일이 없잖아요. 전집은 이미 다 번역해버렸고, 당신이 너무 빨리 죽는 바람에 달리 번역할 것도 남아 있지 않아요.

그렇다 해도 서한집에는 분명 작품집에 없는 것이 있다. 유일무이한 것, 불멸의 것, 서한집 자체에는 그런 것이 없다 해도, 이런 것은 있다. 유일무이한 것을 좇는 정신. 불멸의 것을 추구하는 집념. 친구도 친척도 아닌 나조차 눈물이 날 만큼 늪에 빠져 허우적거리면서도, 누군가의 어두운 마음에 작은 등불 하나를 밝혀줄 소설, 그걸 날마다 써내려가는 한 인간이 보인다. 서한집에는 그런 인간의 자화상이 눈앞에 아른거릴 만큼 선명하다. 가늘고 긴 손으로 펜을 들고, 슬픈 눈빛으로, 담배를 피워 물며, 아무도 읽어주지 않을지도 모를, 돈이 될지 안 될지 책이 될지 안 될지도 모르는 글을 오늘도 써내려가며, 그러면서도 빠듯한 생활비를 걱정하는 생활인이 보인다. 나약한 인간의 창작을 향한 단호한 집념. 걸작을 향한 나날이 꾸준한 의지. 이것이 가장 생생히 불타오르고 있는 것. 그것은 다른 무엇보다 서한집이다. 다자이 오사무 서한집에는 불멸을 추구하는 정신이 있다. 그것만으로도 이 책의 가치는 충분하리라.

인다의 대표 김현우 씨가 내게 서한집을 내자고 연락을 해온 건, 내가 앵두기 행사를 마친 즈음이었다. 당시 나는 다자이 오사무의 기일인 앵두기(6월 19일)에 한국의 독자들과 그의 책을 읽으며 이야기를 나누어볼 생각으로 작은 책방에서 조촐한 모임을 가졌다. 어떻게 하면 즐겁고 의미 있는 시간을 보낼 수 있을까 고민하다가 그의 편지를 떠올렸다. 창작으로 열을 올리던 십여 년의 시간 동안 그가 친구, 연인, 선배들에게 쓴 편지 몇 통을 번역하고 필사해서 편지 봉투에 넣었다. 봉투에는 받는 사람의 주소와 이름을 적었다. 그리고 모임에 참여한 사람들이 마치 다자이 오사무에게 직접 편지를 받은 것처럼 한 통씩 운명의 봉투를 뽑게 했다. 예를 들면 《만년》을 출간한 출판사 대표 아사미 후카시, 아쿠타가와 상의 심사 위원이던 소설가 가와바타 야스나리, 독자로 만나 사랑을 나누고 《사양》의 일기를 제공한 연인 오오타 시즈코. 독자들은 마치 바로 그 사람이 된 것처럼 다자이로부터 한 통의 편지를 받았다.

"스나고야쇼보의 아사미 후카시 씨 어디 계신가요?"

그러면 참가자가 손을 들고 그 편지를 읽고 《만년》의 한 쪽지를 함께 낭독하는 식이었다.

"당신이 없었다면 이 세상에 《만년》은 없었을지도 몰라요."

"당신이 없었다면 이 세상에 《사양》은 없었을 거예요."

그런 농담도 섞어가며 롤플레잉을 하는 동안 앵두기의 밤은 깊어갔다. 초여름 작은 서점에는 다자이 오사무의 말과 영혼으로 가득했다. 우리는 아무도 모르게 그런 시간을 즐겼다.

그 행사가 무척 즐거웠던 터라 그 후에 《다자이 오사무 서한집》을 내자는 제안이 더욱 뜻깊게 다가왔다. 우리는 서한집에서 작가의 세속적인 가십을 찾으려는 것이 아니다. 작가가 얼마나 보잘것없고 우스웠는지 캐내어 우쭐대려는 것도 아니다. 작가의 거짓 없는 꾸준한 일상을 들여다보고, 그 편지를 쓴 무렵의 작품을 함께 읽으며, 작가에게 더욱 가까이 다가가고자 함이다. 그를 진정으로 이해하고자 함이다. 한 인간이 어떤 시행착오를 거쳐 《인간 실격》이라는 세기의 걸작을 쓰게 되었는지 알고자 함이다.

이제 이 책이 세상에 나왔으니 더 많은 독자가 깊은 밤을 그와 함께 보낼 수 있게 되리라는 사실이, 나는 가장 기쁘다. 다자이 오사무의 책을 읽으려 한다면, 이 서한집을 함께 곁에 두고 그의 세계로 들어가보시기를 권한다. 유일무이한 것. 불멸의 것. 그것들이 세상에 나오기 위해 애를 쓰는 발버둥이 고스란히 여러분의 어두운 밤에 작은 등불이 되어주리라 믿는다.

바람이 상냥한 가을날에,
정수윤

## 다자이 오사무 연보

**1909년**

6월 19일 일본 최북단 아오모리현 북쓰가루군 가나기 마을에서 태어났다. 이름 쓰시마 슈지津島修治. 아버지 겐에몬과 어머니 타네의 열 번째 자녀로 증조할머니, 할머니, 큰누나 부부, 이모, 이모의 네 딸이 같이 사는 대가족에 하인과 하녀까지 서른 명 가까이 되는 식솔이 함께 살았다. 당시 쓰시마 가문은 현에서 손꼽히는 대지주로 현관에 은행이 붙어 있을 정도였으며, 가뭄이나 냉해로 힘겨운 농민들이 땅을 저당 잡히고 돈을 빌리곤 했다. 오늘날 '사양관'이라 불리는 이 저택은 1907년 준공되었으며 십여 개의 일본식 다다미방에, 벽난로와 소파 등이 있는 서양식 응접실이 혼합된 최신 가옥이었다. 그는 사양관에서 태어난 첫 아기였다. 어머니의 여동생 키에가 그를 돌보았으며, 이모 방에서 네 명의 이종사촌 누이들과 함께 자랐다.

메이지시대 끝 무렵으로 문학계에는 나쓰메 소세키, 모리 오가이, 시마자키 도손, 나가이 가후 같은 작가들이 왕성한 작품 활동을 펼치고 있었다.

**1922년(13세)**

3월 가나기 제1소학교 졸업 후 메이지고등소학교에 1년간 재학했다. 당시 사용한 《고등소학독본》에 〈진정한 친구(다몬과 피디아스의 우정)〉라는 글이 실려 있었다. 이는 훗날 그가 쓴 소설 《달려라 메로스》의 원형이다.
12월 아버지가 보궐선거로 귀족원의원에 당선된다.

사회적으로는 불황이 지속되고 실업자가 늘어나는 가운데 지식인, 노동자, 농민을 중심으로 노동운동이 활발해지고, 《씨 뿌리는 사람》같은 프롤레타리아 문예지가 등장했다.

**1923년(14세)**

3월 아버지가 귀족원위원 재임 중 도쿄에서 사망.

4월 아오모리중학교 입학. 이 시기부터 작가를 꿈꾸며 아쿠다가와 류노스케의 소설을 탐독하고, 그해 기쿠치 칸이 창간한 《문예춘추》를 주문해 읽기 시작했다. 당시 신예작가였던 이부세 마스지의 〈도롱뇽〉을 읽고는 가만히 앉아 있을 수 없을 만큼 흥분했다는 글을 남겼다.

9월 1일 일어난 관동대지진으로 도쿄의 절반 이상이 잿더미가 되고 사망자가 10만 명에 달했다. 혼란 속에 조선인이 우물에 독을 탔다는 유언비어가 돌면서 조선인 학살이 자행되었다.

**1925년(16세)**

8월 중학교 학급 친구들과 문예지 《별자리》를 창간하고 희곡 〈허세〉를 발표했다.

10월 《아오모리중학교 교우지》에 발표한 소설 〈스모〉가 급우들로부터 좋은 평가를 받으면서 '문학 소년'이라 불리기 시작한다.

11월 문학을 좋아하는 친구들과 문예지 《신기루》를 창간, 주간으로 편집에 참여하며 〈온천〉, 〈희생〉, 〈지도〉, 〈나의 작업〉, 〈혹〉 등 작품을 매호 발표했다. 《문예춘추》에서 편집 아이디어를 얻어 표지, 디자인, 편집후기 등을 도맡았으며 아쿠타가와 류노스케의 연재 〈난쟁이의 말〉을 흉내 내 아포리즘 에세이를 발표했다.

전국적으로 노동문학 열풍이 불면서 다이쇼시대(1912~1926)를 풍미한 아쿠타가와 류노스케는 부르주아지라는 비난을 받으며 작가로서의 입지가 불안해졌다.

**1927년(18세)**

4월 히로사키고등학교 문과 입학. 히로사키시에 있는 후지타 집안에서 하숙하며 통학했다. 신입생은 기숙사 생활을 해야 했지만 몸이 아프다는 구실로 들어가지 않았다.

7월 '막연한 불안 때문'이라는 상징적인 말을 남기고 아쿠타가와 류노스케가 자살한다. 우상처럼 따르던 작가의 자살에 충격을 받고 하숙집 구석에 커튼을 치고 틀어박혀 한동안 두문불출했다.

'다이쇼로망'이라 불릴 만큼 낭만주의로 가득했던 다이쇼시대가 막을 내리고 쇼와시대가 시작되면서, 일본 전역에 노동운동과 노동문학에 대한 탄압이 심해지고 군국주의로 들어서기 시작한다.

**1928년(19세)**

5월 고등학교 친구들과 문예지《세포문예》를 창간해 창작을 이어갔다. 기성작가에게까지 고료를 주고 원고를 청탁하여 이부세 마스지, 요시야 노부코 등의 글을 받았다.

12월 히로사키 고등학교 신문잡지부 위원에 임명되어 적극적으로 창작과 편집에 참여했다. 당시 신문잡지부는 교내 좌익 세력의 거점이었기에 마르크스 사상과 프롤레타리아문학에 관심을 갖게 되었다. 대지주인 본인 집안의 비리를 폭로하는《무간나락》과 같은 소설을 연재 발표하여 식구들로부터 눈총을 받는다.

**1929년(20세)**

1월 막냇동생 레이지가 패혈증으로 사망.《히로사키고교신문》에〈슬픈 모기〉,〈불꽃놀이〉,〈문예시평〉등을 계속해서 발표했다. 좌익운동에 동참하고 게이샤 오야마 하쓰요와 사랑에 빠진다. 식구들은 그런 슈지를 못마땅하게 여겼고, 집안의 명예를 지키기 위해 호적에서 내쫓아야 한다는 말까지 나온다.

12월 기말시험 전날 수면제를 먹고 의식불명 상태에 빠진다. 히로사키고교 신문잡지부가 학교로부터 해산명령을 받고 교우지는 무기한 휴간했다. 2년 후《히로사키고교신문》이 정부로부터 발행금지 처분을 받았다.

문단에서는 고바야시 다키지의 홋카이도 어선 노동자 참상을 폭로한《게공선》이 발표되어 프롤레타리아문학의 결실로 각광받았다.

**1930년(21세)**

2월 히로사키 경찰서에서 신문잡지부 위원장 우에다 시게히코를 비롯한 여덟 명을 좌익운동 학생으로 검거해 두 명이 졸업 직전에 퇴학당했다.

3월 히로사키고등학교 졸업.

4월 도쿄제국대학교 불문과 입학.

5월 좋아하던 작가 이부세 마스지를 간다에 있는 출판사 사무실로 찾아가 만난 후 오랫동안 스승으로 삼는다. 중고등학교 선배이자 도쿄제국대학 이학부 학생이었던 구도 에이조의 권유로 비합법운동 자금책 동조자로 활동한다.

6월 도쿄에서 미술학교 조소과에 재학 중이던 셋째 형 케이지가 병으로 사망.

10월 고교 시절부터 애인이었던 게이샤 하쓰요가 도쿄로 찾아와 동거를 시작했다. 큰형 분지가 의절을 조건으로 결혼을 허락하고, 하쓰요는 게이샤에서 낙적하기 위해 분지와 함께 고향으로 돌아간다. 그러나 쓰시마 가문에 게이샤를 들일 수 없다는 할머니의 반대에 부딪혀 정식 혼인이 무산된다.

11월 긴자 술집 '헐리우드'에서 여종업원 다나베 시메코를 만나 이틀 동안 함께 지내다 가마쿠라 코유루기 절벽에서 뛰어내려 동반자살을 시도, 시메코만 사망한다.

12월 자살방조죄로 기소유예. 아오모리 이카리가세키 온천에서 하쓰요의 식구들만 참석한 가운데 조촐한 혼례를 올린다. 아오모리 종합문예지《좌표》에 프롤레타리아문학이라 할 만한 장편《지주일대》,《학생군》연재를 시작하지만 큰형 분지의 압력으로 두 편 모두 미완에 그쳤다.

세계공황의 영향으로 실업자가 대량 발생하고 이에 반발하는 노동자의 대규모 데모가 이어져 사회가 혼란에 빠졌다. 가난한 사람의 편에서 사회를 바꿔보고자 하는 문학운동이 활발해지는 한편, 예술적 문체를 파고든 가와바타 야스나리, 미스터리 기반의 대중문학 선구자 에도가와 란포 같은 작가들이 등장한다.

### 1932년(23세)

6월 당의 지령에 따라 아지트를 전전하며 불안과 공포의 나날을 보내다 경찰서 출두 명령이 떨어졌다. 큰형이 크게 노하여 고향에서 송금하던 일체의 생활비를 끊었다.

7월 큰형과 함께 아오모리 경찰서에 출두하여 좌익운동에서 손을 뗄 것을 맹세한다.

9월 고향 선배 도비시마 테이조(당시《도쿄니치니치신문》사회부 기자, 편지에서는 도비 형이라는 별칭으로 등장한다) 가족과 동거. 이즈음부터 창작 활동에 매진한다.

### 1933년(24세)

2월 아오모리 지역신문《도오일보》현상 공모에서 단편소설〈열차〉가 당선되어 처음으로 '다자이 오사무'라는 필명을 사용했다.

3월 고향 친구 곤 칸이치의 소개로 소설가 기야마 쇼헤이를 만나 동인지《바다표범》을 펴내고 창간호에〈어복기〉를 발표해 호평을 얻었다. 이후 연재한〈추억〉은 이부세 마스지로부터 대단히 훌륭하다는 평가를 받았다. 문학청년들과 모여 문학론으로 설전을 벌이고 자신의 작품을 낭독하는 모임을 가졌다.

문단에서는 소설가 고바야시 다키지가 정부의 고문을 받다 학살당하는 사건이 발생한다. 사회주의 운동가에 대한 탄압이 급격해지고 인쇄물 검열이 시작되었다.

**1934년(25세)**

4월 단 가즈오가 편집을 맡은 문예지 《쇠물닭》에 〈잎〉, 〈원숭이를 닮은 남자〉를 발표했다. 당시 출석률이 매우 저조해 졸업할 가능성이 낮은 상태였으나, 큰형이 이듬해 3월 안으로 졸업하지 않으면 생활비 송금을 끊겠다고 엄포를 놓았다. 경제적 위기를 느끼고 〈낭떠러지의 착각〉이라는 대중소설을 발표했으나 이를 부끄러이 여겨 '구로키 신페이'라는 가명을 썼다.

8월 시즈오카 미시마에 머물며 〈로마네스크〉를 집필했다.

12월 곤 칸이치, 쓰무라 노부오, 단 가즈오, 야마기시 가이시, 나카하라 추야 등과 함께 동인지 《푸른 꽃》을 창간해 〈로마네스크〉를 발표했다. 고군분투에도 불구하고 《푸른 꽃》은 제1호만에 폐간되었다.

**1935년(26세)**

3월 대학졸업시험 낙제. 미야코신문사(오늘날 도쿄신문사) 입사 시험에도 떨어진다. 고향에서 송금이 끊길 것이 두려워하다 가마쿠라에서 목을 매지만 자살미수에 그친다.

4월 급성맹장염으로 입원. 복막염으로 중태에 빠진다.

7월 요양을 위해 치바 후나바시로 이사. 환부의 통증 완화를 위해 마약성 진통제 파비날을 쓰다가 중독된다.

8월 〈역행〉과 〈어릿광대의 꽃〉이 제1회 아쿠타가와 상 후보에 올랐지만 차석에 그친다. 심사위원을 맡고 있던 사토 하루오를 찾아가 가르침을 받는다. 크리스트교 무교회파 학자 쓰카모토 토라지와 접촉해 잡지 《성서지식》을 구독한다.

9월 수업료 미납으로 제적당한다.

**1936년(27세)**

6월 첫 창작집 《만년》을 출간한다.

8월 다시금 아쿠타가와 상에 낙선했다는 사실에 충격과 울분을 감추지 못한다.

10월 파비날 중독 증세가 심해져 큰형 분지의 의뢰를 받은 나카하타 케이키치와 이부세 마스지의 설득으로 정신병원에 강제 수용된다. 하쓰요는 이부세의 집에 기거한다. 한 달의 입원 기간 동안 아내 하쓰요가 고향 친구 고다테 젠시로와 불륜.

11월 퇴원 후 정신병원 체험을 담아 〈HUMAN LOST〉를 집필했다.

**1937년(28세)**

3월 가족과도 같던 절친한 친구와 아내의 간통 사실을 알고 충격에 빠진다. 하쓰요와 함께 미나카미 온천 숲속에서 약을 먹고 동반자살을 기도하나 미수에 그친다. 이후 하쓰요와 결별한다. 홀로 고향으로 돌아갔다가 만주로 건너가 생을 이어가던 하쓰요는 33세의 젊은 나이로 중국 청도에서 요절했다.
6월, 7월 작품집 《허구의 방황》, 《20세기 기수》 출간.

중일전쟁이 발발하여 일본이 대륙 침략을 본격화하는 가운데 문학계에서는 가와바타 야스나리의 《설국》, 시가 나오야의 《암야행로》와 같은 대작이 발표된다.

**1938년(29세)**
9월 후지산 인근 여관 덴카차야에서 창작 활동을 하던 중 이부세 마스지의 소개로 이시하라 미치코를 만난다. 작가로서 새 출발 의지를 다진다.

**1939년(30세)**
1월 이시하라 미치코와 혼례를 올리고 작품 활동에 전념.
5월, 7월 작품집 《사랑과 미에 대하여》, 《여학생》 출간.
9월 아내의 고향 고후에서 도쿄로 나와 미타카로 이사한다.

독일, 일본, 이탈리아를 주축으로 제2차세계대전이 발발한다. 국가의 엄격한 통제 아래 작가들의 창작 활동이 쇠퇴기를 맞이한 가운데 다자이 오사무는 활발한 작품 활동을 이어간다. 좌익 작품은 출판 자체가 금지되고 출판물을 전면 압수했다.

**1940년(31세)**
4월 작품집 《피부와 마음》 출간.
5월 〈달려라 메로스〉 발표.
6월 작품집 《여자의 결투》 출간.
11월 〈귀뚜라미〉 발표.
12월 《여학생》으로 기타무라 도코쿠 상 부상을 수상한다.

**1941년(32세)**
5월 《동경팔경》 출간.
6월 장녀 소노코가 태어난다.
7월 햄릿을 패러디한 희곡풍 소설 《신햄릿》 간행.
8월 의절한 지 10년 만에 고향 쓰가루를 찾는다. 큰형이 없는 틈을 타 어머니, 할머니, 이모, 작은형 등을 만났다. 한편, 독자로 만난 오오타 시즈코와 밀애를 나눈다.

### 1942년(33세)
1월 자비로 《유다의 고백》 출간.
6월 《정의와 미소》 출간.
10월 희곡 〈불꽃놀이〉를 문예지에 발표하지만, 전쟁을 부정적으로 바라보는 반전 의식이 엿보인다는 이유로 출판정보국으로부터 전문 삭제당해 분노하며 항의한다. 어머니가 위독하다는 소식에 가족과 생가에 가서 오륙일을 보낸다. 이때부터 생가를 자유롭게 드나들 수 있게 되었다.
12월 어머니 사망. 불효만 저질렀다며 몹시 슬퍼했다.

### 1943년(34세)
1월 《후지산 백경》 출간.
9월 《우대신 사네토모》 출간. 가마쿠라시대 쇼군이자 시인으로 조카에게 비극적으로 살해당한 미나모토노 사네토모를 다룬 책이다. 당시 작가들은 당국의 검열을 피해 시대물이나 고전을 재해석하는 식으로 집필을 이어갔다.

전쟁이 길어지면서 출판사가 통폐합되고 문예지가 폐간되었으며 《아사히신문》은 발행금지 처분을 받았다.

### 1944년(35세)
5월 고야마쇼바에서 소설 《쓰가루》를 의뢰해 쓰가루를 여행, 11월 출간한다.
12월 간다의 인쇄 공장이 공습으로 불타 발매 직전이었던 《종다리의 목소리》가 전소했다. 이듬해 아오모리 지방지 〈가호쿠신보〉에 《판도라의 상자》라고 제목을 바꾸어 연재했다. 육필 원고까지 모두 불에 탔지만, 이 작품을 영화화하고 싶어 했던 야마시타 료조가 교정쇄를 가지고 있었다.

### 1945년(36세)
연일 공습경보가 울리는 가운데 〈석별〉, 〈옛날이야기〉를 집필했다. 모두 과거 시절을 무대로 한 작품이었다. 현재를 배경으로 한 소설에는 전쟁의 참상, 이별, 고난에 대한 소재가 나올 수밖에 없었는데, 모두 검열로 부분 혹은 전문 삭제되었다.
4월 폭격으로 미타카 집이 무너졌다. 가족과 함께 고후의 처가로 피신했다.
7월 소이탄 공격으로 처가도 불탔다. 위문 온 고야마 키요시에게 〈옛날이야기〉 원고를 치쿠마쇼바에 가져가달라고 부탁한 뒤 가족을 데리고 쓰가루 고향 집으로 향한다. 밭일을 도우며 책을 읽고 글을 썼다.
8월 15일 종전 소식을 듣는다.

**1947년(38세)**

1월 《비용의 아내》 집필 중에 옛 연인 오오타 시즈코가 미타카 작업실로 찾아와 재회한다. 그다음 달에 그녀가 있는 산장을 찾아가 일주일 정도 함께 지내면서 소설 《사양》의 소재가 될 일기를 제공 받는다.

3월 체력이 쇠약해져 고용한 간호사 야마자키 토미에와 연인 사이로 발전하고, 오오타 시즈코의 임신 소식을 듣는다.

5월 이마 하루베가 각색, 연출한 희곡 〈봄의 낙엽〉이 NHK 라디오로 방송된다.

9월 두 출판사에서 전집 제안이 들어온다. 야쿠모쇼텐으로 결정하고 간행 준비에 들어간다.

12월 《사양》 출간. 몰락한 귀족을 그린 이 작품이 패전 후 혼란에 빠진 젊은이들 사이에서 '사양족'이라는 유행어를 낳을 정도로 큰 호응을 얻으며 일약 베스트셀러 작가가 된다.

**1948년(39세)**

3월 아사히신문사에서 대망의 신문소설 연재 의뢰가 들어온다. 토미에와 함께 찾은 아타미온천에서 《인간 실격》 집필 시작.

5월 《인간 실격》 탈고. 곧바로 신문소설 〈굿바이〉 집필에 들어갔다. 그런 가운데 담당 편집자 노히라 켄이치에게 받아 적게 하는 방식으로 에세이 〈여시아문〉 집필. 신체가 극도로 나약해지고 불면증에 시달리며 종종 객혈을 했다. 원고 의뢰는 물밀듯 들어와 토미에로부터 영양제 주사를 맞으며 작업을 계속했다.

6월 13일 토미에의 방에 〈굿바이〉 원고 10회분 교정쇄와 11~13회분 원고, 아내 미치코에게 보내는 유서, 아이들 장난감, 지인들에게 보내는 유품 등을 남기고 토미에와 함께 미타카 인근 강가에 몸을 던진다.

6월 19일 만 마흔 번째 생일에 강가에서 사체로 발견되었다.

7월 《인간 실격》, 《앵두》 출간. 이듬해 6월 19일, 가까운 친구들이 그의 무덤이 있는 미타카 젠린지를 찾아 이날을 '앵두기'라고 이름 짓고 애도했다. 앵두기는 다자이 오사무의 작품을 사랑하는 독자들에 의해 지금까지 이어지고 있다.